U0477797

有一种力量，叫文学；
有一种美好，叫回忆；
有一种感动，叫青春；
有一种生命，在鲁院！

鲁迅文学院「百草园」书系

遥远的妃子

樊健军 ◎ 著

心怀悲悯的现实主义写作,
直指民间大地的内在价值和精神图景。

江西高校出版社
JIANGXI UNIVERSITIES AND COLLEGES PRESS

图书在版编目（CIP）数据

遥远的妃子 / 樊健军著. -- 南昌：江西高校出版社，2021.11
（鲁迅文学院"百草园"书系）
ISBN 978-7-5762-1995-1

Ⅰ.①遥… Ⅱ.①樊… Ⅲ.①中篇小说—小说集—中国—当代②短篇小说—小说集—中国—当代 Ⅳ.①I247.7

中国版本图书馆CIP数据核字(2021)第186707号

出版发行	江西高校出版社
社　　址	江西省南昌市洪都北大道96号
总编室电话	(0791) 88504319
销售电话	(0791) 87919722
网　　址	www.juacp.com
印　　刷	北京一鑫印务有限责任公司
经　　销	全国新华书店
开　　本	700mm×1000mm　1/16
印　　张	15.5
字　　数	220千字
版　　次	2021年11月第1版 2021年11月第1次印刷
书　　号	ISBN 978-7-5762-1995-1
定　　价	48.00元

赣版权登字-07-2021-1271

版权所有　侵权必究

目录 Contents

遥远的妃子…………………………………… 1
阴阳祭………………………………………… 52
温暖的战争…………………………………… 78
九木棺………………………………………… 109
一只羊的欢喜场……………………………… 134
单　响………………………………………… 172
一腔窑火……………………………………… 186
夜火场………………………………………… 199
穿白衬衫的抹香鲸…………………………… 214
乳　齿………………………………………… 229

遥远的妃子

第一章　散佚的妃子

妃子不是一个女人，而是一个村庄，一个地处长江某支流上游的村庄。那根支流没有名字，简简单单叫河。我的第一滴处女红就落在河中央，泗红了好大一片水域。那滴处女红顺河而下，在山野里缠绵几回流入长江，长江之水最后归于遥远的海，我梦见我的处女红将远方的海染成一片红亮，好像玫瑰怒放的草原。傍晚时分，我凝望日落之处的山峦，那里满是燃烧的霞光。我知道那是大海红亮的回光，那是我的处女红染成的。

我不知道村庄为什么叫妃子村，一个像女人一样妩媚的名字。没有人告诉我，也许所有人都不知道。对于村庄以及村庄的历史，我是肤浅的，幼稚的。我问过父亲，父亲说这是皇帝幸临的村庄呵。父亲的声音洪亮，亢奋。可父亲知道的仅仅于此，至于哪个朝代哪个皇帝幸临妃子村，他也像我一样空白。我也问过祖母，祖母说这是皇帝的避难所。祖母的声音干瘪，空洞。皇帝为什么要避难，避的是哪门子的难，祖母也是不知道的。我只有问母亲了。在我的印象中，母亲是睿智的，知道的远比祖母和父亲多，然而母亲的回答出乎意料，母亲说，翼，你去问你的历史老师吧。也许母亲的回答是最智慧的。

历史老师是个寡瘦而苍白的男人，戴两片墨水瓶底厚的玻璃镜片。我不喜欢这种近乎病态的男人。可现在，我只有问他了。我问他，村庄为什么叫妃子村。他用手捂住咳嗽的嘴巴，他的嘴巴里是参差不齐的坏牙，声音穿过坏牙从指缝间渗了出来。他说，历史教科书里有民族的历史，皇家的历史，而不会有村庄的历史。我相信这句话是真实的，因为我暂时还没有理由怀疑一个老师。只见他佝偻着脊梁骨，搬了一套发黄的书籍放在我的桌上。也许这里会有一个村庄的历史吧。他的手按在书本上，指头颀长，瘦削，他的声音像是叹息。

我翻开，是一本什么州志。有一纸折叠其间。我把它展开，抹平，是一幅地图，在它的西北角赫然写着妃子村。这是我第一次见到有关妃子村的历史。继续往后翻，纸页里却再也没有出现妃子村。但我看到了妃子村以外的村庄，那些异地的村庄有一个叫艾。县志上说，商朝时艾是艾侯国，春秋时属吴国；公元前475年，吴公子庆忌出居于艾；公元前473年，越灭吴，艾属越；公元前334年，越伐楚，越败，艾属楚。这些就是那个叫艾的村庄的历史，我不知道另一个村庄的历史和妃子村有没有关系，有什么关系。我看地图，妃子村似乎就在艾的上游。我的处女红肯定流经艾地了。

艾的历史也许是真实的，我似乎要在这份真实中完成对妃子村的臆测。我清楚地知道，我无法虚构一个村庄的历史，虽然我在这个村庄生活了整整十五年，就算再生活十五年，像祖母、五爷他们那样，在这块土地上仄居一辈子，我也无力承担这份虚构的重任。而且妃子村似乎也没有赐予我虚构的智慧，以及虚构的营养。我的虚构不过是祖母和父亲话语上的延伸，我只是把他们没有说完的话说完整。就像我没有抵达遥远的海一样，我的处女红替我完成了梦想中的夙愿。

我的第一种虚构以父亲的话语为基础，父亲说这是皇帝幸临的村庄啊。我想，也许是艾侯国的国君在狩猎的时候光顾了这个偏僻的山村，也许是吴越楚的国君巡视战场时驻足了附近的山头。他们中的某一人邂逅了村里的美丽女子，并册封为妃。如果我相信父亲，那么，这就是妃子村。也许压根不是这样，妃子村本来就是艾侯国的行宫，是妃子随同国君吃喝玩乐的后花园。我的这种虚构并不是毫无根据，妃子村那么多小地名好像就印证了这一猜测。妃子曾绣花的绣花墩，赛龙舟的九曲池，狩猎饮马的系马桩，甚至还有钱庄。最有力量佐证的是那圣殿，虽然仅残存两根擎天的石柱，但石柱上张牙舞爪盘旋半空的龙图腾，除了国君，还有谁敢胆大妄为不惧株连九族？我问父亲，是这样吗？父亲没有肯定也没有否定，他只说了一句话，他说，他们是在自己的土地上行走。父亲的话干脆，可又有些暧昧不清。我不知道该不该相信父亲。我又问祖母，这是妃子村吗？祖母说，什么狩猎，什么巡视，他们是避难，是缩头乌龟。他以为他是村长，妃子村就是他的行宫了？哼。祖母哼声的时候唾沫便飞溅了出来，如果不是亲眼所见，我真的想不到祖母干瘪的嘴唇里还蕴藏了这么多生命的水液。

我不明白祖母和父亲的抵牾究竟是为了什么。在祖母的眼睛里，父亲的言行近乎龌龊和卑鄙，可我不知道父亲的龌龊和卑鄙在什么地方。我的第一种虚构在祖母看来是荒唐可笑的，一个偏安于一隅的昏君有可能被我美化成雄心勃勃的开拓者。如果真的是这样，我将永远无法原谅自己。借助于祖母的补充，我便开始了第二种虚构，当然并不是为了取悦祖母。其实祖母也未必真的知道几千年以前的历史，就算她有一双穿透过去和未来的眼睛，一个村庄的历史也会被迷雾掩藏。所以我第二种虚构即使再合理，也不一定就是真实的历史。

我猜想，吴越楚的君主，或者是艾侯国的国君，哪一个有可能是祖母眼中的缩头乌龟。不管危难是因为外族的入侵，还是祸起萧墙，他都在逃避，在苟且偷安。他携了自己的宠妾爱妃，百千宫女，躲进了这逶迤千里的幕阜群山。他依然千金一笑为红颜，筑了九曲池，起了观舞台，还有雕梁画栋的寝宫。他自己只是盖了一座几十平方米的圣殿，一种假模假样的象征。后来千金耗尽，而百千红颜正是花开叶绽的灿烂时刻。为摆脱红颜缠身的窘境，这位落日穷途的君主突发奇想，将百千宫女许配了身边人，于是赐婚的赐婚，外嫁的外嫁，就连阉人也有幸婚配。村里未婚的青壮年，都侥幸得到一二窈窕之女，享不尽红颜艳福。

然而，我的第二种虚构并非迁就祖母的话语。妃子村那么多美丽的女人，哪一个都不逊于妃子。母亲的端庄贤淑，二姨的美丽纯洁，三姨花朵般的热情浪漫，这些都是我熟悉的女人。她们的美丽有目共睹。就连祖母，八十高龄，脸庞依然白皙，没有显露丝毫老态龙钟，相反有一种胜过母仪天下的风仪脱颖而出。我问祖母，这就是妃子村？这一回，祖母的脸上竟然有了笑靥。祖母说，翼，你只有一个地方错了，嫁到村里的不只是宫女，还有妃子，我们都是妃子隔世的女儿啊。祖母的声音透着傲然和叹息。我们都是妃子隔世的女儿啊。祖母的脸上再次花绽叶舒。

叫喊的五爷

就在我虚构妃子村历史的时候，五爷的声音又在村子里游荡起来。五爷说，老少爷们都关好门啰，红毛野人来了。五爷的声音未落，满村的狗就狂吠了起来。五爷的话听起来有些疯疯癫癫，可妃子村的老少爷们真信了他的胡言乱语。我五岁时就听说过红毛野人，那是像人一样的两足动物，全身长了红毛，喜欢在山沟里跑来跑去。人见了往往被骇着，它却趁人痴呆的瞬间抓住人的双臂，闭了眼睛，嘿嘿嘿地不停傻笑。最后带回窝里，一口一口啃着吃。一个人在山里独行，手臂上便套了竹筒子，倘若叫红毛野人抓着了，从竹筒子里抽了手回身便走，只留下那野物握着竹筒子站在那里一个劲地傻笑。山里有了红毛野人，小孩子就不会乱跑了。不过，我长这么大还从来没听说谁遇到过红毛野人，也没有听说谁被红毛野人吃了。可村里的老少爷们就信了五爷的话，不让人随便出门，特别是不让年轻的女人独自出门。

慢慢地，我从五爷的声音中听出了端倪。如果我没有猜错的话，五爷绝不是无缘无故乱喊乱叫。有二次就非常明显，一次是一个外地来的补锅匠，在村里窜来窜去，补锅啰补锅啰，吆喝声响个不停。那一次五爷喊叫了，结果那个补锅匠一口锅也没补着，灰溜溜地出了村庄。第二次是一个茧贩子来收蚕茧，刚到村口还未吆喝，五爷的声音倒先响了起来。虽然正值卖蚕茧的高峰期，但茧贩子一个茧儿也没收到，一口水也没喝上。后来，我越发留意五爷的喊叫，渐渐有了发现，只要有了陌生的脚步声，五爷的声音立即在村里飘荡起来。五爷就站在村头的那棵老樟树下沙哑地呐喊，老少爷们快关门啰，红毛野人来了啊。五爷声音的后面又是一阵狂乱的狗吠。

我似乎窥破了五爷的声音，但我不相信这是真实的。我问祖母，五爷在喊什么呀。祖母说，翼，你把耳朵捂上吧，就当一只疯狗在乱嚎。祖母的神情似乎不屑一顾。老少爷们信奉的喊叫，为什么在祖母的耳边不过是一只疯狗的乱嚎。难道我发现五爷喊叫的隐喻是错误的？难道五爷的喊叫只是他神经错乱声带失控的外象？祖母好像从我狐疑的脸上看到了什么，她用那只白皙的手抚了抚我的脑袋，说，翼，管他叫什么，都当一只疯狗在叫吧，听奶奶的没错。祖母的声音里满是慈爱。

我不知道五爷的喊叫和妃子村的历史有没有关系，但我似乎有必要知晓五爷的历史。五爷原来不叫五爷，而是叫坤，而坤的名字也很少有人叫，没叫五爷之前村里人都叫他土脚。五爷年轻时经营着一片榨房，靠了村中间河里的水带动水车，帮人碾籽榨油，妃子村管榨油踩枯饼的榨匠叫土脚。那时妃子村有三间榨房，唯独五爷的枯饼踩得厚实，细腻，茶籽菜籽焙得恰到火候，出油自然就多。另外两间榨房慢慢萎了，独剩下五爷的榨房轰隆隆地响。五爷的生意火了，枯饼依然踩得漂亮，金黄的稻草旋在饼底就像盛开的菊，出的油却少了。据说五爷在榨巢里做了手脚，一榨籽下来，五爷净得了半桶的油。五爷的家底猛然富实起来。过了榨油的旺季，五爷便挑了一对箩筐独自走长沙，跑汉口，又添了贩卖私盐的营生。一杆小秤为五爷赚足了锃亮的银圆。

五爷的人虽说长得有些猥琐，最惹眼的是嘴巴翘着，鼻头趴塌，颇像了狗嘴，可腰杆子硬朗，见人便长了几分精神。五爷因此交上了桃花运，娶了一个如花似玉的女人。那女人本是孪生姐妹中的一个，也许是姐妹心灵相通，没过一年，那妹妹也随了五爷。虽然是姐妹，可后来还是生过一些争风吃醋的琐碎事，成为村人茶余饭后的笑谈。可在妃子村的男人眼中，五爷仿佛是一个真正的英雄，一个值得男人效仿的英雄。那些没见过世面的男人更是唯五爷马首是瞻，唯唯诺诺转在五爷身边。五爷又爱说些走南闯北的新鲜事，越发勾了男人们的心窝子。五爷陡然增了分量，妃子村的婚丧嫁娶，过继生子，五爷都是座上宾。少了五爷，再大的喜事也就不是喜事了；再有脸面的人家，少了五爷就什么脸面也没有了。五爷是妃子村的轴心，就是现在，五爷胡言乱语的时候，我父亲，妃子村的村长，遇了大事背地里也是听从五爷的。

　　五爷辉煌的时候还当过一段时间的保长，好像就在临近解放的前半年。据说，妃子村的好多规矩都是五爷一手制定的。但有人说，在五爷当保长之前，那些规矩就已经存在了，而且男人们早就按照那些规矩在做事。我曾在自家的阁楼上找到过一个手抄本，听祖母说那是祖父的手迹，里面就有一页记载了妃子村人应该遵守的条条规规。祖父是这样记载的：第一条，女人不得嫁于异村；第二条，女人不得出村；第三条，村里不得留宿异村男人；第四条，女人寡居，如本村无合适男人，方可招异村男人为郎。五爷的四条规矩被妃子村的老少爷们奉若圣旨，但也不是众口如一，据说第四条曾遭到许多人的反对，他们不同意异村的男人以任何形式进入妃子村。

　　因了那几个月的保长，五爷差点被杀了头，好在五爷的规矩深得人心，加之又无血案，五爷才脱了身，却因此晦暗了好多年。细想起来，五爷的声音重新开始在村里飘荡，好像就在我五岁那年。那一年七月，妃子村骤降暴雨，山洪漫山遍野地淌，土地被冲刷出深深的河床，土坯房塌了好大一片，五爷废弃的榨房全然不见了踪影。异村的男人组成救灾队深入妃子村，带来了衣物药品，也带来了粮食。五爷的声音就是这时候响起来的，五爷在村里跑来跑去，一边跑一边喊叫，老少爷们快关门啰，红毛野人来了啊。五爷的声音惊起了无数的狗吠。妃子村的老少爷们开始以为五爷发了疯，后来看到救灾的队伍才恍然大悟。那些异村的男人一个也没有走进老少爷们的屋里，他们找了一块平整的土地扯起了帐篷，燃起了炊烟，三天便退了回去。经过了那一回，五爷重新抖擞了起来，俨然是妃子村的一位老管家。

　　村里的老少爷们走近五爷的时候，我却在有意无意避开五爷，虽然有过一段时间试图走近五爷，但我内心明白，我永远也走近不了五爷，走近不了五爷的生活，也走近不了五爷的内心世界。我不知道这是为什么，但我内心一直有着一种非常清晰的感觉。我曾随同祖母偶然去过一次五爷的屋里，那是青砖砌成的院落，被一些颓败的花朵包围，玫瑰的枯枝翘得老高。五爷屋里的陈设，我的印象非常模糊，只记得神桌上摆了一座古代将军的像，横刀跃马，睁着两只牛眼睛。我问祖母，这是什么将军呀。祖母乜斜了一眼雕像，说，狗将军。我听见祖母如此回答，便不敢再问了，也许是内心天生对神怀有一种恐惧，担心亵渎了神灵。那一次我见到了五爷的一个女人，女人头发斑白，抱病在床。见着祖母，只听她说，姐姐走了，我也老了，不能动了，连花也没法修整了。女人的声音凄美而伤感，祖母也陪着落了泪。后来，我听祖母说，五爷走南闯北的时候常在门上落了锁，连祖母也没法走近那对孪生姐妹。有什么办法呢，那时候男人外出都在门上落把锁。祖母又添了无限的感叹。

忧伤的祖母

妃子村同五爷一样年纪的人，就只剩下祖母了。我曾试图走近五爷，但那是一种徒劳，五爷对于女人根本不屑一顾，何况我只是一个十五岁的女孩呢。关于妃子村的民间历史，我收集的那些久远的信息大都来源于祖母。在我这个不谙世事的孩子面前，祖母似乎还留有余地，很多事情几乎都是点到即止。我不知道这是不是祖母出于对我的爱护。很多时候，我也怀疑自己所做的一切是否存在什么意义。我想有一点是可以肯定的，我是一个女孩子，未来我必定是一个女人。我了解妃子村的女人其实是在了解自己的将来，我关注妃子村的男人其实是在关注自己未来的丈夫。当这一切我自认为掌握得差不多的时候，我又萌生了了解异村男人和女人的迫切愿望。我有意无意地想到，也许我未来的丈夫不是妃子村的男人，而是藏在异村某个角落的男孩。

九十五岁高龄的祖母几乎就是一本妃子村的断代史。我曾把祖母当作一本书来读，可惜我找不到书的入口。只能凭风偶尔掀开的页角，我窥探到几行文字。在跟随祖母的岁月里，我很少听到有关祖母自己的话题。祖母似乎把自己放在另一位置，好像不是妃子村的一个女人，妃子村的一切好像与她无关。我不知道祖母为什么能做到如此洒脱。我曾就心中的疑惑问过祖母，祖母只是似嘲非嘲地笑了笑。我知道我的问题相当愚蠢。

毋庸否认的是，我跟随祖母的日子是快乐的，特别是我十岁以前的日子。那时候的春天，祖母常拉着我爬上附近的山坡，那里桃红李绿，山花烂漫。鸟在天空自由地飞翔，风在草尖上自在地飘扬。我在草地上翻滚，祖母端坐一旁用藤条编织花篮，祖母的手指很像灵异的蛇，不停地在藤条间飞动，一只只花篮便落了地。花篮有船形的，也有圆形的，还有一些是曲颈的花瓶。几支桃花斜插着，边缘衬了几片绿叶；要不就是一束类似满天星的草，簇拥了几枝黄的杜鹃花，一星半点的粉红掩在草丛里。祖母还会织花冠，花冠往往是用那种大红的山茶织成，有一种雍容华贵的美丽。我最喜欢看到的祖母就是头戴花冠的祖母，她端坐在宽大的石台上，脸藏微笑，眼含阳光，大气矜持，真有一种母仪天下的气势。那时候我总回忆起祖母的一句话，我们都是妃子隔世的女儿啊。真的，在这一点上，我丝毫不再怀疑祖母的话语。

祖母也有忧伤的时候。忧伤的祖母坐在木格窗前，手握发黄的纸页，眸光却落在窗外绚烂的凤尾花上。偶尔祖母也会吟出声来，我听她吟过"寻寻觅觅，冷冷清清，凄凄惨惨戚戚"的句子，也听她哼唱过"问君能有几多愁？恰似一江春水向东流"，南唐后主李煜的《虞美人》。有时候，祖母会独坐在门前的桃树下，不让我打扰。那正是暮春时节，粉红的桃花落满了地，残存的花瓣尚在风里飘飘扬扬，有的则散落在祖母的肩膀上，发丝上。整整一个下午，祖母都呆坐着，一动不动，任由桃花将自己覆盖。虽然年少不识愁滋味，但祖母的忧伤突然感染了我，令我泪流满面。祖母的忧伤似乎是与生俱来的忧伤，也是妃子村女人独有的暗伤。

我不知道祖母年轻的时候是不是这样的忧伤。我只有在背地里遥想祖母年轻时的生活，但我的想象无根无据，不着边际。我只知道祖母不到三十岁就寡居了，以后一直再也没有婚配。我在自家的神桌上见过祖父的画像，因为长久岁月风霜的侵蚀，祖父的画像已渐渐模糊。祖父是典型的申字脸，两头尖中间阔，前额平整，表情淡漠。唯独两只细小的眼睛藏着遮掩不住的狡黠的光芒。这明显是一张山地农民的脸谱，外表木讷，而内心常有跃动的冷光。我不能想象一个深爱花卉，有着花朵一样心情的女人，同一个山地农民朝炊暮寝，那该是怎样的一种生活。在某一个瞬间，我似乎触摸到了祖母不再婚嫁的原因，那绝对不是对往昔美好生活的怀念。五爷一手制定的村规里，那第四条对祖母来说应该是宽限的，我不理解，祖母为什么不在妃子村老少爷们公允的圈子里再次寻觅属于自己的幸福生活。

　　妃子村的女人早在名字里就被打上妃子村的烙印，几乎所有女人的名字里都会有一个妃字。比如，母亲玉妃，二姨兰妃，三姨花妃，还有五爷的两个女人，一个是贵妃，一个是香妃。我不明白，这种取名的方式是为了标榜妃子村女人的高贵，还是因为男人胆怯的虚荣。而唯独祖母的名字单是一个绿字。绿，所有妃子村的婆娘们都这么称呼祖母。祖母不单是在自己的名字后面去掉了妃字，给我取的名字也是一个字，翼。祖母说，在天愿为比翼鸟，在地愿为连理枝。后来就因为我的名字，祖母同父亲发生了争执，争执的结果是祖母叫我翼，父亲坚持叫我翼妃。奇怪的是母亲没有应和父亲，而是同祖母一样叫我翼，虽然她的名字里仍有一个挂在后面的妃字，似乎她已经不在乎自己的名字。而最可恶的是，哥哥也同父亲一样叫我翼妃。

　　那时候，我还听不懂祖母吟咏的诗词，也不怎么明白翼的具体含义，背地里查了新华字典，翼原来就是翅膀的意思。鸟有了翼就可以飞，我暗暗有些高兴。或许是为了纪念我的名字，祖母又送了我一块美玉，圆形的，中间镂了一只鸟，鸟翅张开，像是在飞翔。我拿了玉给母亲看，母亲说那不是普通的鸟，而是一只凤。母亲又说，我也有一只凤，送给我的翼儿吧。母亲给我的不是玉，而是一支金钗，一支鸟形的金钗，羽翼灵动，呼呼生风。手握美玉和金钗，我仿佛触摸到了妃子村的另一种历史，那种像玉石和金子一样质地坚硬的历史。这些历史不在任何附有文字的纸页上，它流传在民间，在妃子村的女人手中。

在一个晴朗的午后，我特意在阳光里展示了玉石和金钗，玉石的光芒柔和而细腻，黄金的光芒张扬而华贵。我故意在哥哥身边窜来窜去，希望这种光芒能引起哥哥的注意。我如愿了。他飞快地瞥了一眼我掌心的玉凤和金凤，然后掩着眼离开了。我知道，哥哥的眼睛肯定被那种光芒灼伤了。我的心中不由自主闪过一阵快乐的颤栗。我不知道自己为什么会有这样一种报复的快感。

野合的父母

我不知道父亲和母亲的结合代表着一种怎样的婚姻。在妃子村每个平静的家庭背后，绝对掩藏着妃子村女人婚姻的普遍规律。如果把我剩余的生活全部交给妃子村，那我的婚姻会像祖母，抑或会像母亲吗？我总在心底不停地对自己的将来做出种种猜想和推测。而且我希望透过祖母和母亲，能够窥视到她们的上一辈，甚至更久远的年代，男人和女人一起生活的样子，从而解构妃子村的婚姻史。我的努力徒劳无益。我曾同村里的一些女孩子在贞节牌坊四周玩耍，那牌坊高高耸立，正中的横梁上刻着千古流芳的字迹，那时候我根本不知道这块牌坊对于女人的意义。我天真地想，如果那牌坊有存在的意义，它不该是为寡居终老的女人而立，而是作为美满婚姻的见证。

母亲和父亲的生活永远是平静的，看不到一丝半点的波澜。我不知道平庸的婚姻是不是都是这个样子。父亲是个矬子，而且瘦弱不堪，极像石缝里长不高的植物。一张脸老是绷着，不苟言笑。只有那双眼睛似乎完全得到了祖父的遗传，呆滞里暗藏了狡黠。而母亲呢，极像一朵出水芙蓉，高洁而孤傲。如果我是母亲，我绝对不会选择父亲，哪怕是终身不嫁我也不会屈从。然而母亲不似我，她对父亲的样子早已视而不见，对父亲的声音更是听而不闻。我不知道是母亲的胸襟博大容忍了父亲，还是母亲顺从了命运的安排，总之，我无法理解母亲的感受。

有时候，我想站在母亲的角度来思考她的生活，可问题是我根本不清楚母亲的角度是怎样的角度，母亲的方向又是怎样的方向。我依然只能根据表面的生活细节来判断母亲和父亲的关系。父亲是懒散的。他的生命似乎已经全部交给了妃子村的男人们。而母亲和我，不过是他圈养的牲口，只要我们不跳出栏圈。而哥哥呢，早已升级为他的助手。我不知道这种比喻是否恰当，但女人在妃子村永远是男人的一种财富，美丽的女人是她男人最雄厚的资本。我见过远离母亲的父亲，那时候他是微笑的，被妃子村另外的男人所包围。这种得意扬扬的笑容母亲好像永远也没法看到。

而我见到母亲的微笑是在她采摘桑叶的时候。妃子村的桑树在我出生的时候就已经覆没田地了。母亲就站在那无边的桑园里，任由桑树的叶片将她的身影覆盖。她从桑树的枝条上捋下一串串的叶子，整齐地放在背篓里。被阳光映照的桑叶呈现一种绿意盎然的光泽。母亲的嘴里哼唱着一些没有语词的歌谣，嗓音优美，圆润。我曾央求母亲将那些歌谣告诉我，母亲笑了笑，说是随意哼哼，哪有什么歌词。那一刻，我似乎看到了母亲血管里的另一种血液，那绝对不是妃子村这块土地所能孕育的。

因为蚕儿，母亲还说起了我从未见过面的外婆。外婆残存在母亲心中的记忆，也只有八九岁之前的那一截。那时候，妃子村早已懂得栽桑养蚕了。外婆似乎是剥茧抽丝的能手，那一根根银丝被外婆牵引出来，经过精巧的织机便成了华美的丝绸。外婆还会用幕阜山盛产的一种浆果，将丝绸染出青花的颜色。母亲至今还保留着一条那样的裙子，因为长久的珍藏裙子的颜色稍有淡褪，但依然显现出精美的图案，古典，浩远，像久远的青花瓷器一样弥足珍贵。那一抹抹青花，就像一只只蠕动的春蚕，穿越妃子村久远的历史空间，再次展现在春暖花开的春天。

那小小蚕儿第四次从睡梦中醒来的时候，突然食量大增，母亲被迫整日埋头在桑园里。只有在这种时候，父亲才会帮帮母亲。父亲采摘桑叶是暴力的，我没有体会到丝毫雄性的力量。他一手搂过桑枝，挥动镰刀，将桑树从根砍断。砍伐过后的桑园只留下满地桑树的残骸。我曾将父亲砍伐桑树的场面写进了我的作文里，却遭到了语文老师，一个妃子村的中年男人的训斥。我似乎颠覆了父亲，妃子村的村长，一个妃子村的当代土皇帝，在他的臣民心中的美好形象。

有时候，我对父亲的排斥几乎是一种无意识的本能。随着时间的推移，我对父亲了解越来越多，可厌恶也随之加深。在妃子村，父亲大权在握，要风得风，要雨得雨。可祖母和母亲并没有因此有过一星半点的骄傲和自豪，甚至祖母对父亲有时候是鄙夷的，那种目光是看待小人的目光。也许是受祖母和母亲的影响，也许是妃子村女人之间本来的心灵相通，我始终站在祖母和母亲这一边。读小学的时候，父亲给了我好多漂亮的花书包，每个学期我都要换一个新的，在同学们羡慕的眼光中像蝴蝶一样飞来飞去。那时候我对父亲胸怀莫名的感动，但这种感动并没有维持多久，很快就崩溃了，进而转变成更深的厌恶。原来那些花书包都是救灾队的异村男人留下的，父亲利用手中的权力，把属于我同学的花书包攫回了家。我再也不背那些书包了，我觉得以前我背着的就是一种耻辱，它沉重得让我再也无法直起腰身。

我理解父亲的贪婪是另一种野蛮的掠夺，就像强盗抢劫财物。父亲偷偷拿回家的不只是书包，还有许多的衣服，祖母穿的，母亲穿的，哥哥穿的，我穿的，应有尽有。母亲将那些衣服打了个捆，堆在阁楼上。时日久了，有老鼠钻了进去，在里面做了窝，但母亲始终没有动过那堆衣服，直到它们糜烂当垃圾一样抛弃。只有哥哥背着母亲，挑了一身新的，在外面显摆了好一段日子。

然而父亲的耻辱让我突然领悟了异村的世界。那个世界肯定不同于妃子村。漂亮的花书包，精美的衣衫，只是异村男人给妃子村女人留下的启蒙物。异村男人突然拓展了妃子村女人的想象空间。也就是从那时候起，我萌生了对异村无比热烈的憧憬和向往。

对于父亲，我的倾向非常明显；我难于把握的却是母亲。很多时候，我都在思考一件事情，我不明白一向庄重的母亲为什么会在草地上，在阳光里，同父亲搂抱在一起，做出那么异常亲热的举动。我目睹了事情发生的整个过程，从开始到结束，我一直都是一个激动的旁观者。在一次采摘桑叶的间隙，母亲和父亲一同来到那片草地上休憩。脚下是青青的草地，星星点点的野花点缀其间。他们背靠背坐在草地上，父亲燃了一支烟，在烟快要燃尽的时候，父亲将烟屁股摔到了更远一些的草地上。父亲突然转过身子，将母亲放倒在草地上。父亲的手随之伸向了母亲的胸口。我看见了母亲的乳房，丰满而白皙，就像覆满白雪的幕阜山。我甚至看见了父亲的身子，肋骨毕现，就像母亲洗衣用的搓衣板。父亲的身子转瞬就覆盖在母亲的身上，之后他们便在草地上翻滚起来。一大片一大片的青草被压倒在地，贴紧了泥土。无数野花散落，不见了随风飘舞的灵动。我还看见母亲的脊背沾满草叶和花瓣，像一匹漂染过的绸缎，光滑，闪着光芒，曲线玲珑。

整个进行的过程中，我始终留意母亲的表情，她一直微闭着双眼，任由父亲为所欲为。母亲似乎是放纵的，陶醉的，满足的。甚至母亲还替父亲拭去了衣衫上的泥土和花瓣。我原想过母亲的挣扎，母亲的反抗，但我始终未能看到我希望看见的母亲。我所看见的不过是一个沦落的母亲，一个沦落在妃子村的隔世的妃子的女儿。我似乎看见了母亲心灵中最为隐秘的部分，那是妃子村女人不可原谅的悲哀。我突然强烈地感受到了妃子村令人窒息的逼仄。我怀着揪心的绝望离开了藏身的小树林。我似乎看见我的处女红正在逃离幕阜山的腹地。

第二章 半人半狗的男人

我出生的村庄肯定是真实的，她是我生命的第一故乡，但我不清楚故乡的过去。我一直以为自己在虚构一个村庄的历史，创造妃子村的历史神话。随着时间的推移，我惊讶地发现，这一切竟然是真实的，真的，比我想象的还要真实。我的历史老师，妃子村里一个近乎病态的男人，他说，翼，你永远无法虚构一个村庄的历史，因为历史永远是真实的。我坐在妃子村中心地带的一间房子里，听了他三年的胡说八道，我终于等到了最为经典的一句话语。为了这句话，我忍受了一个类似结核病患者三年的咳嗽。

有时候，我感觉自己就像一条狗，整日里在村庄游荡，那里闻闻，这里嗅嗅，为的是找到贯通历史的蛛丝马迹。我关注了祖母、父亲、母亲，以及潜藏在他们身上的那一部分家族史。我甚至关注过五爷，一个我想接近却又有意无意在避开的老男人。从他的身上，我看到了妃子村一些歪歪扭扭的脚印和奇特的规则。是的，我还在暗地里注视这像狗一样四处叫嚷的男人，我期望在他身上能有新的发现。

后来，终于在五爷的神桌上，被祖母称之为狗将军的雕像旁边，我找寻到了装有五爷家谱的樟木箱。那时候正是农历七月，传统的鬼节来临，妃子村里的老少爷们都会把记载本家祖宗的家谱当神一样供奉。我想，那里头肯定有着五爷祖辈的秘密。趁着五爷出去狗叫的时候，我穿过颓败的玫瑰花丛，溜进了五爷的厅堂。那只暗红的箱子就摆在将军木雕的旁边。那一刻，我不知道自己为什么能克服对神的恐惧，踮足开启了那只箱子。满满的一箱线装书，竹膜薄的纸页，已染上烟熏火燎的暗黄。我小心地翻开一本，也就在翻开的第一页，上面赫然印着这样的文字：公八岁进宫，侍王之左右，后随王迁居于妃子村，得王赐婚，后又得天狗神助，遂有后。公是为一世祖也。文字的左上角有一张脸谱，像是木刻的线条，脸部狭长，眼势谦恭。像的下端有一行小字：此为一世祖像，字迹从右到左排列。

我恍然参悟了妃子村流传的一个传说。好像妃子村从前有过一个阉人，却娶了一个婆娘，偏婆娘又如花似玉，中看不能用，阉人自然心痒难挠。后来得到一个劁猪骟羊的劁匠相助，那劁匠从邻家一条追山赶猎的狼狗身上取了物件，替阉人还了男人身子。那阉人接上狗卵后性情大变，常常彻夜地叫喊，惹得一村的狗不停地聒叫。妃子村常有类似怪异的传说，像暗流一样潜行。我不知道这是真实事件的民间记忆，还是后人蓄意的虚构。我常常无法把握它的真伪，我的视觉总在半信半疑之间。

然而，这传说同五爷家谱的记载何其相似。那个阉人似乎就是五爷的一世祖。这是传说的巧合，还是历史的另一种保存和流传？我似乎明白了祖母为什么称那雕像为狗将军；我清醒地知道，五爷为什么喜欢在村里叫喊，那陌生的脚步只不过为五爷提供了一个叫喊的理由。而我不明白的是，五爷以及他的家族为什么在家谱里不删去那段带着伤疤的历史。我很想追问五爷，但我知道，我永远也无法发出这一诘问。

而且我注意到，传说同五爷家谱的记载只有一点点小小的差别，那就是天狗与邻居的狗的差别。在这一点上，五爷的家谱好像有意神化了他的祖宗，我宁可相信传说的真实。我问祖母，是这样吗？祖母说，翼，你真的相信会有天狗吗？简直荒唐透顶。那传说还有后半部分呢，没听说过？我瞪大眼睛，摇了摇头。祖母说，那阉人的邻居就是我们家祖宗呢，那狗也不是什么猎狗，而是红毛野狗同看家狗的杂种。我怔住了。我从未想到过传说会同自己的家族有关，而且关系非常紧密。

我不知道祖母从哪里听到那传说的后半部分。我问祖母，祖母说，记不清了，反正有这回事。妃子村的传说本来就是一股潜流，谁听到了，谁没有听到都是不确定的；而且在哪里听到，谁也不一定有确切的记忆。我似乎触摸到了父亲和五爷之间的脉络。也许正是因为他们之间断骨连筋的密切，引起了妃子村老少爷们的妒忌，我猜想祖母听到的后半部分传说，其实是好事者对父亲和五爷的有意编排，是妃子村另一股看不到的暗流。不管真实，还是恶意的编排，五爷名坤，父亲更名坤生，似乎是本末倒置，玷污了自己不说，给家族也蒙上了一层洗刷不掉的羞辱。

究竟是怎样的一条狗，和怎样的一个劁匠，我虽然对此充满无限的好奇，但这些已不再重要。它们不过是妃子村的过客。不管是过去，现在，还是将来，对于过客的历史恐怕没有人愿意去记忆。而五爷祖上的那个一世祖，因过客而改变了命运，妃子村却由此改写了历史。我仔细端详过那张画像，瘦而长的脸，塌趴的鼻子，的确有着狗脸的影子。也许五爷的家谱和传说都是一种虚妄，然而我在内心无比厌恶那张丑陋的脸谱。我更不愿意看到生我养我的家族，同五爷的祖宗有着这么一层牵扯不清的关系。虽然无论从哪个角度来说，我们似乎都是他们的恩人，但我不愿目睹他们感恩戴德的嘴脸。似乎祖母和母亲的感受也同我一样，父亲好像对此也有所察觉，关于五爷，他在我们面前总是保持缄默。

我却不愿意我的家族受到传说的侮辱。趁父亲离开家的时候，我从他卧室的楼上找到了我们的家谱。在祖母的掩护下，我把家谱偷了出来，藏在我的床底下。我希望找到同五爷家谱相对应的那段传说，必要的话我会将那些纸页全部撕毁。我翻遍了所有纸页，却没有找到类似的文字。我彻底失望了。祖母说，翼，这本家谱是你父亲当村长后重修的，想必你父亲已经删改了。其实我的想法也是一种徒劳，不管是家谱最初的遗漏，还是父亲出于什么目的删改了家谱，我们谁也无法否认那段历史。我相信几百年甚至几千年之后，关于我的家族和五爷家族的传说依然是民间的一种暗流，永远无法停止。那是我们家族永远抹不去的羞辱。也许多年以后，我仍然会因为没有找到那段相对应的文字而感到深深的遗憾。

父亲的圣殿

我不止一次去过被妃子村老少爷们尊为圣地的圣殿。圣殿在幕阜山脚的一处高坡上，坐北朝南，站在圣殿的石柱之间可以鸟瞰整个妃子村。圣殿的主体建筑已经坍塌，只剩下两根光秃秃的石柱伫立风中。石柱上雕刻着盘旋上升的飞龙，龙头昂首石柱顶部，常有长着细长脚爪的白鹭立在柱头上，柱身便斑斑点点落满白色的鸟粪。石柱并不是高贵的汉白玉，而是取材于幕阜山普普通通的花岗岩，那种血红的芝麻石。圣殿的墙脚已被乱草覆没，齐人高的白茅占据了整个场地。只有在春天的时候，几簇带刺的金樱子会开出洁白的花朵，为圣殿空留几丝绚丽。

第一次去圣殿的时候是秋天，金樱子已经成熟，通身赤红，却布满细密的刺。采摘的时候，一不小心细刺就会刺满指头。我不得不邀了几个男孩子同去。他们似乎一点也不惧怕金樱子的细刺，疯狂地抢了金樱子，扔在地上用鞋底搓去细刺，争先恐后地献给我。金樱子的皮囊有着浓郁的糖分，嚼在嘴里甜腻腻的。我初次尝试了作为女人的甜美，就像金樱子的味道。那一次，我试着推了推石柱，石柱一动不动。那个比我略高的男孩子冲我做了一个鬼脸，对着石柱撒了一泡尿。那个男孩叫作羽。仅凭那一泡尿，我骤然对一个男孩有了莫名的好感。

后来，我多次去到圣殿，是因为寻找醉酒的父亲。那时候落日低悬，妃子村如偃旗息鼓的古战场，于血红中升腾袅袅炊烟。幕阜山头斜阳如火，归巢的鸟翅忽闪忽闪。我瞥一眼远处的圣殿，石柱上好像吸附着一个人影，像是一只巨大的蜥蜴。接着，我便听见了丝丝缕缕哭泣的声音，在风中呜呜咽咽。我跟随在母亲身后，向着声音摇曳之处走去。我和母亲的影子划出长长的弧线，在草尖和棘丛上跳跃。

也许是我们的脚步声惊扰了父亲，哭声骤然消失。我一直怀疑醉酒的父亲其实内心是清醒的，要不他的哭泣怎么会在我们的耳边终止呢。也许父亲的哭泣是一种祭奠的仪式，在我们到来的时候，仪式恰巧接近尾声。瘦小的父亲靠着石柱的支撑，背朝我们站立。他的一只手像藤条一样缠在石柱上，另一只手好像失去了筋骨，软软低垂，随风摇摆。母亲走过去，把那只低悬的手搭在肩头。只有在这种时候，母亲才会探出自己的肩头任由父亲倚靠，也只有在这种时候，父亲才肯接受母亲的搀扶。然而父亲的另一只手却像是蚂蟥的吸盘，紧紧吸附在石柱上，我不得不把那些指头一根根从石柱上掰开。石柱上，父亲那块趴附的地方早已漉湿了好大一片。

很长一段时间，我都摸不透在圣殿哭泣的父亲的心态，也参不透父亲在圣殿哭泣的意义。在我的印象中，圣殿是残破的，是冰冷的石柱，是葳蕤的野草，是孤寂的鸟鸣。虽然圣殿可以印证我对于妃子村的某种虚构，但我在内心依然排斥它，多少次幻梦中我都看到自己拼命想推倒石柱，看到它轰然倒塌，甚至还听到它倒塌的声音惊起了妃子村无数的狗吠。可是，在父亲下一次醉酒的时候，我和母亲又看到石柱伫立在那里，它的旁边就是我哭泣的父亲。我和母亲一次次把父亲从圣殿架回来，而父亲酒后一次又一次偷偷跑到那里哭泣。我不清楚妃子村的老少爷们是否知道父亲酒醉后在圣殿的哭泣，但在家和圣殿遥远无期的路途上，我和母亲都感到筋疲力尽了。对于父亲的醉酒，母亲渐渐麻木了。后来，即使知道父亲又在那里哭泣，母亲也懒得管了。暮色四合的时候，哥哥一个人走上了圣殿，用一支手电筒的光芒将父亲引领了回来。

在我十二岁那年的秋天，父亲突然换了一种祭奠圣殿的仪式，也可以说父亲的祭奠更深入了一步。他扛了锄头，在熹微的晨光中独自走上了圣殿。那时的父亲是虔诚的，也是勤劳的。他像一个披星戴月的农人，在圣殿的残基上锄野草砍荆棘，一个人在那里干得翻天覆地。第三天的傍晚，圣殿的空地上突然升腾起漫天的火光。两根石柱被照得通身赤红，如黄金般炫目。石柱之间，是一个人巨大的剪影，被火光放大的背影遮蔽了大半个妃子村。那天晚上，父亲彻夜未回。圣殿的火光也亮了一整晚，它时而升腾，时而低迷，不停地在我的窗户上跳跃，像是一个不倦的女妖。

火光过后，我独自走上了圣殿，为的是察看它燃烧之后的模样。我的眼前，圣殿突然变得空旷，亮堂。满地的白茅不见了，甜腻的金樱子也不见了，连石柱上白色的鸟粪都像是被雨水冲刷过一样，踪迹全无。光秃的地面平坦，干净，只有松软的尘土上印满了一行行齐整的脚印。墙基裸露，可以见到半尺高的花岗岩，却不是血红的颜色，而是极为普通的芝麻黑。这似乎就是圣殿的真实遗迹，没有乱草的蒙蔽，也没有白鹭的渲染。我沿着墙基转着圈子，我始终想不明白，这么一块弹丸之地为什么让父亲梦萦魂牵。在石圈上转得久了，我有些头晕，尿也憋得慌，看看四周阒无一人，便躲在石柱后尿了一泡，然后系上裤子离开了圣殿。

第二年的秋天，父亲带着哥哥又在圣殿燃了一把火。到第三年秋天，祭奠圣殿的队伍陡然壮大起来，五爷，父亲，妃子村的老少爷们都扛铲荷锄走上了圣殿，甚至捎带了整只的猪羊鸡，还有一木桶酒。男人们在圣殿上燃起了火堆，放了鞭炮，还跳起了梅花傩。然后纵情喝酒，吃肉，圣殿变成了男人们狂欢的场所。那一晚，因为少了男人的侵扰，妃子村女人出奇地睡得香。只在半夜的时候，我听见圣殿方向传来似哭非哭似嚎非嚎的歌声，像狗吠一样经久不息。

沉迷的二姨

我深深明白，任何一个村庄的历史都是男人和女人的历史。我一直都在试图穿越妃子村男人和女人的生活空间，希望记录那些传说和家谱忽视或者忽略的细节。我期望我的记录能够成为历史的一部分。越过父亲，我看到了五爷和圣殿，看到了我想象不到的真实。而越过母亲呢，我看到的是二姨兰妃和三姨花妃。我甚至想到了给母亲姐妹三个命名的外祖父，他一定是个怜香惜玉的男人，一个懂得浪漫的男人。玉兰花，一种紫色而香气浓郁的花朵，被他恰当地镶嵌在母亲她们的名字里。可惜的是，我没能见到那个让我倾慕的男人，就连模糊的瓷板画像我也没有看到，因为在我出生的时候他已消逝多年。我只能在母亲她们的名字里，默然怀念一个在另一世界安居的男人。那是第一个让我怀念的男人。我想，如果他知道有一个像玉兰花一样美丽的少女，那么深切地怀念他，他一定会含笑九泉。

除了怀念一个隔世的男人，我似乎更要感谢母亲，是她给了我那么多亲近二姨和三姨的机会，是她引领我走进了二姨和三姨的生活。也许母亲并不知道，她在无意间为我打开了一幅妃子村女人的生活画卷。这对于我是何等的重要。无论她们曾经经历或者正在经历幸福与不幸，我都希望在第一时间耳闻目睹。我愿意看到她们的欢笑和眼泪，也愿意记录她们的忧伤和抑郁。祖母曾说，我们都是妃子隔世的女儿啊。我感觉我和母亲，二姨和三姨，甚至还有祖母，我们都是手足相连的姐妹，只是辈分不同而已。我深入她们，我好像就是在探究自己，察看自己命运中的幸与不幸，挖掘自己灵魂深处的骚动和不安。

母亲的娘家在绣花墩，一个独立的平台，一簇窗明几净的青砖瓦房，窗外就是妃子村女人处女红浸染过的河流。河的对面就是山花烂漫的幕阜山。大红的山茶，火红的杜鹃，粉红的樱桃，曾为绣花的妃子奉献了多少美丽。我似乎看见远古的美人，明眸皓齿，临窗刺绣。那种宁静之美总在我内心形成强烈的震撼和对峙，多少次我临窗而坐，若有所思，似乎又若有所失。是的，我突然之间感到了无比的恐惧，她们都走了，只留下我独坐在那里。一样的流水，一样绚烂的花朵，而我的手上没有了七彩的丝线，没有了洁白的丝绸，我无法描绘那怒绽的美丽。

在我临窗的同一个房间，二姨就像一位古典美人，用一支羊毫笔在一叠白纸上临摹绣像。她埋着头，黑缎子似的头发披在两肩。我看见的是一个袅娜的侧影，曲线流畅，就像河里的水草。那种时候，她是最忘我的,似乎也忘记了我的存在。只有在一张画像完成的时候,她才抬起头,扬起一张秀美的脸,对我笑笑。有时候,她也会对着窗外的花朵,画上几页素描。那些花朵或如闺中少女,含苞欲放;或如素女仰面,纯净而生动。二姨偶尔也会拿了我当模特,在纸页上随意走笔。画像上的我或坐或倚,或临窗侧目,或美目流转,都一样散发儿童时代的天真烂漫。至今我还保留着二姨替我画的几张素像,那些都是我无比珍贵的收藏。

我曾经缠着二姨要她教我画画,可二姨并没有答应我。二姨说,翼,你不一定要学画画,有些东西你不学也会的。你不会画画,说不定你会别的什么。二姨说的没错,祖母会吟诗咏词,母亲会歌唱,二姨会画画,三姨会吹笛子,似乎妃子村所有女人都会一两手绝活。这种绝活不是老师的教导,似乎是一种天赋,一种本能,就像婴儿会哭鼻子,会吃奶一样自然,不足为怪。我不知道这是什么原因,又是什么赐予妃子村女人艺术的天赋。只是现在我尚不清楚自己会做什么,但我知道我一定会有所成就。

就在我临窗走神的时候,二姨似乎看出了我的困倦。她停止了她的画作,走过来拉着我的手,将我拥入怀中。我的脸贴在她的胸前,在那里,我闻到了一股浓郁的体香,极像玉兰花的味道。是的,那绝对是玉兰花特有的香味。

有一段时间,二姨热衷于去竹林画画。那是一片浩瀚的竹林,郁郁葱葱,占据了大半个山头。暮春的午后,我和二姨穿过寂静的村庄,穿过翠绿的桑园,进入了后山的竹林。阳光透过青翠的竹叶,在草地上洒落点点光斑。还有未尽的露珠在野花上闪烁无限的晶莹。二姨的脚步是轻捷的,就像一只在山间跳跃的白兔。我紧紧跟随在二姨的背后,我的眼睛紧紧盯着二姨扭动的腰肢,那时候,我的内心莫名的紧张,我担心就在眨眼的瞬间,二姨就会幻化成一棵绿意盎然的竹子,同绵延无边的竹林融为一体,再也找不见她的踪影。也许我的担心是多余的,但那时候,我根本没有任何办法解除内心的紧张。

然而,二姨并没有觉察我的紧张,依然在我前面不远不近的地方行走,步履不疾不舒,从容而执着。她偶尔会回头莞尔一笑,可立即又回过头迈开了轻盈的脚步。我不知道竹林深处会有怎样奇美的景象，会让二姨如此痴迷而向往。在我的想象中，妃子村的竹林除了青青翠竹和尖尖的笋子，除了草地和野花，还能有什么呢。妃子村的竹林同异村的竹林应该大同小异，不会有什么本质的差别。后来，二姨在一片平坦而旷远的竹林边停下了脚步。啊，大蘑菇，我看见大蘑菇了。她的前面竟然有着大片大片褐红色的蘑菇。那种蘑菇体形巨大，在明媚的阳光里闪烁炫目的光芒。翼，那不是蘑菇，那是大瓦缸。我走近了，果真不是蘑菇，正像二姨说的，那是妃子村家家户户用来盛水的那种大瓦缸。我失望了。翼，猜猜瓦缸里面是什么。二姨似乎看出了我的失望，想方设法挑动我的情绪。我没有理会二姨，而是一屁股蹲在草地上，说什么也不愿站起来。经过这么久的行走，我感到非常困倦。然而二姨的热情正在高涨，她捋起袖子，弯腰抓紧瓦缸的边缘使劲往上掀。大瓦缸终于被她掀翻了。那大瓦缸罩着的竟然是笋子。那些笋子穿着嫩黄嫩黄的笋衣，像肠子一样弯弯曲曲塞了一满缸。笋衣上密布白色的毛尖，那些毛尖在阳光里闪耀着银白的柔光。

翼，你知道吗？这就是逼笋。这是二姨激动得有些颤抖的声音。我曾听祖母说过逼笋，就是在春笋刚刚破土的时候用大瓦缸罩住笋尖，笋子向上疯长撞上缸底，被迫往回长，如此反反复复，渐渐盈满了瓦缸。用瓦缸逼出来的笋白嫩颀长，制成笋干后透明如玉，它还有一个很好听的名字，叫玉兰片。我现在终于看到了妃子村一部分老少爷们赖以生存的活计。我却表现不出丝毫的激动。我不知道自己这是怎么了，也许是因为祖母说过，逼笋是充满原罪的活计。我不明白祖母说的原罪究竟是什么。我更不明白的是，二姨为什么对一项充满原罪的活计显得那么激动。我抬眼静立在笋堆前面的二姨，有泪水正顺着她的脸庞往下流，在阳光的照射下，那里闪现出两线晶莹的细流。

裸泳的三姨

没有人告诉我，外祖父，那个让我充满幻想的男人，将玉兰花贯穿于母亲、二姨和三姨的名字里，这是一种睿智的选择，还是一种宿命的安排，或者是寄托了他无限的希冀。我无法勘察外祖父的良苦用心。但有一点是肯定的，外祖父是妃子村的男人，他自己也没法摆脱作为妃子村男人的宿命。那个让我深切怀念的男人，给妃子村留下的是三个如玉兰花一样的女人，我无从判断这是外祖父作为妃子村男人的荣耀，还是妃子村老少爷们的幸运。

也许在母亲她们的名字里，饱含着外祖父的美好祝福，那就是希望她们的生活像玉兰花一样灿烂。然而我所看到的生活却不是这样，母亲是沉重的，二姨是悲惨的，三姨是叛逆的。这都不是我希望看到的生活。我也不知道我的生活会是什么样子。但她们的生活中都曾有过一段让我嫉羡的时光，虽然短暂，对我的影响却是深重的。她们三个人当中，我最羡慕的是三姨，随着外祖父和外祖母的相继离世，三姨就彻底解放了，像鸥鹭一样无拘无束，自由自在。三姨既没有跟随母亲，也没有追随二姨，而是一个人静守着绣花墩的那套老房子。有那么一段时间，母亲总是暗示我多亲近三姨一些，我不知道母亲是不是不放心三姨，故而委派我来监视她。

对于我的到来，三姨并没有表现任何反感，相反她似乎非常乐意我走近她。在母亲三姐妹中，三姨是最漂亮的，她有一双黑而亮的大眼睛，纯净时如九曲池的水液，发呆时如无云的苍穹，调笑时卷起万种风韵，嬉戏里暗藏百千狡黠。这是我特别喜欢的眼睛，虽然我永远也读不懂她眼睛里暗藏的语言，但丝毫也不会影响我对她的热爱。很多时候，我都幻想自己会有这样一双眼睛，我曾多次偷习三姨的一颦一蹙，但结果只是东施效颦。我不得不彻底放弃了偷习。但并没有因此影响我和三姨的感情，我心里总是强烈渴望与三姨为伴。而且同三姨在一起，我可以避免看到父亲板结的脸孔，以及哥哥带有毒性的目光。

三姨有一支红光透亮的长笛。我不知道这是谁送给她的礼物。我见到三姨的时候她身边就有了这支长笛，在我的想象中，这似乎是三姨与生俱来就拥有的。不管走到哪里，三姨都随身带着那支长笛，三姨和长笛就像一对形影不离的恋人。三姨的长笛总是在寂静的午后和宁静的黄昏响起。阳光下曲调婉转悠扬，落日里笛音哀婉忧伤。三姨的笛声里有流水潺潺，也有鸟语花香。然而最好看的是她噘起的嘴唇，小巧，红润，有如两瓣相合的桃花。

三姨笛声最亢奋的时候往往是五爷叫喊的时候。五爷站在村头的那棵老樟树下沙哑地呐喊，老少爷们快关门啰，红毛野人来了啊。五爷的嗓音刚刚落下，三姨的笛声就响了起来。三姨的笛声不再是轻柔的，散漫的，它比全村的狗吠还要高亢激越。三姨的笛声似乎又是嘲弄的，诙谐的。我不知道三姨是否在用笛声嘲笑五爷的叫喊，或者是对五爷叫喊的一种激烈对抗。但我知道，妃子村老少爷们听到笛声的时候心里就起了骚动，那种类似于母狗发情的喧嚣在妃子村四处泛滥。

我还注意到，只要有月光的晚上，三姨的笛声就会温柔似水。那样的晚上，三姨会踏着如水的月光步向九曲池。九曲池在妃子村的尾部，被郁郁苍苍的松林所遮掩。因为母亲的嘱托，我常常尾随在三姨的背后，像是她的一个影子。三姨伫立在那块临水的巨石上，眼望明月，双手缓缓地托起了笛子。我看见，三姨洁白的裙裾在晚风中轻轻飘动，宛如一个曼舞的精灵。笛声响起来了，声音如玉兰花的香气一样在水面轻轻流动。那一刻，我觉得三姨已不再是三姨了，那洁白的影像似乎正在飘飘欲飞。我的身体似乎也轻松起来，似乎我也是虚幻的。我不知道是月色淌了如水的笛声而来，还是笛声随着如水的月色而去。似乎有一只水鸟划碎了满池的月色，那笛声仿佛也随之碎了，幻化成粼粼的银光，向远处轻漾而去。

笛声突然断了。九曲池上一片静穆，只有笛声的余韵尚在水面萦绕。我注目三姨，她依然站在那块巨石上，那支长笛正横卧在她的脚下。我看见她正慢慢撩起白色的裙裾，缓缓举过头顶。三姨的胴体裸露了。透明的月色在她身上镀上了一层纯净的乳白色。她迎着月光走下了巨石，走进了那片闪着银光的水域，只留下我茫然失措地站在岸边。三姨一入水，她的身体立刻灵动起来，我怀疑三姨是属于水的。三姨时而仰卧在水面上，时而像一条鱼一样游进水的深处。仰卧的时候，她的双乳高高耸立在水面上，像是两座小雪山，在如洗的月光里闪现炫目窒息的光晕。畅游的时候，她的臂膀有如双桨，搅起簇簇水花，碎细的月色慌乱地遁入远方。特别是她伫立水面的刹那，裸露的胴体曲线婀娜，被月光漂染的目光熠熠生辉，彻头彻尾就是一个漂亮的水妖。

我被三姨裸露的美丽强烈震撼了。三姨和九曲池似乎是人水合一了。我暗地里猜想，或许这九曲十八弯的水域本来就是属于三姨的，属于一个吹笛子的女人，属于一个裸泳的女人。我不知道远古的妃子以及村庄里远逝的女人是不是曾在这一池碧水中沐浴、嬉戏。也没有人告诉我，地处幕阜山源头的九曲池，它是否是妃子村老少爷们心中的圣湖。在我虚构的历史中，这九曲池似乎就是那个避难者赛龙舟的战场，当然，也有可能是他和他的爱妃宠妾游乐的另一天堂。有一点我是知道的，妃子村后来的男人们也似乎酷爱这片水域。我曾在元宵节的夜晚，目睹过妃子村的老少爷们在那块巨石旁边祭祀龙灯的热闹场面。那些男人们手持烛光火把，簇拥在巨石旁边。九个男人手擎一条竹编巨龙站在人群中央。那龙的体内点着巨烛，外表被红纸裱糊，在烛光的照耀下，龙身通红透亮，撼人心魂。那条巨龙在男人们的手中有如行云流水，仿佛要腾飞而去。五爷和另外两个老男人手持火把，在巨石上蹦来跳去，他们在上演祭祀的最后礼节梅花傩。五爷突然一声长啸，那九个男人凌空跃起，跨过巨石，直扑水面。龙最终归于水了。我见过龙归于水后的水面，那里不再是一片纯净的蔚蓝。水面散布碎细的纸页，大片的湖水被浸染成血色。那块巨石上布满凌乱的脚印和烛光的泪痕。

而现在，三姨就在五爷跳梅花傩的巨石上横笛，在龙归于水的地方裸泳。我不知道三姨热恋的这方水域该是男人祭祀的圣湖，还是三姨裸泳的天堂。正如那块巨石一样，我不知道它是五爷上演梅花傩的舞台，还是三姨横笛的乐坛。我深深知道，妃子村的每个女人几乎都有一片自己钟爱的土地，母亲深爱着那片落满桐花的草地，二姨热衷于郁郁葱葱的竹林，而三姨呢就在这九曲池边流连忘返。然而，正是她们的热爱，带给了我莫名的困惑和恐惧。母亲落满桐花的草地上有着父亲瘦弱的裸体，二姨郁郁葱葱的竹林里有着逼笋的男人，三姨横笛的巨石又上演五爷的梅花傩。我不知道我所热爱的土地会是什么样子，会不会有男人，是什么样子的男人。没有人告诉我这些。只有一点我是明白的，我属于河流，属于那片淌过我处女红的幕阜之水。

行走的翼

我不知道，一个人能够承受平庸的生活，这是不是一种美德，是不是一种平淡的精神。似乎妃子村的绝大部分女人都在经历这样的生活。就像母亲一样，过去的一天和刚来的一天没有什么本质上的区别。很多时候，我曾天真地幻想，如果时光可以倒回，如果母亲和父亲可以少一次在落满桐花的草地上翻滚，那么妃子村就不会有一个叫翼的女孩了。我可以考虑出生在任何地方，唯独不愿看到自己出生在妃子村。我的前世的前世的母亲，跋山涉水，历经磨难和艰辛，从村庄去到遥远的皇宫，为的是离开那个仄守的村庄。而现在，她隔世的女儿又回到了她最初出发的村庄，这是多么巨大的不幸。我曾坐在门槛上遥望星光灿烂的天空，那里有一双眼睛始终在注视着我，我知道，那是我前世的前世的母亲充满期望的眼睛。

我曾多少次渴望从母亲那里获得什么，我觉得这是母亲的责任和义务，然而我却一无所获，甚至我迫切的愿望换来的只是母亲的呵斥和推诿。也许母亲从来没有想过要告诉我什么。哪怕是第一缕处女红来临的时候，也没人告诉我，这是女人一生必然遭受的磨难。后来，我一个人猴在河的拐弯处，在那个无人到达的角落，用清清的河水将我的身体洗涤干净。那时候，我悲伤而绝望，以为自己患了不治之症，不久将不省人世了。我企望河水将我的处女红带来，将我的灵魂带走。是的，我一直目送那抹红色的河水拐过弯道，消失在逶迤的山谷里。然后，我用衣袖擦干泪水，一个人躺倒在草滩上，安静地迎接死亡。

也许母亲真的没有我想象的那么睿智，我也始终无法参透母亲所思所想。然而，作为女儿，我常常梦想自己了解母亲多一点，明白得深一些。也许在母亲的内心，早认为这一切不存在任何意义。也许了解越多，影响我的就越深。母亲的生活是母亲的，女儿的生活是女儿的。我终究要离开母亲，不只是远离她的内心、她的思想，甚至于完全离开她的视野，离开她的生活。我不知道母亲对此是不是早有预感,有意让我提前中断对她的依恋,中断对妃子村的依恋。

是的,我绝对会离开母亲,离开妃子村。因为我奔波不停的个性似乎是与生俱来的。在十二岁之前,我一个人就踏遍了妃子村的山山水水,阡陌野径。我曾在秋高气爽的日子沿着有红毛野人的道路向幕阜山的心脏进发。我很幸运,我看到过丢在山道边的竹筒,但在所有的行程中我至今还没有遇到红毛野人,只是在五爷胡乱的叫喊中经受虚无的恐惧。我知道山的背后仍然是山,而且同妃子村周边的山峰没有什么两样。经过许多次的行走,我渐渐明白,为什么那个避难者把妃子村当作他最后享乐的天堂。因为妃子村有的只是大山,未开垦的自然,那是抵挡灾难的最好屏障。

我不知道我的行走是否有什么意义。但我知道,我是属于道路的,属于河流的。然而,我清醒地知道,我不希望自己再次走进幕阜山的深处,走进那个被山峰和森林隔绝的世界。就算我真的是妃子隔世的女儿,也不能困死在一个村庄。我必须完成我前世的前世的母亲的遗愿。因此,我不得不改变行走的方向。假如前半截我的行走属于道路,那么后半截我选择的将是河流,将是那条流过我处女红的幕阜之水。

我沿着河堤一直往下游行走,那个叫羽的男孩自始至终都守在我的身边。我走过了母亲的桑园,也走过了三姨独守的绣花墩。在五爷油榨房的遗址上,我看见了大片的野花,有蓝色的长柳子花,也有伏地的小黄花。它们开得鲜艳而恣肆。我甚至像祖母一样扎了一个花冠戴在头上。我的行走似乎变成了巡视,又像是隆重的庆典。也许是走累了,我和羽就在一片开阔的河滩上停了下来。这里依然是妃子村的河滩,我的行走刚刚开始。我在休憩的时候,用一摞白纸认认真真地折叠纸船,小小的船儿摆满了整个河滩。按照我的吩咐,羽在每只小船里都插上一支小小的蜡烛。入夜时分,我和羽点亮了蜡烛,将纸船一只一只放入水中。河边的水草,水中的裸石,都镀上了一层耀眼的金光。那游弋的鱼儿仿佛受了惊吓,向水深处急射而去。纸船顺流而下,烛光燃亮了那条河流,也燃亮了妃子村。我和羽静静地坐在河滩上,红亮的河水映照着我们微笑的脸庞。

然而，红亮是那么短暂，转眼就消失在无垠的黑暗中。就在红亮将尽未尽之时，我的胸口卷起揪心的绞痛，惊慌和恐惧突然袭击了我。羽似乎觉察了我的不适，用他瘦小的手搂住了我的双肩。我感觉他的手同我的躯体一样在不停地颤抖。我使劲推开了那只像狗一样趴在我肩头的手掌。然后我用双手紧紧捂住胸口，仰卧在河滩上。我的头顶是另一条河流，它同烛光燃亮的河流一样灿烂，流光溢彩。我又看见了我前世的前世的母亲的眼睛，她就在我头顶的繁星之间，闪烁着晶莹的期望之光。我前世的前世的母亲正沿着那条河流孤独地行走。

我一骨碌从河滩上爬了起来，向着那个孤独的背影狂奔而去。然而，我的奔走是徒劳的，那个背影越来越远，很快就消失在深邃的苍穹。我眼睁睁地看着她消失在繁星当中，我却无力挽留。那种悲怆深深笼罩了我，我止不住潸然而泪下。

第三章　五爷的鹤顶红

关于妃子村，我知道的渐渐多了。然而，我所知道的并不是来自纸页，那纸页上记载的，用我的眼睛看有很多的不可靠，也有很多的不真实。那些编撰家谱的人都是聪明的，并不像我一样傻里巴叽的，把我家族里的那些丑陋一并揪了出来。我不知道自己是不是过于愚蠢和轻率了。我曾偷偷翻阅过许多家族的家谱，并没有发现什么有模有样的东西。我仿佛记得，外祖父的家族同二姨相好的那个逼笋的男人的家族，其祖上好像是私交甚笃的同僚，似乎一直有着指腹为婚的陋习，家谱里却饰以两家至交亲上加亲的漂亮词汇。家谱里还有许多类似的记载。我觉得那些文字就像一只只黑色的蝙蝠，一直在妃子村老少爷们的心空里窜来窜去，挥之不散。

后来，我常常怀有一种被欺骗的感觉。笼罩在五爷红樟木箱上的神秘也渐渐消散了。我对那一堆发黄的类似经卷的纸页失去了兴趣。那种竹膜薄的纸页，如果用来充当揩屁股的手纸，那是柔软而舒适的，只要不担心墨迹脱落在屁股上。有时候，我也怀疑，自己所做的这些有什么意义，对谁有意义。对一个村庄刨根究底，绝对不是一个十五岁的少女该做的事情，我不停地询问自己，我是不是闲得无聊，是不是无聊得堕落呢。然而，没有谁告诉我，我将做什么，我该做什么。

　　有时候，我也感觉自己是冰冷的，是残忍的。就像解牛的庖丁，将妃子村当作一头牛，一刀一刀，剥开它的毛皮，切断它的筋骨，赤裸裸地置于案砧上。我似乎听见妃子村骨头断裂的响声，以及她痛苦的呻吟。可是，我并没有因此停止那只操刀的罪恶之手。我终止了在纸页里找寻妃子村遗迹的眼光，而在祖母和母亲那里，我渐渐学会了聆听。我明白，许多的故事和传说之所以能够日复一日地流传，就是因为有像我一样虔诚的聆听者。我参悟到，聆听也是记录历史的一种重要方式。有时候甚至是偷听。我将以这种方式记录妃子村一些散逸的历史。

　　我在聆听的过程中发现，祖母的话语总是片段的，省略的，往往在精彩的地方戛然而止。我不知道祖母为什么会养成这样的习惯，是不是在我之前的聆听者无法忍受她的冗长，或者祖母是以中断的方式来吸引别人的听觉。有一点我是感觉清晰的，祖母的话语明显多过母亲，这同祖母的孤独有密切关系。而母亲呢，很多时候都不需要我这样的聆听者，她往往扎堆在妃子村的女人群落里，不愁没有听众。我记得，祖母只给我讲过一个完整的故事，唯一一个完整的故事。我不知道这个故事同祖母自身的遭遇有没有关系，又有什么关系。然而，不管什么关系，祖母的讲述是清晰的，故事也是完整的，这对我来说已经是非常奢侈的享受了。

　　祖母的故事里没有确切的年代记忆，几乎所有的故事都是这样。我只知道，这个故事同五爷有牵连，同五爷从汉口带回来的鹤顶红有着致命的联系。由此判断，故事发生的时候五爷正年轻，祖母也正年轻，但我不知道父亲有没有出生，或者出生了多久。那时候，妃子村流行的建筑都是芝麻黑的花岗岩打磨的基石，殷实的人家还要在大门口立两个石狮子。妃子村的墓葬也是奢华的，不仅要用花岗岩打磨一字石，还要在坟后竖起高高的座山碑。更有甚者，墓前还盖起了石头亭子，雕梁画栋，豪华气派，有种虚饰的尊贵。妃子村有的是石材，少的却是石匠，尤其是手艺精湛的石匠。

那一年，妃子村有族大姓似乎发达了，男人们吵嚷着要建祠修庙，一方面供年末岁初祭祀，另一方面正好显摆家族的繁荣。男人们早勾了图画，那腾空而起的飞檐，那威武雄壮的石狮，在纸页上似乎就有无限的气势。如果仅凭妃子村男人们的力量，这图画只能是纸页上的辉煌了。他们不得不从异村请来了工匠，虽则羞辱，却又无可奈何，妃子村的男人们只能做些伐木取石做砖烧瓦的粗活。最早进村的是个小石匠，祖传三代的石匠手艺，人也长得不赖，卧眉隆额，膀阔腰圆，浑身的阳刚气。打凿基石，雕狮刻花，并不是一日两日的活计。妃子村的男人们怕坏了村里不得留宿异村男人的规矩，不得已在山坡上搭了一个简陋的草棚，小石匠的吃喝拉撒睡都在那咫尺见方的地头。

却有一个寡妇，在山头采摘栀子花的时候偶然遇见了小石匠，似乎动了恻隐之心，再来的时候顺便捎带了些茶水给小石匠。一来二往，两人渐渐有了些意思。不过，寡妇不知小石匠的来历，小石匠也不清楚寡妇的家世，这意思只能囫囵着藏在各自的肚子里，谁也不好说破。待到石匠的活计完了，小石匠也清楚了寡妇的情况，便将藏了多日的话语对寡妇表白了。经过这许多日子的接触，寡妇见过了小石匠的人品和手艺，心里头早存了一份渴望，只是寡妇人家不好说出口，现在，小石匠一说话就什么都顺当了。过些日子，小石匠便托了媒人来说亲，想娶了寡妇去那异村，寡妇更是喜上眉梢。然而，妃子村的男人们却不答应寡妇嫁与那异村，只依照村里的规矩，叫那小石匠做倒插门的女婿，否则就成不了事。小石匠却是铁了心与寡妇成就美事，也就不在乎倒嫁与寡妇，欣然应允了。

一个如花似玉的寡妇替异村的男人热了被窝，这是妃子村男人们极没脸面的事情，然而男人们见识过小石匠的手艺，妃子村离不了这样一个手艺精湛的小石匠。男人们的算盘敲得鬼精，小石匠不仅老老实实替妃子村的男人开山凿石，还将祖祖辈辈不外传的手艺传了一个妃子村的男人。妃子村的男人们似乎沾够了便宜。我猜不透妃子村的男人们答应这门婚事时是怎样的心情，也不知晓小石匠和寡妇婚后的生活是否美满幸福，祖母在讲述的时候似乎也没有说。我猜不透祖母为什么回避了那些生动的细节。故事在祖母平静的叙述中直奔结尾了。祖母的简单让人无法阻挡。就像那个异村的男人结束在妃子村的生活一样，简单而短促，令人猝不及防。就在一个暮色四合的黄昏，小石匠倒在了返回寡妇身边的路上。他一只手捂着肚子，另一只手朝前伸使劲抠着一簇野草，他的鼻孔里流出同芝麻红一样颜色的液体。

这就是故事的结尾。听祖母说，小石匠就死在五爷从汉口带回来的那瓶鹤顶红上。喝了用鹤顶红浸泡的毒酒，就是神仙也没治了。祖母的眼中暗含了许多泪滴。至于小石匠怎样喝的毒酒，同谁一起喝的酒，这些关键的细节都被祖母忽略了。我猜想，祖母可能也不清楚这些细节。然而，不管丧失怎样的细节，却不伤故事的真实。祖母说小石匠就下葬在那片采花的草坡上。我似乎见过小石匠的坟冢，被乱草覆盖，上面有一簇野艳的彼岸花，细碎的花朵，血红的颜色。我似乎还记得祖母牵着我走下山坡时，顺手将她头顶的花冠套在坟顶上。

父亲的寻找

无论哭泣还是梅花傩，父亲对于圣殿的祭奠都是虚无缥缈的，纯粹是故作的，是哗众取宠的表演。圣殿早在父亲的孩提时代就已经消失，圣殿停留在父亲心中的具体影像，同别人看到的并没有什么不同。除了两根光秃秃的石柱，其他什么也没有。这在父亲心中肯定是件非常别扭的事情，也是件非常痛苦的事情。

很多时候，我发现父亲一个人在圣殿周围逡巡，他埋着头，佝偻着脊梁，专注地在草地上寻找。我知道父亲一定是在找寻圣殿的残骸。散落在草丛里的残石断砖都被父亲集拢了，堆在圣殿的空地上，有半间房那么大。找寻的收获让父亲兴奋不已，他环绕圣殿转着圆圈，不断扩大寻找范围。对于每一个微小的收获，父亲都要举行一个小小的庆祝仪式，喝上半杯酒，家里的酒坛一天天浅了下去，很快就见了底。地面上的寻找收获甚微的时候，父亲又改变一种寻找方式，他的目光像锥子一样穿透草皮,潜入了泥土。他像一个精心耕作的老农,一锄一锄,将圣殿周围的土地翻了个透。父亲将找寻到的砖块一块块洗净,齐整地砌在一起。我见过那些砖块,质地细腻,表面上还有精美的图案。父亲甚至还挖到了一块大理石的匾额,宽五尺,长逾丈,好像刻着字。父亲将镶嵌在石隙里的泥土用竹篾轻轻剔除,石头上便浮现出圣殿两个字,字迹雄浑有力,这是我见过的妃子村里最漂亮的书法。石头的边缘似乎还盘着两条龙,好像抱守着圣殿的字迹。

我不知道父亲为什么痴迷于收集圣殿的残骸。在我的印象中,父亲好像从来没有如此投入如此快乐地做过一件事。在妃子村,即使再多的事情,父亲也用不着亲自动手,在家里也是一样,母亲是勤劳的,正是她的勤劳掩盖了父亲的懒惰。我感觉父亲是别有所求。我的猜测果真没错。圣殿匾额的发现惊动了妃子村所有的老少爷们。五爷来了,他颤巍巍地挪着脚步,一步一步走近了匾额。大理石的匾额倚在石柱上,五爷的手紧紧扣着了石匾的边缘,就像一个孩子死死拉着他母亲的衣角。他的嘴角不住地嗫嚅着,眼睛里似乎还含着泪光。我听见他不断在重复几个简短的词语,圣殿,我的圣殿啊。他的声音没有叫喊时的那么喧嚣,但我听得异常清晰。是的,我听的绝对没错,他反反复复说的就是这些。

最让我惊诧的是,我的历史老师,那个病态的男人也来了。他依然戴着两片墨水瓶底厚的玻璃镜片,一只手捂住嘴巴,另一只手轻轻叩打着石头匾额。他的两条瘦腿也不闲着,围绕匾额前后左右地转着圈儿。后来,那个病态的男人在五爷和我父亲之间停住了脚步,他的声音又从指缝间漏了出来,他说,这的确是一块年代悠久的匾额啊,精雕细刻的图案,刚劲厚重的书法,看那圣字的一捺,蕴藏着多么巨大的力量啊。这是妃子村最珍贵的文物呢。就在他说话的短暂时间,我看见围住石头匾额的男人们眼睛突然亮了起来,有如一只只红亮的灯笼。

我注意到父亲的眼神并不像妃子村另外的男人。他的目光也是落在石头匾额上,却是一动不动,这是父亲思索的习惯姿势。我知道父亲一定是心有所动。也许石头匾额的发现,是冥冥之中对父亲的一个暗示。我暂时还猜不到父亲会如何理解这个暗示，也想不透父亲会怎样回答这个暗示。但是，我断定，父亲一定会有所动作。他的动作一旦施展出来，妃子村将没有人阻挡得了，也没有人敢于阻挡。

也许我应该感谢父亲，他的发现为我的虚构再次提供了有力的物证。然而，父亲的寻找绝不是为了给我提供证据，无论我是延伸祖母或者父亲的话语，完成他们未知部分的虚构，父亲都不可能知道我的所思所想。我也明白，父亲的寻找远远没有停止。终于有一天，五爷，父亲，我的历史老师，他们三个人同时走进了我家的厅堂。我的历史老师，他的腋下夹着一卷地图那么大的纸轴。父亲从历史老师手中接过纸轴，并在那张暗红的八仙桌上铺展开来，纸页迅速覆盖了整个桌面。那是一幅工笔画，画的是一座气势恢宏的建筑，两边对称砌着三重气宇轩昂的飞檐，正门立着两只威风凛凛的石狮子，两根龙爪飞扬的石柱中间就是那圣殿的匾额。是的，这就是父亲梦寐以求的圣殿啊。我注意到，父亲的脸色是庄重的，动作是轻柔的。我似乎从中看出了父亲祭祀的姿势，炫耀的神采。我的历史老师说，村长，这是妃子村真正的圣殿啊，不管谁重修圣殿，他都是妃子村显赫的功臣，必将载入妃子村的历史，流芳百世呀。

那一刻，父亲的眼睛突然爆满了火花。我知道，那是历史老师的话语擦亮了父亲的眼睛。就连站在他们旁边的哥哥，那个下巴上涂着一抹浅黑的男孩也是一脸红亮。然而，在我看来，历史老师的话语不过是画蛇添足。从收集圣殿残骸的第一天开始，父亲似乎就在运筹帷幄，早已在内心一次又一次地修筑梦想中的圣殿。我不敢揣测，他从梦幻中苏醒过来的感受到底是怎样一种感受。而现在，这卷纸轴似乎再次缩短了父亲的梦想与现实之间的距离。就在那天晚上，圣殿的空地上又燃起了篝火，妃子村的老少爷们又在那里疯了一个晚上。

我真的不明白，重修圣殿对于妃子村有什么意义。那个病态的男人始终是病态的。我甚至感觉父亲也感染了相同的病变。父亲的梦想是那样可笑，是那样幼稚。我似乎看到父亲的形象不断在萎缩。也许我是愚蠢的，一次又一次地公开父亲的隐私。我应该有义务为父亲而担心，因为我是他的女儿。事实上，我在内心的确为父亲担忧过。只是那时我还没有想到，自己的担忧竟然变成了一种真正的预言，它是那么恶毒。

就在父亲筹措资金的时候，祖母和母亲送给我的玉石与金钗突然不见了。我翻遍了我的卧室，也没有找到它的影踪。我想到了哥哥那灼伤的目光，趁他不在的时候我进入了他的房间，我在他的房间看到了一座小巧的青铜鼎，除此之外什么也没有。我不得不将实情告诉了祖母和母亲，然而，她们也是一无所获。就在我寻找玉石和金钗的时候，我的那些玩伴一个个变得惊慌失措，四处翻箱倒柜，似乎也在漫无目的地寻找什么。似乎妃子村的空气里都藏了窃贼。我重新回忆了一遍找寻的地方，担心忽视了一些角落。我突然想到了父亲的房间，那是我始终没有找寻过的地方。我不知道自己为什么会忘记那块地方，但我觉着我的想法是那么阴险。我像一个窃贼一样进入了父亲的房间，就在那个放着家谱的木箱里我找到了一个包袱，里面包裹的竟然全是金银饰物，其中就有我的玉石和金钗。

二姨的金背大红

关于二姨，我似乎有很多话要说，然而，我总是无法说得那么坦然。我曾多次跟随在她身后进入那片竹林，但我感知，二姨好像怀有一股独自拥有竹林的强烈渴望。二姨不像母亲，对待什么都是平淡的，也不像三姨，对待什么都容易忘怀。很多时候，二姨总表现得那么痴迷，那么执着。我仿佛看到，那片竹林变成了二姨生命中的一个陷阱，她就沉陷其中，永远无法脱身而出。是的，那真是一个陷阱，我也差点陷入其中。竹林是那么浩瀚，那么辽阔，就像一个男人宽厚的胸怀。虽说我没有倚靠过任何男人的胸膛，但我的内心早已存着一份朦朦胧胧的温柔与冲动。我距离成熟还很遥远，对于竹林，就像对待梦想中的男人，我的感觉是那么美妙。

当然，一个成熟的女人对于一片自然之林的热爱，绝对不是那么纯粹的热爱，事情也远没有这么简单。二姨对于竹林的热爱同一个男人有关。我见过那个男人，那个逼笋的男人。他就像一棵挺拔的竹子，伟岸的肩膀，宽厚的胸怀，棱角分明的脸谱。我惊叹于一个整日握着篾刀的男人，竟然有着如此浓郁的阳刚之美。他似乎就是那个我曾无数次梦见的男人。我突然明白了二姨为什么那么沉迷于一片竹林。如果换了我，我有可能比二姨还要热烈。因为在妃子村，我看到了太多猥琐的男人。

进入竹林的二姨，似乎将什么都忘了。她扔掉画笔，将画纸撒向天空，然后冲过飞飞扬扬的纸雨扑进了那个男人的怀抱。她的脸上没有丝毫羞色，有的只是灿烂的笑容。那一刻，二姨是幸福的，也是忘情的，她甚至忘记了我的存在。我看见她在草地上跑来跑去，同那个男人一起搬瓦缸，压笋片，片刻也不能安静。我的目光随着他们忙碌的身影而流动。我不知道自己是羡慕还是嫉妒。然而，不管羡慕或是嫉妒，这些已不再重要。因为我在内心根本无法接受一个事实，这么伟岸的男人，干的却是祖母认为充满原罪的活计。我不清楚自己是否过于多愁善感。不过，我实在忍受不了这种潜藏在生命中的分裂和错位。我不得不逃离那片竹林，把浩瀚和辽阔留给二姨和那个逼笋的男人。我不能失陷在竹林的陷阱里。后来，我多次从竹林经过却始终没有再进去，甚至我还梦见过竹林，但在行走的时候，我再也没有萌生进去一探虚实的念头。直到现在，我依然坚守当初的决定，那片竹林不属于我，它只能完全属于二姨。

我大声告诫自己，暗恋结束了，一个幻想中的影像破碎了。我没有悲伤，也没有落寞。也许这是妃子村每个女人在少女时代都曾有过的冲动和幻想。我似乎同她们没有什么不同。然而，我始终无法判定自己的逃离是不是彻底的。我一次次接受了二姨从竹林里带回来的小礼物，有时候是一束芬芳四溢的花朵，有时候是一捧甜美可口的草莓。我至今还收藏着的是一只竹编的小鸟，挺立于竹枝上，羽翼张开，仿佛就要腾空而去。竹篾光滑细密，翅膀上甚至还编出了好看的花纹。我真的不敢相信，那双宽大厚实的手掌竟藏了如此精巧的手艺。那只竹编小鸟一直挂在我的床头，每个晨曦，从梦中醒来的时候，我都看到它在我的头顶翩翩飞翔。

当我再次走近二姨和那个伟岸男人的时候，我的内心已彻底平静，似乎再也没有什么能搅乱我的平静了。那一次，我去的是二姨在观舞台的新家。观舞台就在竹林的右翼，偌大的一块平地，铺垫着平整的花岗岩。一片黄墙黑瓦的院落，前面是半人高的女墙。我去的时候正是秋天，山野的景色已显出肃杀和败落，黄叶凋零，林中枯枝高耸。然而，就在我踏上观舞台的瞬间，我的眼前突然红亮起来。我看见花岗岩的边缘，四围的女墙下，被大片大片大红的颜色所包围。我不认识那种花朵，在妃子村我也从来没有见过。花瓣的正面是那种炫目的大红，背面却是雍容的金色。二姨说，这是金背大红，一种观赏性的菊花。我注意到，二姨说话的时候，她的眼里满是金背大红的金色。

我绝没有想到，在距离妃子村中心遥远的观舞台，竟然潜藏了这么美丽的花朵。它炫耀的金色不应该属于妃子村。我不知道遥远的异村，那个叫艾的村庄里是否也有类似的花朵。我仿佛看见，清朗的月夜，观舞台上轻歌曼舞，水袖长舒。那个避难者，在醉生梦死地逍遥。我不敢否认我虚构的真实。竹林，观舞台，金背大红，在这一连串的名词背后，我似乎发现二姨正以另一种方式远离妃子村，远离父亲的圣殿。然而，我无法估量的是，二姨同妃子村的距离到底有多远，五爷叫喊的声音又能否将二姨覆盖。金背大红究竟是不是妃子村一种真实的历史。没有人告诉我一个准确的答案。

三姨的爱情

毫无疑问，三姨应该是一朵花，绽开在妃子村老少爷们的心坎上，泼辣而恣肆。我早就有一种预感，三姨不属于妃子村，不属于妃子村的老少爷们。我暂时还没法肯定我的预感是否正确。在我的心中，既怀有对三姨旷世美丽的震颤和感动，又潜藏对三姨旷世美丽的担忧和妒忌。我爱着三姨，爱着妃子村的每个姐妹。我一直希望自己能忠实地记录她们的美丽。我自始至终坚持这么做。我多么渴望有一天异村的男人能够看到，在妃子村的历史中有这么一群女人，她们灿若妃子，却又怀着旷世的孤独。

我有幸目睹了妃子村女人旷世的美丽，更希望见证她们美好的爱情。然而，对于爱情，我是陌生的，未知的。从来没有人对我谈起爱情。我不知道，在男人和女人之间，怎样的形式怎样的内涵才是爱情。父亲和母亲的野合，二姨和那个逼笋男人的金背大红，我和羽第一次唇齿之间的接触，这些是不是爱情，又能否算作爱情。还有三姨，同一个又一个男人的调笑，同一个又一个男人的交媾，是否是另一种爱情的表象。对于他们，我似乎怀有一种本能的恐惧，就像一个纯洁的观众面对一场触目惊心的表演，冰冷而绝望。

然而，我不能因为我的恐惧而否认见到的事实。我无法探知，异村的爱情是否也同我在妃子村看见的一模一样。从母亲她们身上，我似乎明白了一点，情感世界是孤独的，女人进入男人的世界也是孤独的。我必将面临这样的孤独，就像妃子村的每个女人孤独地面对男人。而且我在内心渐渐觉着，母亲，二姨，三姨，她们都是我最亲爱的姐妹，但她们永远不是我志同道合的朋友，虽然她们从来没有拒绝我进入她们的生活。在她们情感之外的世界里，我只能像一颗找不到子宫的精子一样游离。

也许我是阴险的，因为我一直窥视着她们的隐私。我目睹了父亲和母亲在草地上的翻滚，也撞见了二姨背倚瓦缸同那个逼笋男人赤裸的拥抱。我甚至一次又一次地站在九曲池的岸边，像欣赏一幅图画一样观看三姨同那些男人一起裸泳。水中的三姨就像一条小鱼，灵巧地摆动身体，一次又一次，从男人粗野的臂弯里逃脱。三姨的笑声漾满了水面。三姨似乎永远是自由的，没有哪一个男人捉住过三姨。我渐渐听出，三姨的笑声里不单单是嬉戏，好像还有戏弄嘲讽的音韵。我似乎也产生了错觉，特别是三姨笑着的时候，我感觉三姨就不是三姨了，那个笑着的女人彻头彻尾就是一个惑人的水妖。

三姨似乎并不在意我的旁观。无论同哪个男人在一起，三姨的目光始终都是狡黠的，刁钻的。我无法从她的瞳孔里阅读到什么。有时候，三姨会借着暮色的掩护，将那个裸泳的男人引向无人的彼岸。我不知道三姨为什么要游到彼岸去，她和那个男人要到那边去做什么。我一个人孤零零地坐在岸边，寂寥的夜色将我紧紧包围。那时候，我真的恨过三姨，甚至诅咒她在返回的路上掉进水的深处，被水无声地吞没。可三姨从来就没有从水面返回过。水面银光消失的时候，三姨似乎也消失了。我又后悔我的诅咒过于无情过于恶毒了。

　　我隐约地觉得，三姨的内心并不像她的笑声一样放纵。她和那些男人借助夜色和水面的掩护来回避我，三姨一定是痛苦的，也是羞耻的。虽然我不能确切地把握三姨的想法，但有一点是肯定的，我的旁观实际上是一种恶意的侵犯，是对三姨的一种羞辱。同时，我也强烈地感受到三姨对我的伤害，三姨的行为就像一幕幕有毒的画面深深地刻在了我的脑海里，永远无法抹去。对于来自三姨的伤害，我是自愿接受的。有时候，我也想过，我记录这些有什么意义呢。然而，我无力抑制三姨对我的吸引。在我的眼里，三姨就像一朵野艳的罂粟花，明知道她有毒，我却无法停止对她的热爱。

　　后来，我渐渐明白，三姨温柔的笛声是一种热切的呼唤，就像是充满情爱的虫鸣，饱含只有男人才能听懂的焦灼和期待。那些男人是鬼魅的，也是阴险的。三姨笛声响起的时候，他们便尾随在她的身后，像影子一样进入九曲池。九曲池的月色因此轻浮而放荡。就像目睹父亲和母亲的野合一样，我不止一次听到过三姨忘情的叫喊。三姨再次把五爷跳梅花桩的巨石当作了她和那些男人的舞台。三姨赤身裸体地同男人纠扭在一起。他们就像一对搏斗的野兽，在做临死前的最后挣扎。九曲池的夜空到处都游荡着三姨类似母兽的长吟，那种声音是那么恐怖而又陌生。搏斗停止的时候，声音也消散了，就像沉入水底的月光，无声无息。只有横摊在巨石上的两具胴体，泛出一片死亡的惨白。

　　三姨是独特的。我清醒地知道，三姨的裸泳不是妃子村女人真正的爱情现场。我又一次进入了三姨心灵的岔路口。三姨至少同两个以上的男人裸泳过。在那极度的快感中，我无法确认三姨是纵情享乐，还是痛苦地沉沦。在一次裸泳结束与下一次裸泳开始的间隙里，三姨是微笑的，她的笛声柔美而纯清。三姨又恢复了本来的平静。我感觉我有很多问题要问三姨，但每次都在张嘴的时候欲言又止，我不知道要问她什么。三姨似乎发现了我的尴尬，她从嘴边挪开了长笛。三姨说，翼，这是我们女人的村庄啊。三姨说话的时候眼睛熠熠闪光。她的语气同祖母何其相似。

我暗自揣测，也许三姨前世是一个不得宠爱的宫女，今生的纵欲只是为了挽回前世的寂寞和失落。不管我的揣测是否合理，三姨的一切对我都是致命的诱惑。我是一个未成熟的女人，然而，我向往着一个成熟女人能做的所有事情。在渴望和诱惑交织的煎熬中，我断绝不了来自心灵深处的欲念，差一点就步了三姨的后尘。我似乎看到我的处女红在河中无拘无束地漫溢，像霞光一样淹没了整个村庄。

翼的初吻

就像一个哲人一样，我始终坚持一边行走一边思索。我几乎天生就养成了这样一种沉思默想的习惯。我感觉有一个远古思想者的幽灵附着在我的身上。我不知道他是避难者的重臣还是地位低微的史官。我之所以没有选择道路而选择了河流，完全是我思考的结果。被群山阻隔的妃子村是没有道路的，只有一条河流通往遥远的异村。我敢断定，就在几千年之前的某个黄昏，那个避难者沿着河流进入了妃子村。

现在，我之所以沿河而下，就是为了证实我的猜想。如果我的猜想是一种谎言，那也应该由我自己来凿穿。因为长时间的行走，我的脚掌已磨起了血泡，荆棘撕裂了我的衣衫，我红嫩的脸颊也因为长时间的暴晒而变得黝黑。但我没有因此而停止行走的脚步。那个叫羽的男孩一再要求我坐下来，在河岸的树荫下稍为休憩。我都拒绝了。我知道我的生命属于行走，一旦我停止脚步，生命也就随之终结了。

我容许羽留在我的身边，不是因为我那么需要一个男孩，而是出于对母亲和二姨她们拙劣的模仿。对于爱情我是虚幻的，至少在今后很长一段时间里它都不会有任何实际意义。然而，我窥视三姨产生的恶果正在我的身体内潜滋暗长，而且极为恶劣的是，我并不知道自己已沾染三姨的毒液。我甚至幻想过裸泳，同羽一起，在流过我处女红的河流里嬉戏。幸好这只是一种幻想，我没有把它变成现实。在现实中，我极力避开同羽的任何身体接触，哪怕偶尔碰一下我的胳膊也不可以。我深深明白，我是脆弱的，我担心瞬间的接触会瓦解内心的戒备，最终导致我理智的崩溃。

后来，我的行走被一堵墙挡住了。那堵墙就在村庄的入口处，它横跨河流，巍然高耸。墙由花岗石条砌成，墙体布满青苔，石缝里斜插着不知名的植物。我无法判断墙的久远。我暗自揣测，这也许是避难者抵御异村的最后防线。我似乎找到了我虚构真实的又一物证。在我的记忆中，我从来没有听人谈到过这堵墙。祖母、母亲、二姨和三姨，她们谁也没有说及过它。

就在我抬腿准备跨出墙洞的时候，羽突然挡在了我的前面。羽一脸惊恐，眼睛里注满乞求。羽说，五爷说过女孩子是不能走出这堵墙的。我根本没有听清羽在说什么，我的听觉似乎出了问题。羽重复了一遍。我终于听清楚了羽的话语。我真的不敢相信祖父的手迹竟然是真实的。我的眼里很快积满了愤懑和屈辱的泪水。就在羽说话的时候，我拼命朝他冲了过去，羽被我撞得一个趔趄，差点栽倒在地。然而，羽敏捷地回了头，使劲箍住了我的胳膊。我和羽在墙洞里纠扭起来。我始终没法突破羽的阻拦，只能在墙洞里周旋、徘徊。

和羽长时间的僵持不下，我渐渐觉着累了。我背倚在墙基上，石头的冰冷透过衣衫侵袭了我。我忍不住打了一个寒战。就在我走神的瞬间，羽突然抱紧了我，他的双臂像铁链一样环绕我的腰间，将我勒进了他的胸怀。他的嘴压在了我的唇上，咸咸的，腥腥的，有如动物血液的味道。我的初吻就这么简单地被一个叫羽的男孩攫走了。愤懑和屈辱的泪水夺眶而出，刹那之间漂染了我的脸庞。我狠命地一拧身，竟然将羽甩开了。趁着羽惊愕的短暂空隙，我迅速穿过墙洞，冲向墙外的树林。

那是一片野的樱桃树，败落的花瓣积在地上，厚度盈寸，铺垫着粉红色的地毯。我奔跑在柔软的花瓣上，我的脚印狂乱而扭曲。我仿佛是一只从枪口下脱逃的猎物，呼吸急促，头脑一片空白。唯有求生的本能驱使我亡命地奔跑。而树林永远是那样幽暗深邃，我似乎怎么也找不到它的边缘。铁黑的树干密密匝匝，一棵一棵紧挨着我的躯体，拼命挤压我。我的呼吸渐渐微弱。我的末日似乎就在下一棵樱桃树边。我悲壮而绝望。

我放慢了奔跑的脚步。身后的樱桃树林无声无息，那个叫羽的男孩似乎放弃了对我的追赶。我的奔跑是孤独的。也许从来就没有女人在这片林子里奔跑过。我前世的前世的母亲，尾随避难者穿过这片荒凉的樱桃树林进入妃子村，就再也没有走出树林。就连她隔世的女儿，也没有谁涉足过这片林子。祖母，母亲，二姨和三姨，她们都是另一世界的女人，而我不是。我将像河流一样，穿过遍植樱桃树的草地，抵达遥远的异村，抵达艾侯国的都城。再过十年，或者二十年，我将带领我的女儿和我异村的男人，像个怀旧者一样莅临这片树林，寻找当年奔跑的足迹。

同羽的初吻，我并没有留下片刻美好的回忆。而且，在妃子村，我不得不面对那些男人恶毒的玩笑。那些男人说，翼妃，你被羽亲了嘴，就是羽的婆娘了。说话的人一脸暧昧而肮脏的表情。我第一次将石头扔向了那些男人，其中有一个猝不及防，额头砸起了好大一个疙瘩。那些男人却没有吓退，反而笑得更加疯狂。那一刻，我真恨不得一刀杀了那个叫羽的男孩。那些男人怀着期望的满足走了，羽在我的心中也死了。我对他那一泡尿的好感已经烟消云散。就像那天我伫立在樱桃树林的边缘，眺望着遥远的异村，凝眸袅袅炊烟，那时候我的心头一片纯净，我似乎彻底忘却了身后还有一个叫妃子的村庄。也许祖母，母亲，她们都经受过类似的玩笑。我没有追问过她们的感受。我不知道她们是否同我一样深感愤怒和屈辱。我想，无辜的顺从也会让洁白蒙垢。也许正是那些男人恶毒的玩笑，祛除了我从三姨身上沾染的毒液。从此，我的眼里只剩下异村生动的炊烟。

第四章　母亲的故事

关于妃子村的历史，我渐渐走出传说与虚假的困扰。我感知自己正一步一步接近村庄的核心。祖母和五爷，父亲和羽，二姨和三姨，他们直接或间接地供给了我丰富的素材，让我得以完成对一个村庄历史的虚构。他们的形象在我虚构的历史中日渐清晰。唯有母亲的形象是模糊的，就像妃子村真实的过去。我无法理解自己，是什么原因使得母亲的形象日趋淡薄。也许是因为我见过妃子村太多的女人,母亲同她们几乎是一个模子里铸出来的脸孔。有时候甚至存在一种错觉,我感觉妃子村任何一个女人都是我的母亲。我小时候看见的聪慧的母亲不见了,现在的母亲没有什么与众不同的地方。我这么说,对于母亲是残酷的,也是极不公平的。

也许我的认识存在偏激和误差。我曾试图引导母亲改变自己的形象,我所做的努力是苍白的,在母亲的眼中根本不屑一顾。其实,我也不知道我所希望的母亲是什么样子。只有一点我是肯定的,母亲外在的形象是高贵的,而且妃子村许多女人天生就具有令人羡慕的外表。从学会听懂别人的说话开始,我就央求母亲讲述村庄的故事,将业已消逝的人物一个个还原在我的眼前。对于我的央求,母亲似乎什么也没有听见,她始终忙碌于那些纷繁琐事。对于我偶尔的疑问,母亲从来没有肯定的答案,她模棱两可的话语总让我难以把握。

我曾怀疑,母亲是肤浅的,她什么也不知道,却又故作深沉;或者是她本性木讷,不善言辞。我甚至怀疑过,母亲是狭隘的,她偏爱哥哥。有一段时间,我明显流露了对母亲的失望。我明白,不管我的怀疑有无根据,它都是冷酷的,残忍的。而母亲似乎并不在乎我的怀疑。直到有一天,母亲主动同我讲述了外祖父,那个我未曾谋面却又深切怀念的男人的故事,我才知道自己犯了一个永远不可饶恕的错误。我不得不说,对于母亲,我是个罪孽深重的罪犯。

母亲说话的语气是隐忍的。我揣摩到母亲的心境一点也不平静,事实上母亲第一句话就让我大吃一惊。母亲说,外祖父是个盗墓贼。我真不敢相信母亲的说法是真实的,一个在女儿名字中镶入玉兰花的男人竟然是盗墓贼。而且这个盗墓贼是妃子村唯一一个让我倾慕和怀念的男人。那一刻,我的内心轰然一声巨响,像有什么彻底坍塌了。我一脸苍白坐在那里。母亲并没有被我的神情扰乱思绪,她表情淡漠,语调平缓,仿佛那是一个与她毫无关联的男人。

母亲甚至讲述了妃子村厚葬的习俗。我曾在幕阜山的深处见过母亲话语中的那种墓葬。坟场铺垫着花岗岩,坟冢也被花岗岩覆盖。坟前有守墓的石人石马,坟后是高高耸立的座山碑。只是我不知道,那里面有着无数的金银器皿，珍珠玛瑙。外祖父凭借一钎一铲，专挖那无主的墓葬，日子过得甚是滋润。我曾疑心，母亲送给我的那只金钗也是外祖父盗墓所得。母亲却变了脸，说，翼，你不要乱嚼舌头，那是外祖母的陪嫁。我的疑心似乎亵渎了外祖母的神圣。

妃子村人常说，走多了夜路会遇到鬼。这鬼就应验在外祖父身上了。外祖父在后山盗挖一座墓葬时事情败露了。外祖父被村人五花大绑在宗祠里。那次盗墓得来的一个镀金青铜鼎，也成了妃子村宗族之间你争我夺的罪魁祸首，多年都无法平息。后来，外祖父用一块暗藏在身上的刀片割断绳索潜逃了。离开了妃子村，外祖父并没有改邪归正，走上正道。好吃懒做的外祖父竟然投奔了异村的匪寨，成了土匪却没有干土匪的营生，外祖父依然是一钎一铲，漫山遍野地盗挖那些无主的墓葬。

忽然有一天，外祖父携带暗藏的珠宝回到了妃子村。没人知道外祖父在异村干了些什么。母亲知道的这些，都是外祖母背着外祖父告诉母亲的。那一次，外祖父将随身的那些黄金白银全给了村庄里类似五爷的人物。交换的结果是，外祖父迎娶了外祖母。然而，就在他娶亲的日子里，那股土匪遭遇了灭顶之灾，匪窝被剿匪的部队烧了个干净，那些匪徒死的死逃的逃，全都鸟兽散了。外祖父意外地捡得了性命。虽则暂时无了性命之忧，可外祖父的内心总是忐忑不安，经常在噩梦中惊醒。他似乎强烈预感到，剿匪的部队终会有一天寻到妃子村，剿灭他这条漏网之鱼。

既不能回到那个匪巢，又无法在妃子村平静地生活，外祖父似乎陷入了万劫不复的窘境。没人知道那些风声鹤唳的日子外祖父都想了些什么。这个在暗夜里生活的男人，又在暗夜里带领他新婚的妻子逃离了妃子村。谁也没有想到的是，在离开村庄的前夕，母亲的母亲，我的外祖母，竟然被外祖父刺瞎了双眼。外祖父的残忍让我们瞠目结舌。然而，正是因为有了双目致残的外祖母，我那个凶残的外祖父才逃脱了一次又一次濒临的厄运。外祖父用板车拉着外祖母，沿着异村的道路，走过一个又一个村庄。他伪装成流离失所的灾民，替人制鞋刷，打短工，辛勤地伺候失明的外祖母，以此博取别人的同情和怜悯，甚至还有赞誉。好几次外祖父都濒临绝境，只因为有了外祖母才化险为夷。一切风平浪静之后，外祖父又回到了妃子村，甚至还同外祖母养了三个像玉兰花一样美丽的女儿。

　　母亲在讲述完外祖父的故事后，再也没有向我说起过任何妃子村的事情。我不知道母亲的心情是否像我听到故事时一样疼痛。我似乎猜测到了母亲为什么一直在我面前寡言少语。母亲的用心是良苦的。我决定不再追问母亲了。我也不想再知道妃子村的什么。对于妃子村，我没有必要知道太多。我放弃了曾经有过的怀念。那个我未曾谋面的男人，那个让我倾慕的男人，那个让我深切怀念的男人，我将他从我的内心彻底剔除了，包括我对他的想象和虚构，像剔除一根鱼刺一样，什么痕迹也没有留下。我想，在我没有成熟之前，我将不再怀念任何人，不再怀念任何的事与物。

二姨的凋零

　　我曾以为二姨的生活是幸福的。她和那个身躯伟岸的男人在妃子村的边缘平静地生活，没有人窥视，也不受人干扰。他们过着的似乎是一种纯粹而又原始的生活。那个男人将逼出来的笋晒成笋干卖出去，将篾匠的手艺卖出去，靠自己的双手养活自己和美丽的妻子。似乎没有比这更好的生活，朴素的劳动，平凡的幸福，这一切都类似远古的桃花源。

　　我看见过二姨纸页上的金背大红，那种雍容华贵的气势淡薄了，有的只是悠然和恬静。也许是怕惊扰了二姨那种梦幻般的宁静，我很少去观舞台了，临窗而画的二姨业已成为一种美好的回忆。我甚至在心底默默祝福过二姨，唯愿这种生活终生陪伴着她，直到白发苍苍，直到地老天荒。

　　然而，我的祝愿只是一厢情愿的梦想。有时候，我甚至宿命地认为，一个人一生的磨难是注定了的，想逃也逃不掉。二姨和那个逼笋的男人似乎就注定有着逃脱不掉的磨难。在婚后的第二年，二姨怀孕了。临盆的时候母亲去了，过了二天，母亲回来的时候却是一声不吭，不见我想象的喜气。我问母亲，二姨生的是弟弟还是妹妹。母亲什么也没有回答我。后来，据村子里的传闻，二姨生下的是个男孩，像她男人一样的伟岸。可惜的是，那个男孩的小鸡鸡不是小鸡鸡，而是一只伸得老长的手，像他的两条腿一样拖到了地上。我没有见过那个男孩。不过，我能从母亲的脸上猜测到，二姨生下的孩子不是像传闻一样多了一只手，就是有了别的异常。

经过一次失败之后，我不敢猜测二姨对于孕育生命的态度是否有了变化。我想象过她的悲观和绝望，也想象过她的坚强和执着。我特意去看过一次二姨。她孤独地坐在观舞台的中央，手上握着那只羊毫笔，聚精会神地描摹着她的金背大红。我看见她抬起来的那张脸，以及脸上淡淡的笑容，依然那么美丽，那么动人。除了眼角多了几缕细细的鱼尾纹，一次孕育生命的挫折似乎没有给她留下任何阴影。

似乎并没有经过很长时间的调整，二姨便再次孕育了生命。怀孕期间，我随同母亲多次看望过二姨。二姨脸上总是透着那种难以言表的幸福笑容。然而，我总觉得二姨的眉尾之间潜藏了某种忧虑，那种笑容也就显得不那么真实。我不敢将我的感觉告诉母亲。我不知道母亲心中是否也有着同二姨一样的忧虑。二姨的第二个孩子也是个男孩。因为有了一次磨难，这份迟到的收获就显得格外珍贵。二姨抱着孩子时竟然泣不成声。

事情并没有想象的那么顺利。孩子快一岁的时候，问题就彻底暴露了。二姨将孩子放床上坐着，他就像一摊牛屎一样趴着。二姨双手提着孩子的胳膊，他的身子就拉得老长。孩子越大，问题就越明显了。我看见那个孩子的时候，他正置身于一个木架内，似站非站，似坐非坐。那个逼笋的男人抱他起来换衣服的时候，他的身子像面条一样往下吊，不到三岁的孩子竟然有一米多长。而二姨呢，坐在木架子的旁边一动不动，目光呆滞地看着那个孩子。她的脸上是没有一丝血色的苍白。那孩子养到五岁，突然闹起了肚子痛，直到将五脏六腑全拉了出来，才撒手而去。留给二姨的，只剩下一个薄皮薄肉的腊肠样的肉条子。

我突然忆起了家谱里的记载。外祖父的家族同那个逼笋男人的家族，一直指腹为婚维系家族之间的情感。二姨孕育失败的罪魁祸首可能就是近亲通婚。我似乎在妃子村看到了太多类似二姨的悲剧，因为村子里有着太多弱智的男人。唯有女人，天生就是那么聪颖，那么美丽。妃子村因了二姨惨痛的孕育，竟流传起另外一种说法。那种说法同二姨的男人逼笋有关。那些村人说，遭罪呀，那么笔直的笋子硬逼在瓦缸里，弯弯曲曲的，哪还像一根笋子呢。肯定是逼笋的报应啊。那一刻，我终于明白了祖母说的原罪是什么。

二姨疯了。二姨用襁褓抱着一截扭曲的竹笋，在妃子村转来转去。二姨要将她的孩子送给村子里每个人看。二姨指着竹节说，我的孩子鼻梁高高的，额头宽宽的，真像他爹呢。二姨捏着笋头，又说，孩子的骨骼多么粗壮，脚板多么硬朗，真像一棵竹子呢。二姨说完就自个嘻嘻地笑开了。村人摇摇头，叹口气，从旁边溜走了。二姨又将孩子送给另一个人看。后来，村人见了二姨都远远地绕开了。只留下二姨怀抱着那截竹笋，孤独地在田野上走来走去。二姨似乎并没有停止她的话语，撞着了树，二姨就将孩子给树看，将话说给树听。绊着了石头，二姨又将她的孩子给石头看，又将她的话说给石头听。二姨能做的事也不多，反反复复就那么几个动作；二姨会说的话也不多，反反复复就那么几句话。二姨将话说给村人听同说给树听说给石头听是一样的，人听了不吭声，树听了石头听了也不答话，对于二姨来说，该做的做了，该说的也说了，这就足够了。只有母亲听着不是滋味，将二姨锁在了房里，可二姨趁母亲不在家的时候砸开房门走了。我又看见二姨一个人在桑园里颠来跑去。那里有很多树在看她的孩子，在听她说话。二姨终于找到了她的乐园。

后来，那个逼笋的男人找到了桑园里，将二姨扶了回去。他佝偻着脊背，像是背负了无比沉重的浊物。我看见他们行走在通往观舞台的道路上，一步一步远离妃子村的中心，他们的背影慢慢消失在苍茫的暮色里。从此，二姨再也没有出现在妃子村的视野里。某个凄清的夜晚，观舞台突然传来一声凄厉的惨叫。就在那个夜晚，那个逼笋的男人用篾刀清除了自己的男根。继五爷的一世祖之后，妃子村的历史上又诞生了一个阉人。

圣殿的覆灭

妃子村的男人总有理由投入很多事情。就像父亲，在筹措到一笔来路不明的资金后，他便全身心投入到重修圣殿的伟大事业之中。我知道，那些资金全部来源于妃子村的老少爷们，虽然不光彩，可父亲要把它用在自认为光彩的用途上。父亲甚至可以说，那些东西留给女人也没什么用，而现在它们同圣殿融为一体了，圣殿成就了它们，给了它们崇高和神圣。我曾将我在父亲房间找到的那包首饰拿给母亲看，奇怪的是母亲竟然没有说什么，就连我的玉石和金钗母亲也没有让我拿回来。

异村的工匠再次进入了妃子村。五爷的叫喊声又响了起来。五爷站在圣殿的空地上沙哑地叫嚷，妃子村的老少爷们关好门啦，红毛野人又来了啊。妃子村的狗立刻附和了起来，狂野的喧闹压住了整个村庄。

圣殿附近的山坡上又搭建起许多简陋的工棚。这一回异村来的工匠大部分都是手艺精湛的长者，听他们说异村的年轻男人大多不爱学手艺，都到遥远的南方淘金去了。这正合了父亲的心想，他不在乎工匠的年老年少，只在乎他们的手艺。而且少了年轻的工匠，麻烦也少了不少，父亲的另一种担心也少了，这是一石二鸟的好事情。父亲陷入了极度亢奋的情绪之中。他甚至同工匠一样，紧挨着圣殿搭建了一间草房。父亲的饮食起居都搬进了草房里。家里只留下我和母亲，哥哥也随同父亲去了圣殿的工地。

我去过父亲的那间草房。那里似乎就是重修圣殿的总指挥部。正对门口的墙壁上横挂着那幅画着圣殿的卷轴。父亲双手抱胸，在卷轴的前面踱来踱去。他的步伐稳重而坚定，就像一个指挥千军万马的将军。五爷呢，那时候他已停止叫嚣，正坐在墙角那张宽大的竹床上，昂着头，趴塌的鼻头随同嘴巴一起向上翘着，那模样极像一只向天咆哮的狗。想不到的是，我的历史老师，那个病态的男人也在那里，他第一次没用手捂住嘴巴，而是将十根指头绞在一起，神经质地抖动着。

父亲的脚步突然停住了。我隐隐约约地感觉到，父亲的另一个阴谋似乎就要暴露了。哭泣的祭祀，虔诚的找寻，父亲都是一个人开始的。父亲似乎一直都在梦想独立完成一些事情，特别是像重修圣殿这样可遇不可求的大事。我预感，父亲在内心绝对不希望有那么多人来掺和他的事业，否则，父亲就不可能会当妃子村的村长。果然，父亲打发走了历史老师，甚至叫人将五爷也送了回去。那一刻，我似乎明白了，在父亲的心中，圣殿不再是妃子村的圣殿，而是他一个人的圣殿。我猜想，如果在未来的岁月，在父亲之后，还有人来圣殿哭泣来圣殿祭祀，而那享受哭泣享受祭祀的人一定是我的父亲。我看见父亲怀揣着孤独的梦想走出了草房，来到了两根石柱之间。他的前面就是妃子村的老少爷们和那些异村来的工匠。父亲仰脸瞅了瞅苍穹。日头炫目地亮着，将他的身躯压缩成一片薄饼似的阴影。有野花的芳香在放肆地笑。在阳光和花香的簇拥里，父亲的声音响了起来。父亲的声音是亢奋的，有如洪钟大吕，在两根石柱之间来回振荡。

妃子村的老少爷们都领到了各自该干的活计。造砖的造砖，凿石头的凿石头，村子里到处喧喧嚷嚷，好不热闹。父亲甚至吩咐那些男人将几棵百年老树都砍倒了，一根根被打磨成雕梁画栋。父亲日夜在圣殿的工地上逡巡。他的眼睛像手掌一样摩挲着每一块砖，每一片瓦，每一个石条子。在他眼睛的抚慰下，那些粗糙的表面细腻了，那些模糊的花纹清晰了，纹间纹路凹凸有致。开挖地基的那一天，父亲又举行了盛大的仪式，仪式的隆重那是以往任何一次祭祀没法相比的。父亲肃立在两根石柱之间。他从一个男人手中接过锄头，然后将锄头缓缓举过头顶，向着风烟起处落下了第一锄。刹那间，圣殿的工地上锣鼓喧天，唢呐悠扬，铙钹欢唱。九节巨龙，龙腾虎跃。十万响的鞭炮响彻云霄。梅花傩舞，盛开的火焰，缭绕的香烟，交织成一曲曲完美的乐章。

我的父亲，终于在他四十八岁的那一年，独自执掌了一件妃子村的大事。父亲是微笑的，他仿佛第三根石柱，耸立在圣殿的地基上。我揣摩父亲的内心一定充满无比的骄傲和自豪。我不知道父亲能否进入妃子村的历史，也不知道他的事迹能否载入家谱。但我知道，我对于圣殿的记忆只是那几簇金樱子花，以及甜美的金樱子味道。我的记忆仅限于此。

圣殿的墙体砌到半人高的时候，六月的天空突然阴雨连绵。这雨一下就是半个月。圣殿的工程被迫停了下来。时日久了，那异村的工匠在工棚内早憋不住了，在村子里乱窜，父亲不得不让他们暂时离开了妃子村。父亲也撤回了家。然而，一早一晚，父亲都要去圣殿的工地上走走，就像一个察看庄稼的老农一样，这里瞧瞧，那里看看。其实那里已没什么可看的了。该收拾的都收拾了，该遮盖的也遮盖了。只有圣殿的两根石柱默立在风雨中。就像父亲的背影，那么孤独，那么萧瑟。

雨却似乎没有停意。父亲的脸色极为阴郁了。父亲察看圣殿的次数越来越频繁了。山沟里已出现小股泥石流，河里的水也猛涨了起来。那一夜，雷轰电闪，暴雨如注。整个村庄只剩下喧嚣的雨声。父亲几次披蓑戴笠想走出房间，但都被雨挡了回来。雨下了整整一夜，父亲整整走了一夜，从这间房蹿到那间房，一刻也没有停止脚步。黎明时分，雨声越发粗暴了，那震耳欲聋的声音里似乎还夹杂着别的什么，那声势有如千军万马在奔腾。突然一声天崩地裂的巨响，似乎连幕阜山都坍塌了。那声音差点将父亲掀翻在地。父亲挺住了身子，一脸苍白地站在窗口。

我又看到了我五岁时看到的景象。田野变成了裸露的岩石。那条淌过我处女红的河流，河岸几乎全部倒塌，整个河道差点就被巨石填平。那郁郁葱葱的桑园全然不见了踪影。然而，这些都算不了什么。同父亲的圣殿相比，它们已经够幸运的了。一股巨大的泥石流从圣殿后山倾巢而出，引发大面积山体滑坡，整个圣殿全部被山的碎片掩埋了。我看见父亲跪倒在树木零乱的残骸里，双手拼命地抠着泥石。他的指甲很快就磨钝了，断裂的碎片散落在泥石间。血也从指尖涌了出来，染红了好大一片沙石。父亲还在狠命地刨着，似乎永远没有停止的意思。我知道，父亲跪倒的地方，那里曾是圣殿的上空。

四十八岁那一年，父亲的本命年，父亲似乎注定要轰轰烈烈地开始，而又无可奈何地结束。圣殿覆灭了，父亲也倒下了，他悲怆而伤感，抑郁而疲惫。在我的眼里，父亲不再是父亲，他就像一只在山林里独行的野兽。夕阳西下的时候，他躺倒在属于他的林子里。直到我离开妃子村的那一天，父亲都没能站起来走出那片收留他的森林。

三姨的出逃

我曾处心积虑地搜寻一个村庄的历史，从残存的纸页，到散落的物证，再到虚妄的传说，无论我多么努力，历史总是残缺不全的。祖母说，我们都是妃子隔世的女儿啊。那一刻，我是多么感动。因为在我的内心，我一直固执地认定，妃子村的历史是由女人编写的。我多么渴望了解妃子村女人的生活。我希望看到她们在历史长河中的不朽形象。为此，我多次进入了她们生活的现场，甚至一度进入了她们的内心。痛苦就由此产生了。

我知道，任何一个村庄的历史都是静悄悄的。过去的轰轰烈烈都过去了。就像妃子村的夜空，永远那样静谧，那样黯然。我的心在暗夜里隐隐作痛，而且疼痛一直在蔓延。我没有将我的痛苦告诉任何人。我明白我是为谁而痛苦。也正是痛苦给了我清醒，给了我思想。我将因此而远离，到一个看不到她们的地方，她们也看不到我的地方开始另一种生活。我不知道还有什么力量在支撑着她们，让她们有勇气继续在这个村庄生活下去。只有一个人例外，我曾那么强烈地预感到她不属于妃子村。事实证明，我的预感是正确的。那个人就是三姨。

然而，三姨总是那么固执地认为，妃子村是女人的村庄，它应当属于妃子隔世的女儿。我似乎从另一层面把握了三姨的思想。三姨的笛声，三姨的裸泳，三姨的放荡，这一切只不过是三姨对妃子村的一种占领。在一个极为偶然的机会，我听到了妃子村老少爷们对三姨的诅咒，那些男人说，那简直就是一个惑人的妖精。在他们的眼里，三姨始终就像一道附着在男人身上的恶毒符咒。

也许那些男人猜测的没有错。美丽而妖冶的三姨终于在男人之间挑起了一场战争。两个同三姨一起在九曲池裸泳过的男人，在那块巨石上真刀真枪地干了一仗。一个男人被梭镖扎瞎了一只眼睛，另一个男人被咬掉一片耳朵，一条腿的膝盖也被铁锤敲碎了。那块巨石上满是黑红的血痕。那个瘸了腿的男人差点掉到九曲池里做了孤魂野鬼。正应了那些男人的话，三姨似乎就是那追命的符咒。

那时候，父亲已无心料理这些琐事了，妃子村的男人一时六神无主，只得暂时将三姨关押了起来。我不知道妃子村的历史上是否发生过类似的事情，不过，祖父的手迹却不曾记录相应的惩罚措施。挑动男人之间争斗的罪魁祸首是父亲的小姨子，义愤填膺的另一边却是妃子村的老少爷们。如果不是圣殿被掩埋了，父亲卧病在床，我真不知道父亲该如何处理此事。

三姨被锁在绣花墩那幢老宅里，门口守着两个男人。说是暂时关押，似乎又遥遥无期。母亲担心三姨饿着，每日叫我送了饭菜给三姨。三姨的脸色没有丝毫的黯然。她临窗而坐，嘴边横着那支红亮的长笛。悠扬的笛声仿佛战场上的凯歌，在妃子村的上空挥之不散。三姨的笛声再次激怒了妃子村的男人。父亲避而不出，他们竟然将五爷推了出来。我不知道，等待三姨的将是一种怎样的厄运。

三姨并没有给那个腐朽的男人任何机会。在我的接应下，三姨从后门逃了出来。我们沿河而下，发疯似的奔跑。那是我熟悉的河道，我曾多次顺着流水的方向行走，河水里浸染着我的处女红。整个村庄都沉浸于慵懒的闲散中，没有人发现我们的行踪。我们很快抵达了那片樱桃树林。林子里到处都是倒卧在地的樱桃树。它们根系裸露，有的躯干还被泥石掩埋。夏天的那场暴雨差点毁了樱桃树林。现在，在秋日的午后，樱桃树林静寂无声，没有树叶的遮蔽，林子一片明朗纯净。樱桃树的叶子落满了地，我和三姨行走在枯黄的落叶上，溅起一阵阵沙沙的声响。我们谁也没有说话。

沉默中，我突然感受到了奔跑的快乐。没有了樱桃树的挤压，也没有了追赶的足音。我的奔跑是纯粹的，没有任何功利。三姨的逃亡不再孤独而悲怆。我看见她轻捷地越过横亘的树木，步履是那么飘逸，体态是那么轻盈。三姨，一个被男人们称之为恶毒符咒的女人，永远那么自由自在，无拘无束。她甚至在樱桃树林的边缘坐了下来，那支长笛又横在了她的嘴边。那种放肆的音乐撞碎了村庄平静的午后。妃子村立刻沸腾了。一曲终了的时候，我美丽的三姨朝妃子村的方向笑了笑，然后手握长笛，从容地踏上了通往异村的道路。那一刻，我的内心就像这残存的樱桃树林一样，强忍着千万股泥石流的奔腾和冲刷。我的眼泪最后还是涌了出来。

　　三姨曾用笛声对抗五爷的叫喊，在龙归于水的地方裸泳，还在男人欢跳梅花傩的巨石上野合。三姨始终以她自己独特的方式对抗着妃子村的老少爷们。我不知道三姨的逃离是不是一种失败，是她个人的失败，还是妃子村所有女人的失败。三姨走了，只有我一个人孤独地为她送别。我真想追随三姨的脚步，奔向那遥远的异村。然而，我不能忍受这逃离的痛苦，我要堂堂正正走出妃子村。就像那条淌过我处女红的河流一样，穿越逶迤的幕阜群山，奔向远方的海域。只是我不知道那时候会有谁来为我送行。其实，有没有人送行都没有什么意义，因为我将来生活的异村他们谁也不会抵达。是的，我注定要走出妃子村，就像我前世的前世的母亲一样，注定要走出那个生之养之的村庄。落红满地的樱桃树林只能存留于记忆中了。

阴阳祭

一

任何一个村庄都有两个世界，就像纸张一样有正反两面。我五岁的时候离开水门村的正面，独自来到了它的背面。若干年后，我偶然听到了哥哥叹息似的声音，我的哥哥在遥远的城市同一个女人说话，他说，我有一个妹妹，可惜只有五岁就夭折了。那一刻，我的内心像有一根琴弦在颤动，那缭绕的琴音让我潸然而泪下。

这么多年，我已完全熟稔哥哥的声音，熟稔那种惋惜而怜悯的语调。虽然我背对着尘世的苍凉，孑然一身，生活在水门村的背面，而我的目光始终不离不弃，像一道阳光一样笼罩在哥哥身边。我的温暖是浅薄的，就像村前秋日的河水，只有丝丝缕缕的细流缠绵在卵石上。我明白，在哥哥和我曾经历的尘世中，唯有祖母的温暖是博大的，持久的，就像绚烂的夏荷一样散发着永恒的芳香。

我曾因为我的离开而感伤，而哭泣。我看见自己孤身一人，行走在返回尘世的道路上。我就那么日复一日地行走着，始终没有抵达它的终点，那条道路根本没有尽头。我的嗓音喑哑了，我的眼泪风干了，我稚嫩的脚掌磨起了老厚的茧壳。我依旧没有见到尘世的曙光。我在黑暗中一遍一遍呼喊着祖母的名字。没有人回答我，只有山风从稠密的树梢上空呼啸而过。一只两只夜游的鸟雀像幽灵一样，在我的灵魂地带如同黑色闪电一样仓皇而去。

也许是因为长久的哭泣，我渐渐觉着累了。我的心境如同水门村的夜晚一样，宁静，虚空，展现出魂灵独有的深邃和旷远。我的思绪渐渐从昏暗中清醒过来。我慢慢回忆起我告别尘世的过程。它竟然是那样清晰，那样完整，就像一幅镂刻在我魂灵中的画图，永远也无法抹去。我是因为患了走根症才死去的。那个清冷的秋夜，我蜷缩在祖母怀中，一种沉重的睡眠慢慢将我覆盖。我拼命睁大眼睛，可黑夜像石磨一样压在我的眼皮上，我不得不合上双眼。祖母用她那件爆了花絮的棉袄裹着我，维护着我最后一点体温。我感觉温暖就像游鱼一样一尾一尾地游走了，谁也无法挽留。祖母最终没有将我焐暖过来，黎明时分，我的身体已完全冰冷，僵直，像根瘦小的柴禾一样横亘在她的胸前。我看见我的灵魂从我的躯体内脱身而出，像个小精灵一样在泥地上跳动。

我听到了祖母压抑的哭泣。她将头埋在包裹我的棉袄里，一头斑白而沧桑的发丝像枯草一样在晨光中招摇。那种断若游丝的哭声从棉袄里渗出来，像只断尾的壁虎一样在房间里游走。我突然感受到了祖母的痛苦。我将双手插在她的乱发里，借助晨风的力量拂动着她的发丝。那一刻，我多么希望祖母能感觉到我的存在。然而，祖母似乎一点也没有感知我的力量，她仍旧使劲抱紧我的躯体，一动不动，默坐在半晦半明的房间里。我的母亲曾一度想从她怀中抱走我，可祖母的双臂像铁链一样锁着我的躯体，再大的力量似乎也无法将我从她手中夺走。从黑夜到白天，又从白天到黑夜，我和祖母就那么静悄悄地坐着，仿佛时间以及一切的世事都与我们无关。

就在那个短暂的白天，祖母让木匠锯掉了当年她亲手栽下的一棵柏树，打制了一具小棺木。我的躯体被村庄里的男人放进棺木里。我听见眼泪落在木板上的响声，笃笃笃，就像有一只手为我叩响了另一世界的门扉。祖母，父亲，母亲，还有哥哥，他们被那些男人隔离在另外的房间。我听到了隐隐约约的哭声。我很想哭，但我担心我的哭声会引出更浩荡的哭泣。我隐忍了。后来，那些男人举着火把，他们当中的一个男人将小棺木夹在腋下,将我送到了水门村的背面。我看见火光在山路上摇摇曳曳,像一串飘飘忽忽的脚印。一条狗似乎嗅着了不寻常的气味,一声不响地跟在队伍的后面,甚至它还对着一截树桩射了几滴尿。

　　我被那些男人埋葬在一个叫绿谷塘的小山窝里。我的新家砌在一棵小松树下,一堆砂砾掺杂的泥土,上面压了一枝断松。那是面向阳的山坡,清晨的阳光像花儿一样盛开在我的头顶,透明,纯净。偶尔有一只两只鸟儿落在松枝上,鸟声婉转,清亮,让我感觉新的一天是那么美好。只有一点让我觉着恐惧,就是我返回村庄的时候必须从那个水塘前经过,塘水绿莹莹的深不可测,似乎潜藏有无数的妖魔鬼怪。我曾听祖母说起过,那水塘里生长的谷子都是绿色的,不过我没见过。我安家的时候,那里早已不种谷子了,塘边乱草凄迷,蛙声鼓噪。我从来不敢一个人在那里停驻,每次经过时我的脚步都是慌乱的,忐忑地走近水塘,又奔跑着离开。我一直感觉像有什么在背后不停地追赶着我,只有看到祖母我的心才能安定下来,回头望望却是什么也没有。

　　我慢慢习惯了在绿谷塘的生活。那种生活也是懒散的,闲适的。我一个人在山窝里转悠着。秋日的山野落叶未尽,呈现出五彩斑斓的景象。不只是它的颜色丰富,它的内涵也是丰硕的。各种各样的野果子都熟透了,小巧的毛栗子从刺球里蹦出来,一小堆一小堆聚在草丛里。有时候扒开一个鼠洞,洞里居然塞满了毛栗子。猕猴桃也是这时节成熟的,鸡蛋一般悬在藤条上晃悠悠地动。摘一个,剥去毛茸茸的皮囊,塞进嘴里,竟是满口的香甜。只有金樱子细密的刺我没法弄掉,只能傻看着它从枝头上一个个凋落,重归于泥土。

　　后来,我在一些刚刚到达的地方发现,那里的野果子早已无影无踪,甚至枝头还在忽闪忽闪地摇晃。我看见树丛里有着飘飘忽忽的人影。我不知道那是一些什么人。我的眼睛总是无法看得真切。我的眼睛似乎还是尘世的那双眼睛。直到第七天的早上,我的眼睛才有了明显的变化,那一层云遮雾挡的朦胧消失了,我的眼前明亮一片。那些模糊的人影突然清晰起来,一个个生龙活虎地跳跃在我的面前。那些脸庞或微笑，或佯怒，或龇牙咧嘴地做着各种鬼样子。那些脸谱中有陌生的，也有我熟识的，其中一个叫虎虎的小男孩还给了我一把搓过细刺的金樱子。我记得虎虎曾同他妈妈一起找过祖母，听祖母说虎虎的腰眼上生了两个肉坨坨。那一次，虎虎的妈妈背走了祖母一背篓的草药。从此以后，虎虎和他妈妈再也没有来找过祖母。我不知道虎虎腰眼上的肉坨坨还在不在，腰眼现在还痛不痛。

水门村有着许多腰眼上长着肉坨坨的孩子。若干年后，在水门村的背面，就像他们今天欢迎我一样，我同这群永远长不大的孩子一起，以相同的方式迎接了另一个孩子的到来，那个孩子的父亲叫阎二。那个孩子的腰眼上也长有两个肉坨坨。就像虎虎给我一把金樱子一样，我将我最后的一颗猕猴桃给了那个姓阎的孩子。我这么做了，不知道祖母和父亲他们会不会生气。

二

我渐渐融入了水门村背面的生活。我认识了许多在尘世中不曾见过的亲人，其中就有我的祖父。那时候，我根本不敢相信那就是我的祖父，他的容颜同我的想象有着太远的距离。他的脸庞红光透亮，发丝乌黑，眼睛里像有火焰在跳动。祖父的脚步也是我想象不到的轻捷，在崎岖小径上行走的祖父就像一只野鹿，步履轻灵，不见丝毫的老态。这同我在尘世见到的那些祖父辈的长者何其不同。就拿祖母来说吧。我离开水门村正面的时候，年近花甲的祖母已是皱纹满脸，生活的艰辛深深地镌刻在她的双颊之上。她的脊背有些佝偻，动作也明显迟缓凝滞。我无法将祖父的状况告诉祖母。我也无法知道，祖母梦中的祖父是否同我见到的祖父一样容光焕发，还是同尘世的那些老人一样苍老憔悴。

很多时候，我隐隐约约觉得尘世的父亲和我所看到的祖父是同一个人，尘世的祖母好像就是他们共同的母亲，或者是他们共同的妻子。祖父回忆尘世生活的那种表情同父亲日常的表情，活脱就是一个模子里铸出来的。同祖父相处的那些日子，我真不知道该称呼他为父亲还是祖父。然而，祖父并不在意我称呼他什么，他永远是那样笑眯眯地看着我，直到我不好意思低下了头，他才别过脸去看别的什么。在祖父的那个群落里，只有祖父是怀旧的，他那么眷恋尘世的生活，就像一个吃奶的孩子一样尘世早已成为他生活中的奶头。特别是回忆同祖母一起的生活，祖父的表情就像布满霞光的苍穹一脸玫瑰色。只是我不理解，祖父在尘世生活得那么有滋有味，怎么就忍痛抛弃一切来到了水门村的背面呢。我没问过祖父，祖父也避而不谈。

祖父花费了大量时间来叙述他同祖母的结合，有时候一段话语要重复好几次，我知道那是我似懂非懂的目光对他的误导。我从祖父的言语中揣摩到，祖父和祖母的婚姻生活应该是无比幸福的。祖母年轻的时候并不是一个特别漂亮的女孩，但也绝不是一个不堪入目的丑八怪。然而，祖母相貌的平凡并没有影响她在祖父心目中的形象。祖母的祖父是一个走山挖草药的土郎中，靠着不知哪朝哪辈留下的几本毛了边的药书，走遍了幕阜山的角角落落，许多老中医都束手无策的疑难杂症在他手头上却是药到病除。随着时间的推移，积累的偏方自然也就多了，可无奈的是传到他的孙子辈全是清一色的女孩儿，这活计似乎失了传人。唯有祖母不把自己当女孩儿，不输这口气，从她祖父的手里夺过了断草挖药的鹤咀锄，一样走山医人。祖母的聪慧和勤奋，令她祖父也刮目相看，在老人家的调教下祖母很快脱胎换骨了。甚至药书上老人家一辈子都没有参悟的药方，祖母也能运用自如。

祖母的能干令水门村的男人嫉羡不已，却又望而却步。只有两个男人属于勇敢者，一个是祖父，另一个叫阎老三。祖父是一个搂着书本种田的农人。他念过几年私塾，因此喜爱上了读书，床头桌角哪儿都是他的书。祖父骨子里是清高的，似乎没有女人能让他心有所动。这尘世的事讲究缘分，祖父和祖母能走到一起完全是水门村那病做了媒人。水门村的男人大多都像虎虎和那阎二的儿子一样，从娘肚子里钻出来时腰眼里就多了两个肉坨坨，那是水门村的烙印，也是追索命魂的黑白无常。那肉坨坨长到一定的时候就开始溃烂，腥臭熏天，整个水门村就笼罩在那种怪味里。水门村的男人求遍了良医，食遍了百草，可那肉坨坨依然流脓流血，直至男人的筋骨流尽了它才罢手。祖父从十六岁开始思考腰眼上那两个肉坨坨。他想方设法弄到了一些医药书籍，可惜祖父的聪慧没有表现在学医上，除知晓了一些药名外，祖父根本无法对症下药。

祖父绝望的时候，祖母的眼睛才刚刚盯着男人腰眼上的肉坨坨。她一边翻阅那些药书，一边配制草药。祖母一连配制了好几副药方，有煎服的，也有敷在患处的。水门村的男人早乱了心智，祖母的草药还没配制好，求药者就在家门口扯起了长龙。祖母又另辟蹊径，配制了一种用来预防肉坨坨溃烂的草药。这副草药的配制煞费了祖母的苦心，谁知药出来了却又无人问津，甚至连一个实验者都找不到。那时候，水门村的男人大多趁着肉坨坨还没溃败的空隙，一个个娶亲生子去了，谁还有心思体会祖母的实验呢。就在祖母沮丧的时候，祖父为她送去了一片阳光。祖父不顾家人的反对，自告奋勇充当祖母的试验者。虽然后来祖母的预防药没有发挥应有的药效，但祖父从来没有后悔自己当初的决定。祖父叙述这段难忘的往事时还不自觉地重复了这么一句话，他喃喃自语地说，那是水门村男人唯一的希望啊。

有了这样一段经历，祖父和祖母的结合似乎是一种必然，然而事情远不像我想象的这么简单。在祖父他们婚姻的道路上还横亘着一个叫阎老三的男人。其实祖母和阎老三还是同行呢。阎老三的祖父是个老中医，传到孙子这一辈就剩下阎老三了。阎老三的两个哥哥一个像我一样小时候患走根症告别了尘世，另一个腰眼上长了肉坨坨，偏发病又早，溃烂死了。祖母和阎老三，一个挖草药用偏方，一个师承老中医，如果他们结合，在水门村似乎再也找不到比这更完美的事情了。更重要的是阎老三的腰眼上没长肉坨坨，而且阎家多年行医积蓄了不少钱财，水门村大半个村庄的田地都姓了阎。祖母未来美好的生活让水门村的女人妒忌死了。

阎老三的祖父还主动开出了一百块银圆的厚礼，只要娶到了祖母，阎家似乎不愁没有银子流回来。阎老三甚至怨恨爹娘没给他生出两个肉坨坨来。祖父和阎老三就这么铆上了。祖母的祖父好像也相中了阎老三，总在祖母面前抖落和阎家联姻的种种好处。祖母似乎无法直接表明自己的态度，既不能违拗长辈的意愿，又不愿违背自己的意志。祖母的暧昧令祖父很着急，然而着急也是干着急，祖父除了把自己当作祖母的实验品外，几乎没有任何优势。就在祖父焦躁的时候，媒人送来了祖母的一纸便笺，也捎带了祖母的一句话，祖母说谁找到了纸页上的药材她就嫁给谁，绝不反悔。祖父急不可耐地展开了便笺，那纸页上赫然写着"杕杜"。祖父找遍了仅有的几本药书，书中根本未曾出现杕杜的字样。不甘心失败的祖父又寻了好几个当日私塾的同窗，然而那几位的私塾也近乎白读了，没人能告诉祖父杕杜到底是什么模样的草木。祖父傻眼了。

就在祖父准备放弃的时候，一个私塾的同窗却抱着一卷线装古书突然跑了来。那个同窗上气不接下气地吟出了《诗·唐风·杕杜》里的句子：有杕之杜，其叶湑湑。祖父恍然明白了，杕杜原来就是赤棠树。那村后虬枝满身的老树就是了。欣喜若狂的祖父用那便笺包裹了一片赤棠树叶，托媒人连夜送了去。祖父在讲述这段往事时还特意提到，杕杜，有杕之杜，其实还有孤立无援的意思，不知道祖母出题时有没有想到过。祖父没有问过祖母，我也没听祖母说起过这段往事。事后，祖父将他珍藏多年的三坛金樱子酒全谢了那个同窗。当然，祖父也没有将这些告诉祖母。

三

在尘世的那些日子虽然没有走遍整个村庄，但我知道水门村是一个很阔绰的村庄。我猜不透那些男人为什么单单选择了绿谷塘来作为我永远的故乡。在逶迤的幕阜群山中，绿谷塘不过是一个微细的毛孔。山窝狭小，平静，尘世的喧嚣永远无法到达这里。我的坟墓就在一条野鸡道的旁边。除了偶然有一只觅食的长羽山鸡从那里钻过去，别的什么也没有。老鼠都躲在天然的石缝里，连挖土的窸窸窣窣声也省略了。

我去过虎虎他们的墓地。那些坟墓已完全坍塌，被杂木和乱草覆盖。如果没有他们的指点，我根本不可能知道那是一座坟墓了。它同山坡融为一体了，没有什么力量可以将它们分离。就像一座房屋一样，年久失修，自然只能化为齑粉飞扬于风中了。我看见覆盖我的泥土在雨水的冲刷下慢慢往沟坎里流去，我始终无法挽留。在不远的将来，我也会融化在山坡里，滋润一棵树或一簇草。那些男人又将另一个孩子的躯体压在我的头顶上，捡几块乱石，抟一个小小土堆，他们的任务就算完成了。男人们最后会折一根树枝扑打干净沾在裤腿上的泥土，扛起锄头，燃一根火柴，点一支劣质纸烟，他们的背影很快消失在无边的黑暗里。那些将我们扔在这里的男人又彻底将我们忘却了。传统的清明节，或者七月十五的鬼节，我祖父坟前香烟缭绕的时候，我和虎虎他们的墓地一片冷清，只有几只偷偷衔了祭物的鸟雀在我身后的松树上不声不响地享受着。这同多年以后我哥哥在医院附近的山头上看到的景象多么相似。

　　我的坟墓下就有着另一个孩子的衣冠。如果按尘世的年龄计算，那个孩子应该是我的父辈。只是我略感安慰的是，我身子底下的坟墓里并没有一个人的躯体，有的只是几件破破烂烂的衣衫。我常常看见那个孩子的魂灵独坐在绿谷塘的水边，有时一坐就是整整一个晚上。那个孩子的躯体早已腐烂在那绿色的水里面。这是我在绿谷塘看到的唯一一个忧郁的孩子。我听虎虎说起过，那个孩子叫阎小四，是阎二的弟弟了。阎小四在尘世有三个哥哥，阎大、阎二和阎小三。他们的父亲和我的祖父是情敌了。阎大的腰眼上长了肉坨坨溃烂死了，阎小三的腰眼上没长肉坨坨，可他像我一样患了走根症，早早就来到了水门村的背面生活。七岁的时候阎小四突然发现了自己身上的肉坨坨，便一个人悄悄跳了绿谷塘。阎老三找不到阎小四的躯体，以为阎小四叫红毛野狗叼了去，收拾几件阎小四穿过的破烂衣物葬了，当是葬了阎小四。那有些模样的衣物要留着给下一个孩子穿哩。

　　我和虎虎他们每次经过绿谷塘时，总能看见阎小四坐在那里。我们曾试着邀请阎小四加入我们的队伍，但他很快就拒绝了。虎虎跑过去拉他的手，但虎虎的手像是被什么蜇了一下，立即缩了回来。虎虎说，阎小四的手冰凉冰凉的。我们回来的时候把一串猕猴桃给了阎小四,那会儿阎小四的眼睛才有短暂的时间离开水面。我看见他对我们微微笑了笑。后来,我们试图帮助阎小四找到潜藏在水里面的尸骨,可是没一个人敢走下水去,那水太深邃了。终于有一个胆大的孩子下了水,在水里摸索了老半天,却什么也没有找到。阎小四的尸骨怕是早已腐化为泥了。有了这些交往以后,阎小四偶尔也回到我身子下的衣冠冢住上一个晚上,隔着一层薄土,我听见他的呼吸凝重,有一种阻塞不畅的感觉。阎小四的鼻子里可能还积了许多的淤泥。我们有时候也说说话,阎小四的话不多,每次说话都绕着他的两个哥哥阎大和阎小三转来转去。

然而,我和虎虎他们的心情不同于阎小四。不过,有时候我们挺佩服阎小四的,那样绿的水,那样荒芜的池塘,阎小四想都没想就跳下去了。我们当中没有一个人有阎小四那么勇敢。有时候,我也会想,如果换了我,会不会跳下去呢。后来我回答了自己,如果我是男孩,如果我的腰眼上长了肉坨坨,说不定我也会跳下去。

而现在,阎小四的忧伤并没有影响到我,我不会思考阎小四的忧伤。我在绿谷塘的生活简单而又快乐。我和虎虎他们在天地间自在地嬉戏,自由地来来往往,无须受大人们的呵斥和拘管。在这块属于我们的领地里,我们的足迹踏遍了每一寸土地。虎虎曾让我触摸过他的腰间,那两个肉坨坨已完全消散,什么痕迹也没有留下。我怀疑虎虎在尘世的时候腰眼里根本没长过肉坨坨。虎虎似乎感觉到了我的不信任,他的眼泪很快流了出来,落在树叶上啪啦啪啦响。我摘了一片柔嫩的树叶给虎虎,擦干了眼泪的虎虎领着我找到了另外几个孩子。我的手指触及了他们的腰际,那里平坦,结实,压根儿就没有我预想的疙疙瘩瘩。

我突然由衷地庆幸虎虎他们。如果不是来到水门村的背面,他们将来肯定有一天必须经受类似祖父或者父亲的痛苦。匆匆忙忙地结婚,又匆匆忙忙地生子,接下来肉坨坨就开始溃烂了。如果我将成为他们当中某一个人的妻子,我就得忍受痛苦的呻吟,忍受溃败脓血的腥臭。这些都是我尘世的祖母和母亲曾经或者将要面对的。我是水门村的女人,我在尘世肯定逃脱不了这种厄运。而现在,我身边的男孩子都像虎虎一样身强体壮,如果让我选择,我情愿选择在水门村背面生活,选择一个在水门村背面生活的魂灵作为我的丈夫,我将终生爱着他,爱着绿谷塘这块土地。

四

  祖父同祖母完婚后并不像其他的家庭一样忙着生儿育女。他们有着比生儿育女更有意义的事情要做。那年的春天,祖母在我家祖辈的墓地栽下了十八棵柏树。祖母扶着树苗,祖父扬铲培土。好像祖母和祖父还有个约定,他们要一起活到八十岁,寿终正寝的时候就用这十八棵柏树做成两具棺木,一起埋葬在那墓地里,祖母当时还和祖父拉了钩呢。

  栽下柏树的第二天,祖母就开始了她的实验。祖母将采集的草药放在那块洗衣石上,用一根木槌反反复复地捶打,一种墨绿色的汁液便流了出来。那种汁液浓稠,充满青草的气味。祖父每隔半个时辰就要喝下一大碗那样的药液。祖父从祖母手中接过第一碗药液的时候,他的表情是微笑的,一碗药液下肚后,祖父甚至夸张地做了一个痛苦的鬼脸。其实那种药液苦涩难咽,祖父的嘴唇都麻木了,连吃饭都不像是在吃饭,像是在咀嚼那剩余的药渣。后来每次喝完药液,祖父都会出现那种夸张的表情,他脸部的肌肉始终停留在第一次喝药的感觉上。

  这只是祖母实验中的一种药液。祖父每天还要吞服三次药沫,每晚要用一种药材煎熬的药液浸泡身子。最初那些药沫都是祖母一手研制的,祖母把那些干燥的药材倒在一个石碾槽里,双脚踩了石碾子碾来碾去,那药材慢慢就碾成了粉末。而祖父呢,只是依照祖母的吩咐用温水将药末送进肚子里。祖母进山采药的时候,祖父趁机拆开了祖母盛药的那些布袋子。那布袋子里有祖父不认识的树根,也有他熟知的各种各样的虫子,有土鳖有蜈蚣,甚至还有蛆虫。祖父看到蛆虫的时候便开始呕吐了,那些墨绿的液体喷了一地,像是铺垫了一张墨绿的厚毡子。然而,祖母再碾药末的时候,祖父竟然一脸微笑地站到了石碾子上。

祖母是忙碌的。她始终忙于不停地采药制药,那些肉坨坨开始溃烂的男人再次在家门口排起了长龙。祖母的草药缓解了他们的痛苦,有个别的甚至伤口还结了痂。祖母的心思更加专注了。碾药熬药,这些活计全落在了祖父身上。祖父的生活因此而充实,井然有序。祖父至今还记得那时的情形。祖母步履轻盈,脸含微笑,宛然一个药中仙子。我眼前的祖父也是一脸温馨。

祖父的家产很快殷实了起来,虽然称不上富甲一方,但慢慢也同阎家抗衡了。当年阎老三费老大的劲求婚,恐怕看中的就是祖母这一点。然而世事难料,祖母靠着勤劳和智慧积累起来的财富竟然成为一种累赘,也为她日后的生活埋下了祸根。就在祖父发达的同时,阎家却日益衰败。阎老三的霉运似乎是从祖母嫁给祖父后开始的。先是阎老三错将堕胎药当作了保胎药,把一个不足三个月的芽儿给堕了出来。后来一剂中药竟然将一个老头给撂倒了。阎家费了不少银圆才平息了事情。也许是平日里阎家过于嚣张了,趁着混乱的时候,阎家好端端的一间中药铺也叫人给砸了。阎老三寻不着冤家,错将祖父当成冤家了。

那时候,祖父和祖母并没有意识到阎老三的不怀好意,他们的思想全部集中在祖父的肉坨坨上。那两团硬邦邦的肉似乎消融了,用手触摸根本感觉不到它的存在。祖母内心的那种兴奋真的难以溢于言表。甚至村子里有人见了祖父的事实,似乎看出了希望,请求祖母挖了草药替他们治病。就在祖母暗自高兴的时候,祖父却有了病变,腰眼上突然疼痛起来。刚开始疼痛的时候,祖父并不在意,心想也许是拧了腰伤着腰肌了。祖父用手揉着腰椎强忍了一些日子,可疼痛一天比一天厉害,发展到后来,疼痛竟然惨烈无比,祖父再也承受不了那种痛苦,忍不住呻吟起来。从这一声呻吟里,祖母似乎明白了什么。祖母的头脑一片空白,那一刻她的心像是被什么剜了去。她一脸苍白坐在那里,两只挖草掘药的手死死地绞在一起。祖父也是一脸死灰。

后来,祖母用毛巾擦干了祖父额头的冷汗,说,我们生个孩子吧。祖父点了点头。就在祖父的痛苦中祖母受了孕，怀上了我的父亲。之后，祖父的肉坨坨便开始溃烂。祖父终于没能逃脱作为水门村男人必然的厄运。

那时候，祖母的草药远没有步入炉火纯青的境界。十个人中有一两个能治愈的就很不错了。祖父的希望只有依靠那十分之一二的运气。绝望的祖父相反因此而平静了。祖父一声不吭地趴在床上，脊背朝天，半寐半醒。只有在祖母端了药汤进来的时候，祖父才抬起头，向祖母微微一笑。那笑依然是第一次从祖母手中接过药碗时的那种微笑。祖父曾告诉我，其实在疼痛开始的那天他已感觉自己没治了。祖父坚持喝下祖母煎熬的药汤，只是想给祖母一份微薄的希望。祖父明知道这份虚假的希望是残忍的，可他仍坚持那么做，至少在我的父亲没有出生之前祖父没有退却。尘世的祖父有着尘世的自私。

我仿佛看见腆着肚子的祖母蹲在石碾上碾着药末。由于隆起的腹部阻挡了视线，祖母不得不一次次从石碾上挪下身子，半坐半蹲着察看药末的粗细。汗水流过她的两颊，顺着脖子一直往下流，有一片衣衫就紧贴在乳房上，暴露出她的丰满。我无法揣测祖母当时的心境，其中的复杂也不是我能体会的。在尘世弥留的日子，祖父最后一点希望就是看到父亲。祖父希望实现的时候，他尘世的生命也就走到了尽头。祖父至今还记得站在床头的母亲，她双手捧着父亲，哽咽不语，只有眼泪像雨滴一样溅落在祖父的脸庞上。

祖母在春天里栽下的柏树还只有茶碗一样粗细，祖父就告别了尘世。然而，祖母并没有像祖父想象的那样精神崩溃，活不成人样了。祖母的坚强令祖父感到非常吃惊。祖母不吝巨资购置了几株古柏为祖父打制了一具上等的棺木，那具棺木的确让水门村仅存的几个老人眼妒了许多天。祖父下葬的时候，祖母甚至抱了父亲立在那十八棵柏树下。调皮的父亲还在柏树底下撒了一泡尿。透过苍茫时空，我好像还听到祖母说了一句什么。祖母说，孩子，这是你父亲留给你的柏树。我看见祖母说话的时候眼泪就滴落在树干上。父亲却是一脸似懂非懂，茫然无知的表情。

五

绿谷塘的生活有时也会受到侵扰。在我安家后的第三天,就有一只野狗闯进了绿谷塘。它完全是长了一副狼的模样,铁青着脸,嘴开着的时候獠牙就闪着白森森的寒光。它的肚子干瘪,毛发短而乱,甚至脊背上还露着几块疤痕,像铜钱一般大小。它在人的尘世绝对不是一个得宠的家伙。它可能饿坏了,拼命用脚爪扒开我坟丘上的泥土。我蜷缩在小棺木里,一动也不敢动。它甚至扳倒了我墓前的那块石碑一样的石头。它的脚爪终于遇着了柏树做的棺木。这只野狗是有经验的,它用嘴咬着小棺木的一角,狠命地往外拽,想把小棺木拽出来。然而,厚实的小棺木,加上我五岁躯体的重量,让那只野狗白费了许多气力。

后来,气急败坏的野狗就直接用脚爪在棺木板上刨削,用獠牙撕咬。我听见它的牙齿从木板上划过的嘶嘶声,那种不寒而栗的声音直到现在也没有忘记。一切似乎都是徒劳的,那块木板的确太厚实了,而且柏树的木质异常坚硬。那只野狗再也想不出其他的办法,只有悻悻然走了。它走的时候还低嚎了一声,似乎在警告我不要嘲笑它,它还会来的。

我真的要感谢祖母,如果不是她坚持用柏树为我制作棺木,恐怕我早已裹了狗腹。我并不是危言耸听。我曾在绿谷塘的西面见到过裸露的坟冢,坟丘像是被什么爆开了一样,凹着一个深深的坑。那具薄杉木板做的棺木横在土坷垃上,顶上的盖板早已掀开,里面空荡荡的什么也没有了。一些衣衫的碎片散落在更远一些的地方,连一个完整的衣袖也见不着。这同多年以后,我的哥哥在医院附近的山头上看到的景象何其相似,只不过那里连薄杉木板的小棺木也没有了,替代它的只是一个破纸盒。

也许这些还算不了什么。我在绿谷塘看到的更为恐怖的事情还在后面呢。那是一个更小的魂灵,甚至她还不会开口说话。她也是在暗夜里被送到绿谷塘的，那个送她的人在黑暗里摸索着进了小山窝，一阵窸窸窣窣的响声过后，那人跌跌撞撞地走了。我根本没有看清楚那是个男人还是女人，只在第二天早上的时候我发现一小堆新土。也许是那人太匆促了，新土的一角还露着一小片衣衫。我和虎虎他们听到狗吠的时候正是黄昏。两只眼冒绿光的野狗就在那堆新土上撕扯着，落日里狗的影子被放大了好多倍，我们都被狗影笼罩着。我看见那个细小的魂灵蜷缩在一簇草叶里。我和虎虎他们慢慢朝狗们围了过去，我们一边走一边扔着土坷垃。然而，我们的力量似乎太小了，那些土块总是落在离狗很远的地方。几个胆大一点的男孩子冲到了最前面。我不知道狗眼是否能看见我们，等我到达那堆新土旁边的时候狗们已经仓皇地撤了。新土上满是血迹，我根本无法分清那残存的血肉模糊的物件，到底是那个魂灵的肢体还是脑袋。那只扭过头回望的野狗嘴边还挂着血丝，一脸的满足。风里隐隐约约有恨恨声。

　　多少年过去之后，我的眼前仍残存着那个黄昏的景象，它是那样清晰，那样炫目。我始终记着那个幼小的魂灵无家可归的模样，他瑟瑟缩缩地蜷在树叶底下，躲藏在草丛里。有雨从他脸上划过，有雪将他覆盖。他是绿谷塘真正无家可归的难民。那堆新土早夷为平地了，什么痕迹也没有留下，甚至那撕碎的衣衫也不见了。每逢有雨有雪的日子，我和虎虎他们都会留给那个卑微的魂灵一块干爽的位置。我坟墓上的那道伤口也一直裸露着。直到有一天，祖母采药经过绿谷塘时才发现了那道缺口，她用鹤咀锄将散开的泥土拢在一起，我的坟丘才隆了起来。

　　然而，那些不知从何而来的野狗似乎把绿谷塘视为它们寻找食物的永久天堂。每每有夭折的小生命进入绿谷塘的时候，那些野狗或一只或二三只紧跟着就来了，那些刚刚拢起的坟堆很快被扒开了。有时候它们会为了一片肉而厮杀，而聒噪，宁静的绿谷塘变成了屠宰场，一时间猪嘶牛嚎。我们慢慢习以为常了。我们能做的就是向那些野狗投掷石块，或者在暗夜里晃动磷火，胆小一点的狗被我们吓跑了，而那些饿急了的疯狗却全然不理会这些，用那双冒着绿光的眼睛扫我们一眼，然后继续狼吞虎咽它们的食物。

有时绿谷塘的平静还会被另一种声音搅碎。又是在一个幽暗的黄昏。我看见两个人影溜进了绿谷塘，那是一个男人和一个女人。他们急速躺倒在一片草丛里。一只觅食的老鼠惊慌地逃出了草丛。他们倒下去的位置正是虎虎的坟墓。那里很快传来一串痛苦的呻吟。我不清楚他们干了些什么，暮色和荒草遮掩了一切。每隔一段时间，那两个人影总会摸到绿谷塘那么痛苦地呻吟一回，直到我在水门村的背面见到了那个男人，绿谷塘才暂时恢复了本来的平静。我猜测，平静的后面肯定还有别的男人和女人。

　　比起三年一次的大火，这些也许都算不了什么。因为人迹罕至，绿谷塘的草越发地茂盛，那些树木也一年比一年郁郁葱葱。兽迹也随之多了起来。那年的秋天我经历了第一场大火。火是从绿谷塘底部燃起的，火随风动，很快席卷了整个山窝。我和虎虎猝不及防，差点就葬身在火海之中。我们逃离绿谷塘的时候，火焰将脊背上的衣衫燃成了灰烬。大火映红了水门村的夜空。燃烧过后，绿谷塘里一片死寂。我心有余悸地行走在那片焦黑的土地上。绿谷塘的沟沟壑壑全都赤裸了，草灰飞扬，树木兀立如炭。我们喜爱的毛栗子树，猕猴桃的藤条，都焚为了灰烬，一个个消失得无影无踪。没来得及逃脱火海的鼠倒在灰烬里，尾巴化成了炭条，身体皮开肉绽。甚至还有鸟雀的尸体，赤裸裸的，羽翼的灰烬早已散逸在空中了。

　　接下来的那些日子，我们就局仄在各自的坟墓里，等待下一个春天将绿谷塘来唤醒。

六

　　父亲出生的时候，尘世的生活已经发生翻天覆地的变化。阎家的败落似乎是幸运的，阎老三的成分为贫农。而祖母呢，靠了挖草药的积蓄购置了许多的田地而被划为地主。一样的人，因为称呼不一样，其命运却有着那么大的差别。在尔后长达近二十年的漫长时日里，祖母一直过着挨批受斗的日子，忍气吞声地活着。祖母似乎并不很在意生活的变化。她依然每天扛着鹤咀锄翻山越岭地找寻草药，或者鼓捣药汁，碾制药末。那时候，祖母的一切劳动都是无偿的，靠了那些取药的村邻接济，才勉强度过那段艰难的时光。

祖母在祖父身上的实验失败了，然而，命运似乎又给她开了一个玩笑，给她送来了再次实验的机会。在痛苦中孕育的父亲延续了祖父的遗传，腰眼上也长了两个硬邦邦的肉坨坨。祖母第一次触摸到父亲身上的肉瘤时脸色全白了。祖母的手掌哆哆嗦嗦伸进父亲的衣服里，冰冷地印在肉坨坨上。父亲被寒冷刺得一激灵，待他回过头来，祖母早已歪斜在躺椅上，目光呆滞，满脸死灰。

祖母突然病了，躺在床上不吃不喝。村里的女人来看望她，她也不言不语，没有人知道她心里在想什么。祖母在床上躺了三天三夜之后，自个爬了起来。她脸也没洗，拉着父亲直接去了祖父的墓地。祖母将她和祖父的事情全部告诉了父亲，又将十八棵柏树一一指给父亲看。父亲懵懵懂懂，不知道祖母要干什么。只有一点父亲明白了，那十八棵柏树原本有九棵是祖父的，现在留给他了。另外九棵柏树是属于祖母的。

回家后，祖母将祖父曾经用过的盛药的碗，浸泡药液的木桶全摔碎了，连捶药的木槌也当柴火烧了。祖母忙完这一切后就开始了对父亲的治疗。祖母独自背着背篓，扛着鹤咀锄，翻山越岭寻找药材。采回来的都是些风侵雨淫的老药材，很有一些年月了，不但药性稳定，药效也更为长远。祖母将草药一一洗净，该晒的晒了，该榨汁的榨了汁。然而因为有了祖父的惨痛教训，祖母一切都开始得小心翼翼。她不但降低了草药的剂量，而且减少了服药的次数。祖母的慎重一直让父亲觉着可笑，服药的时候父亲竟然同祖父一样，夸张地弄出了一张笑脸，那神情活脱就是另一个祖父。祖母突然怔住了。药到父亲嘴边的时候，祖母一掌扫飞了盛药的碗，那种墨绿色的液体泼了一地，像是铺满了深重的铜锈。父亲怔住了。

祖母一个人跑到祖父的坟前痛哭了一回。从坟地回来后，祖母重新为父亲泡制了药汤。以后的时间父亲始终没有放下药罐，直到他离开水门村的尘世才算有个结束。

父亲并不像祖父那样自觉接受祖母的治疗，不过他始终强不过祖母的意志。虽然有过周折，但父亲最终接受了祖母调制的药汤。父亲腰眼上的肉坨坨慢慢软化了。十八岁的时候，那两团硬邦邦的肉瘤已完全消散。那一年，父亲在媒人的撺掇下娶了母亲。过一年，父亲有了哥哥，再过两年，父亲又有了一个女孩儿，那就是我。可惜的是，我没能像哥哥那样长大成人，在父亲肉坨坨开始溃烂的那一年我离开了尘世。之后，父亲再也没有过其他孩子。

父亲娶亲的那一年，在水门村男人的眼里，祖母的实验暂时成功了。然而，实验的成功并没有带给祖母任何荣耀，甚至连张笑脸也没有。水门村沉溺于那种溃败的哀号有了太多时日，我猜测，也许是水门村人早已忘记了笑脸的模样。那些取药的人进门时是一张青色的脸，出门时仍是一脸的灰暗，见不得多少喜色。祖母并不在乎这些，相反，她的内心似乎无比愉悦。在碾磨药末的时候，祖母甚至哼起了一首不知名的老歌。

然而，尘世间的许多事情并不因为你不在乎它就不会发生。既然发生了，即使想逃也无处逃避。从握紧鹤咀锄的那一天开始，祖母的命运注定有着不可避免的劫难。就像阎老三对祖父的忌恨一样，并不因为祖父的去世而消失。那些受过祖母救治的男人跟随在阎老三的身后，闯进了祖母的药房。他们扛的扛，抬的抬，将祖母采集的药材和制药的用具搬了个干净。似乎觉得还不过瘾，后来连祖母睡的床铺陪嫁的樟木箱也清洗一空。我不明白阎老三凭什么夺走祖母的这一切，更不明白水门村的那些男人有什么理由恩将仇报。就连我的父亲也蒙了。只有祖母在人去楼空之后竟然呵呵笑了。那一次，祖母将那些晦黄的药书和记录药方的笔记本藏在一个墙洞里，因此躲过了一次劫难。

后来，祖母主动将珍藏的那些地契搜出来全部焚毁了。祖母真正变成了一个贫农。不过，祖母所经历的这些还只是一个开始。然而就是这个开始，对刚过门的母亲来说已经是非常非常残酷了。我怀疑母亲后来的离去在这一天就埋下了伏笔。若干年后，我陪同阎小四穿过呻吟弥漫的村庄，第一次到达了阎老三的家门口。在阎家的后院，我找到了祖母用来为祖父父亲碾磨药沫的那只石碾槽。那石碾槽开着那么深的一道裂口，仰卧在泥地上。那时候，我莫名其妙地想，那块石头受的伤有多么重。

七

仔细回想起来，我之所以离开水门村的尘世，同阎老三对祖母的报复有着莫大的关系。那时候，阎老三总是堂而皇之给祖母他们分配最沉重的活计。薅草的时候，祖母的任务在后山脚下的那片石间地里，石头夹杂黄泥，日晒雨淋，一锄落下去，火星四溅，锄头也要缺几道口子。最繁重的是挑粪，二三里的地儿，祖母挑半担，母亲挑一浅担，走走歇歇，歇歇走走，一天跑不了几个来回。往往是月儿升起来了，祖母和母亲还挑着粪桶行走在山路上。

而父亲呢，就像水门村的其他男人一样，腰眼上的肉坨坨已穿了伤口，整日里流着血水和脓液。能够正常劳作的男人，水门村没几个，没有谁来照看我们。劳作之余，祖母还要采药制药，母亲则忙着做饭，替父亲擦洗身子。很多时候，我和哥哥睡倒在追赶祖母和母亲的路上。有时则蜷缩在墙角里。我就是那时候患上走根症的。等祖母发现的时候，我已经气息奄奄，不可救药。

多年以后，我在水门村闲逛的时候听到的却不像我经历的那样。我听见有人在谈论我们这些患走根症离开尘世的孩子。有个声音说，他们肯定是去了绿谷塘，被那些打火把埋的短命鬼邀了去。那一瞬间，我仿佛明白了那些男人为什么选择晚上送我们离开水门村。没有唢呐，没有锣鼓，一切都在静悄悄中进行。他们惧怕那些夭折的魂灵会记着回家的路。我不知道第一个被送到绿谷塘的孩子是谁，但我清楚绿谷塘是孩子永远的墓园。老实说，我在活着的时候压根就没去过绿谷塘，我也没有接收到任何人的邀请。如果现在我还在尘世活着，那我也不可能知晓水门村会有着绿谷塘这么一个小山窝。我觉着那声音是一种污辱和中伤。而且，我还听到过哥哥在遥远的地方同人谈论起走根症，哥哥的声音依然充满怜悯和叹息，他说，走根症并不是什么不治之症，可就有那么多孩子死在走根症上。是的，我们真的像哥哥说的那样，都是屈死的冤魂啊。

我很清楚，明白了这一些，只不过让我们对尘世多了一份厌倦。我不能去仇恨他们。水门村背面的生活是没有仇恨的。即使我的死同阎老三有着直接的联系，我也不会仇恨阎老三，更不会牵连到阎小四。在第一场大火焚毁绿谷塘的时候，我们都逃到了阎小四的水塘边。就是因为那一次的亲密接触，我和阎小四成了朋友。后来，我帮他收拾干净了衣冠冢，无论是黑夜还是白天，我们都可以在一土之隔的世界对话、聊天，还可以结伴寻找粮食。

大火过后的冬天往往是最漫长的冬天。刺骨的寒风呼啸着，没有了草木的阻挡，寒冷一直沿着土隙钻入了我们的坟墓。雪有时候不分白天黑夜地落，厚厚地积压在坟墓的顶端。我们依然穿着离开尘世时的衣衫。我是秋天离开的，薄薄的衫子锁不住有限的温暖。就像我告别尘世的时候，祖母用破棉袄怎么也焐不热我的身体，寒冷像蚯蚓一样在我体内蠕蠕而动。这时候的绿谷塘是最荒凉的，除了苍白的雪，什么也没有。连鸟雀也飞离了这片土地，消失在阴沉沉的苍穹里。

我们不像鸟雀，即使有了翅膀也无法飞离这片土地。这是水门村那些男人圈划给我们的土地，也是我们在水门村背面永远的故乡。然而，在大火过后的冬天，我们不得不暂时离开绿谷塘。我们翻过绿谷塘背后的山峦，进入了那些男人的墓地。那片墓地有个神圣的名字，叫浴火凤凰。因为它背依的就是幕阜山系里的凤凰山。

那片墓地是奢华的。松柏如云，墓碑如林，青色的石板横亘在坟前如同宫殿的匾额。坟地两边的护山都由花岗岩砌就，连墓地前的场地也铺垫了花岗岩。有的坟墓还罩着飞檐如翼的亭子，坟前刻着石人石马，连盛纸灰的器具也是巍然的石鼎。

在那里，我又遇着了我的祖父。他依然年轻得像我的父亲。祖父坐在古柏造就的宽敞的宫殿里，和几个同他一般年纪的人煨着火炉喝酒聊天。有酒液滴落在炉中，窜起一簇蓝色的火光。满屋子酒香弥漫。祖父给了我许多的干果。那都是我平常没有吃到过甚至连想都没有想到过的美味。阎小四的祖父还在尘世活着，他便随了我见了我的祖父。那一回，阎小四也得到了我祖父许多的赏赐。

  饥饿的时候，我和虎虎他们也会潜回村庄。我们踩着没膝的积雪，沿着那条布满火光的道路回到曾经的尘世。我们在午夜里抵达村口那棵孤独的白果树。那棵雄树已经死了，只留下一棵雌树茕茕孑立。现在的那些狗都是陌生的，我不知道它们是否看见了我们。它们龇牙咧嘴的狂吠让我们胆战心惊。我们在狗声前却步了。我们始终停留在那棵白果树下，脚步在雪地上踩出了一轮又一轮的圆圈。

  后半夜，狗似乎累着了，它们的吠叫渐渐平静。雪夜里的村庄恬淡、空旷，像一个在褓褓中熟睡的婴儿。我们怀着美好的心情，蹑手蹑脚地走进村庄的巷道。我们遥想着灶台上热气腾腾的饭菜，遥想着神桌上各式各样的糕点。我们的脚踩在雪地上咯吱咯吱响，声音清脆而响亮。我们慢慢进入了村庄的深处。我的耳边突然有了一种声音，它死死地围困着我的耳廓。我听不见脚步声了，代之而起的是一种嗡嗡嘤嘤的呻吟，像冻得发抖的蜜蜂一样颤动翅膀的那种声音。再往前走，声音就渐渐加大，后来我们感觉就像掉进了呻吟的漩涡，每一个方向都澎湃着那种痛苦的声浪。我们不由自主地停下了脚步。我们这些在水门村生活过的孩子实在没有勇气再朝前走了。我们之中没有谁不熟悉男人的那种溃败的呻吟。

  后来，有一双脚步仓皇地趔趄而去。狗似乎受到了惊吓，嘶哑地狂吠起来。就在狗吠声中，我们撤出了水门村。我们的脚步将雪地划得支离破碎。

八

  水门村有太多人想攫取祖母的药方。我曾偷偷听到阎老三与他儿子阎二的一次对话。阎老三说，你仔细点，再清一次那死老太婆的家，多留个心眼别让药方落到旁的人手里。我听见阎老三说话的时候牙齿错合得咯吱咯吱响，像是老鼠在磨牙。然而，阎老三又是一无所获。祖母的药方藏得更隐秘了。阎老三不得不更换了一种攫取的方式。黑夜里祖母的窗前多了一道鬼魅的影子，那是暗地里监视祖母的阎二。

阎二在祖母的窗前守了很多晚，什么也没看到，什么也没听到。祖母对于药方压根只字不提了。祖母的倔强招致了更为严厉的报复。阎老三亲自主持了批斗祖母的现场会。会场就设在村口那棵白果树下。我记得那是我离开尘世的第二个春天，那棵白果树也许会记得。

我到达白果树下的时候，批斗会早已开始。祖母被迫站在一个用杉木板搭建的简易木楼边，她的双手被反过来绑在脊背上。也许是由于双手的位置绑得太高，祖母的脊背佝偻着，而她的脸却奋力扬了起来，向着头顶郁绿的白果树叶。白果树上有一只不知名字的鸟一动不动藏在枝叶间。祖母斑斓的发丝并不像往常一样在脑后挽一个髻，而是散乱地飘在额前。我无法看清祖母的表情，在白果树的阴影下她的脸部一片模糊。木楼前面就是水门村的男人和女人，有虎虎的父亲和母亲，也有祖母救治过的孩子。我的哥哥站在人群的前面，向着阎老三怒目而视。我混杂在人群中。

木楼上立着阎家父子，还有几个居心叵测的男人。阎老三正唾沫四溅地说着什么，他的嘴角暴了两颗牙，样子很凶，活脱就是绿谷塘抢食的野狗。阎二则捏了根短木棍在木楼边走来走去，一边走一边拿棍子敲打着手掌心。后来，阎二突然在祖母身边站定了。我的心像被什么猛然扎了一下，尖锐地痛了起来。我的担心变成了事实。阎二手中的木棍准确地落到了祖母的脊背上。第一棍落下去的时候，祖母的身子往前一倾，差点栽落下去。也许打击太突然了，祖母丝毫没有准备，我听见她轻轻哼了一声。阎二的第二棍却改变了方向，瞄准了祖母的脚弯。木棍击着祖母的时候，阎二的另一只手拽了一下祖母的肩膀，祖母便横着仆倒在木楼上。之后，阎二的木棍如雨点一样落在祖母的背上，手臂上，大腿上。木楼下一片静寂，只有阎二用木棍击打祖母的声音像鼓点一样夯实。

阎二击出第二棍的时候，我拼命扒开人群冲向木楼。我看见我的哥哥像发怒的狮子一样向木楼咆哮着，然而他的愤怒是徒劳的，他很快被那些男人绊住了。我也被虎虎和阎小四死死拖住了胳膊。我狠狠踢了阎小四一脚,手又在虎虎脸上挠了一把,挣脱了他们的束缚。阎小四含泪闪到了一旁。等我冲上木楼的时候,一切都已经结束了。阎二早已放下了他的木棍,走下了木楼。空荡荡的木楼只有祖母趴在木板上,她的手仍然被绳子绑着。哥哥也不知被那些男人架到哪里去了。白果树上的鸟雀欢叫的时候,母亲才东张西望地上了木楼,她用牙齿咬断了祖母手臂上的绳子,将祖母搀扶了起来。祖母的嘴角竟然咬了一绺木屑。木屑像刀子一样,尖锐得老长。祖母最终什么也没说。

母亲在祖母的指点下熬了一锅药汤用来清洗祖母的伤痕。祖母拒绝了母亲的帮助,一个人闭了门,局在她自己的房间。父亲挣扎着从床上爬起来,笃笃笃地叩着祖母的房门。哥哥也含泪立在房门口。房间里一片沉寂,祖母似乎什么也没有听见。那时候祖母正沉了心清洗自己的伤痛。她的手臂上是两条深深的勒痕,差点就勒进了骨头里。勒痕两边红肿一片,甚至有几个地方磨烂了皮肉,有血从溃烂处渗出来。祖母用毛巾蘸了药水轻轻敷在红肿处,毛巾贴着手臂的时候祖母抖动了一下身子,嘴唇哆嗦了一下。祖母狠狠心将毛巾按在了那里。脊背上的伤是沉重的,祖母几乎脱不下自己的衣衫。那些布片和皮肉紧紧黏在一起,褪下衫子的时候就像用刀子刮皮,断筋剔骨地痛。祖母往下捋一点衣服,嘴巴就哆嗦着吸一口冷空气。祖母的背部完全裸露了,那里满是横一条竖一条的红痕,找不到一小块洁净的地方。祖母看不到自己的脊背,也无法摸到那些伤痕。她只能仰卧在水盆里,让药水浸渍她的脊背。

其实在祖母关上房门之前,我就潜入了她的房间,我不知道祖母有没有感觉到我的存在。特别是我的目光关注她脸庞的时候,不知道她有没有感知我的热切。她的眼角有泪滑落,滴在澡盆里,响声清脆悦耳。我用纱巾蘸了药水轻轻涂抹在红肿处,我不知道我的动作弄痛她没有。我的泪落在她脊背上,一滴,两滴,无数的泪水汇成细流顺着伤痕的沟壑往下淌。

祖母在床上躺了七天七夜才缓过神来。这七天里,水门村那些来取药的男人都空手而归。那些男人似乎意识到他们犯了一个不可饶恕的错误。他们在祖母的床边说，都是阎老三的主意，我们是身不由己啊。祖母没有回答什么，只是微微笑了笑。祖母是挣扎着爬起来的，她用青紫的双手支撑起伤痕累累的身体，倚着床边站了起来。祖母到父亲床前转了一圈，后来就扛上鹤咀锄出了门。那一刻，我的哥哥聪慧而又敏捷，背上祖母常背的那个药篓子尾随在祖母的身后。草药采回后，祖母让哥哥去通知那些男人来取药。哥哥却倔强着，说什么也不愿意去。后来，是母亲替代哥哥才将那些取药的男人叫了来。

九

父亲的肉坨坨溃烂是在生下我之后第三年开始的，比水门村的那些男人晚了近十年，这已是祖母极大的成功了。父亲在某个夜晚上床后就瘫软在床上，他的腰杆子好像变成了面条，再也无力支撑他身体的重量。祖母扔了石碾子跑过来察看父亲的伤势，竟一头栽倒在父亲床前，连气都闭了，半个多时辰才醒过来。祖母醒后却什么也没说，重新为父亲调制了一剂药，这剂药祖母用了最大限度的剂量。父亲的疼痛一时缓解了许多。然而，祖母的草药最终还是没有止住肉坨坨的溃烂，而且父亲的溃烂不同于祖父，祖父仅限于两个肉坨坨，而父亲差不多是整个腰部。父亲肉坨坨的面积似乎增宽了。父亲不得不终日躺倒在那张厮守他一生的床铺上。他的房间始终腥臭弥漫。没有离开尘世之前，我几次进入父亲的房间都被那种令人恶心的腥臭熏了出来。

父亲靠着祖母的草药缓解痛苦而苟延残喘。父亲的生命太脆弱了，就像芯枯油涸的灯火，只剩一点微光在风雨中飘摇，随时都有熄灭的可能。父亲所经受的痛苦不过是水门村男人注定要承受的磨难。然而，就在祖母再次要受到批斗的时候，父亲竟然苦苦哀求那些捆绑祖母的男人，将他也一并捆了去。父亲坚持要替代祖母。父亲的要求让那些男人很是为难。祖母也一直沉默着。最后，那些男人只好卸下父亲的房门,将父亲抬到了那棵白果树下。父亲被放在木楼的中央,那扇木门占据了好大一片位置,使得本来就不够宽敞的木楼更加局仄狭小。父亲俯卧在门板上,他的腰眼上堆着两堆像牛粪一样的草药。父亲一脸平静,祖母的神情也是一片静穆。

　　白果树下依然聚集着水门村的男女老少。阎老三立在木楼中央,诉说着祖母的罪恶,因为兴奋他太阳穴上的一块疤痕闪闪发亮。我第一次听说了祖母的那些罪恶。幼小的我根本无从判断那是罪还是非罪,或者是信口开河凭空捏造。我抱着一捧柔软的茅草勇敢地走上了木楼,我只想阎二在击打祖母的时候把茅草垫在祖母的脊背上,让祖母少受些伤害。我不知道阎老三他们是否能看见我,然而我管不了这些,径直走到了祖母身边。阎二握着木棍站在祖母和父亲之间,他一边用木棍轻轻敲着手掌心,一边拿眼睛看着祖母和父亲,好像在选择一个击打的对象,或者在寻找合适的击打部位。阎老三似乎看出了阎二的犹豫,从阎二手中夺过了木棍,狠狠地砸在父亲的脊背上。我铺垫在父亲背上的茅草实在是太软弱了,根本缓冲不了木棍下击的力量,木棍落在父亲的肉体发出砰的一声响。那股力量透过父亲的躯体到达了木板上。父亲的脸刹那扭曲了,像一张揉皱的薄饼。

　　父亲经受阎老三棍击的时候,祖母却闭了眼,仿佛石雕一样伫立在木楼上。木楼下的那些男人和女人也低了头,像受难的企鹅一样沉默不语。母亲夹在人群里,身子筛糠似的抖动着。哥哥也在其中,不过早被两个男人一左一右叉住了胳膊,丝毫动弹不得。我看见哥哥的眼睛里有团火光在跳跃。

　　那些男人仍旧用那块门板将父亲送回了家。父亲腰眼上那两堆草药早被鲜血浸染了,血液透过衣衫在门板上留下了父亲身体的轮廓。母亲攥了把稻草擦洗了门板,然而,无论母亲多么努力,那里仍是黑红一片。昏黄里立在父亲房前的时候,总能看见父亲趴在门板上,一动不动,像是睡了一般。三天后,父亲告别了水门村的尘世。同那些终生溃烂的男人相比,父亲少受了许多不必要的痛苦。当初父亲坚持要替代祖母的时候,祖母之所以没有反对,恐怕是因为她早就预知了这一结局。我不知道是不是这样。然而,祖母再也没有什么可以厚殓父亲的了。那十七棵柏树勉强能合成一具棺木，棺盖五棵柏树，棺底四棵，两侧各四棵。父亲下葬在祖辈的墓地里。

父亲逝后没有多久，母亲突然离开了水门村，一去就杳无音信。直到现在，我们也不知道母亲去了哪里。又一个清明节来临，我伙同绿谷塘的那些孩子再次光临了祖辈的墓地，寻找那些祭祀祖先的食物。绿谷塘的清明节是冷冷清清的，没有人烧纸上香，也没有人来祭祀。只有在祖辈的墓地里，我们才能感觉尘世对我们的怀念，尽管那被怀念的有可能不是我们。在那里，我看见了劫后余生的祖母。她领着哥哥在给祖父和父亲烧纸上香。祖母老了，她步履蹒跚，动作迟缓，一头斑白而沧桑的发丝像枯草一样在阳光下招摇。祖母的嘴边似乎还喃喃自语着什么，我没有听清，也许那话压根不是说给旁人听的。

纸的灰烬飘扬在风中了，像黑蝴蝶一样飞舞。有一朵两朵飘落在祖母的发际上。祖母抬头望了望天空，用手缓缓拂了拂发际，那些灰烬脱离了她的发丝，飘落在泥土上。我听见祖母对愣在一旁的哥哥说，我们栽树吧。祖母说着真就握紧了鹤咀锄。祖母绕着祖父的坟墓挖了九个坑。祖母对祖父说，你替我好好看着这九棵树，我一百岁的时候要用呢。祖母又围着父亲的坟墓挖了九个坑。祖母对父亲说，你睡了我十七棵树，该还我九棵了。祖母真就栽下了十八棵柏树。栽树的时候，祖母培土，哥哥则扶着树苗。灿烂的阳光落了哥哥一身。我看见哥哥好像突然长大了，就像一棵柏树那样迎风而长。

十

我始终不知道的是，祖母那记录药方的笔记本最终有没有给阎老三拿去，只有一点我是清楚的，若干年后，我的哥哥在通过医学论文答辩的时候，他的课题就是运用中草药偏方治疗某种地方性遗传病。我不知道这个课题同祖母的草药有没有关系，有多大关系。

我渐渐安静于绿谷塘的生活。既然那些男人已将我送到了这片土地上，那我就没有理由拒绝它。其实，谁也无法拒绝命运中注定要承载的东西。

大火过后，又一个春天降临了绿谷塘。那片焦黑的土地在春雨的滋润下重新鲜活了起来。草叶穿透泥土的重荷，将旗帜一样的叶片招扬于风中。树冠被花瓣覆盖，将芳香吐满了山谷。我坟墓后的那棵松树在经历一次死亡的劫难后也抽出了长长的穗条。绿谷塘是彻底苏醒了，就连那些痴头痴脑的石头也灵动起来，在青苔的被角下露出憨憨的笑容。鸟的翅膀在绿谷塘的苍穹里划出弯弯曲曲的轨迹。那曾经逃离洞穴的老鼠又偷偷回来了，在草丛里吱吱唱歌。

我在绿谷塘生活十五年后，终于没有抵挡住爱情的诱惑。我恋爱了，我嫁给了一个叫虎虎的男孩。那个男孩的腰间没有肉坨坨，我不必像母亲伺候父亲一样伺候我的虎虎，也不必像母亲一样忍受惨不忍睹的脓血和恶心的腥臭。两年后，我和虎虎有了一个小男孩。孩子一岁，我的心仍忐忑不安。孩子两岁，我紧张的心稍有松弛。孩子三岁，我的脸上终于有了笑容。孩子五岁，我偶然触摸到他的腰间，我的脸刹那惨白了。我的指尖摸索到了两个硬坨坨。孩子却笑了笑，从腰间摸出两个尚未熟透的猕猴桃，在我眼前摇来晃去地动。

温暖的战争

一

有关嘛嘛的身世都是慢慢听说的。水门村的人叫祖母不叫奶奶，而是叫嘛嘛，祖母是书面语，书面语离水门村一向很遥远。有点像月亮，能够感受到它的光辉，却摘不到摸不着，村里人也不叫月亮，习惯叫月光。嘛嘛就是月光。

嘛嘛九岁时在龙门场焙花生。龙门场是外省边缘的一个小镇，距离水门村七八十里地。我多次去过那个镇子，地方不大，中间是沙子路，两边是参差不齐的街道，不到半里长。那里盛产一种黄土花生，颗粒饱满，又香又脆。花生的外壳裹着层黄土，所以叫黄土花生。我带回来一袋花生，嘛嘛说，这不是黄土花生，是铁锈。我不信，拈了颗花生同黄土比较，花生壳黄里偏红，上面糊了层厚厚的壳，用手剥开，整块整块脱落。真是铁锈。她剥了颗花生，褪去红皮，放到鼻子尖上。是龙门场的花生，香啊，五十多年没闻过这种香味了。她的嘴巴空荡荡的，牙齿掉光了，只有用鼻子来嗅嗅。

她的眼角有泪。

那是我对嘛嘛的第一次迷糊。她说焙花生的事是在花生地里。她在锄草，用的是鹤咀锄。她缠过足，锄草时身体就会摇摆，只能半蹲着，一手扶地，另一只手挖耳朵一样松着花生叶下的土壤。花生只有巴掌宽的一团苗，却开了细碎的黄花。我想掐朵花，她不让。她说，夏天一朵花，秋天就是一捧花生呢。我想吃花生，就在花生地里挖开了，等她发现，一株花生已经被我掀了个底朝天，可什么也没有。我哭了，边哭边说："嘛嘛骗人，嘛嘛骗人。""嘛嘛不骗你，秋天就有花生了。"她说着从衣袋里掏出一把干薯片，连诱带劝将我哄住了。

种花生的事，家里人都不怎么热情，公公不管，爹爹没人安排。年年种花生，连个花生壳也看不到，都进老鼠洞了。嘞嘞是反对派，冷嘲热讽的，话里带了刺。嘛嘛却是费尽心机，选地，整地，施肥，还得防野猪。地不能太招摇了，不能让别人惦记。偏僻的地儿常有野猪出没，得用栏杆围起来。东躲西藏的，种个花生就像是做贼。到秋天，收获的花生不过八升半斗的，还有不少瘪壳。晒花生更是个难事，难在防人。这个抓一把，那个捞一捧，一年就白忙活了。最难防的是家里人，除了嘛嘛自己，家里的每一个人都是潜在的盗贼。爹爹偷吃了东西会笑，只要他一笑嘛嘛就紧张了，肯定又丢失了什么东西。

嘛嘛有她的法子。她将花生用米筛装了，搬个梯子放到屋顶上，再将梯子放进仓房锁起来。还有个绝妙的地方，仓房顶有两片亮瓦，阳光从那里漏进来。有一年将花生放在亮瓦下，半个多月才将花生晒干。也有损失，可能是老鼠光顾了，有几颗花生穿了洞眼，肚子里已是空空如也。

最后，那些幸存的花生都填进了我这个老鼠洞。吃颗花生都这么难，我有了感叹，从内心无比羡慕嘛嘛，甚至是嫉妒，她竟然有那样的机会，焙花生，想吃多少就能吃多少。她说她在龙门场焙花生时是秋天。她用鹤咀锄将花生一株一株翻过来，拢在一堆。她带来了角箩、木盆和杯子，木盆里是半盆山沟里的泉水。熟透的花生丢在角箩里，那些白生生的嫩子先在木盆里洗一遍，再放进杯子里。我喜欢吃生的嫩子，水汪汪的，有一股甜味儿。可她不让我多吃，吃多了拉肚子的。我不，偏要吃，她的花生才摘了一半，我的肚子早就滚滚圆圆了。"馋死鬼。"她用指头戳了戳我的额头，一脸的嗔怒。

"嘛嘛，焙花生时管吃不？"我问她。

"管吃。"她说，"怎么了？"

"那多好呀，可以吃个饱。长大了我也要焙花生。"我的声音里充满了无限的向往。

"你就知道吃，喉咙里都长出狗爪子了。"她又戳了我一指头，这回比上回重，额头上有了浅浅的印迹。我委屈得快要哭了，想吃有什么不好，这大把的花生是种给谁吃的？想我吃我还不吃呢。我憋着一口气，不吃嫩子了。

摘完花生，她又用鹤咀锄将花生地细细捯一遍，直到地里干净了，再也没花生了，她才住了手。

因为花生，那时我就暗暗想，长大了一定要去龙门场。那个外省的小镇投了一颗烟幕弹，嘛嘛的身世笼罩了某种神秘，也让我产生了错觉。过去的很多年，我始终认为她的家在外省，有可能就是那个叫龙门场的小镇。

相反，嘞嘞的娘家就缺少了这种神秘。水门村的人管娘也不叫娘，而是叫嘞嘞。七岁之前，我还不叫她嘞嘞，叫的是她的名字，柳花，柳花，我的声音粗粗的，硬硬的，好像叫喊的是个陌生人的名字。有时我都怀疑，她是不是我的仇人，今世不是，前生一定是。要不就是她欠了我大笔的债，她说，你这短命鬼，一定是前世我欠了你的。每次惹她不高兴的时候她都这么骂我。一定是的，她前世肯定欠了我的，不然我让她受了累，忍了痛，又不叫她嘞嘞。

大部分时间，我的心在她面前都硬着。遇上片刻的柔软，我会跟着爹爹叫花花，但从不叫嘞嘞。我和她之间，像被什么割裂过，将中间的血缘生生割断了。但她不喜欢爹爹叫她花花，更不喜欢我叫。她黑了脸，死死盯住我，直到我的心慢慢变冷，变硬，我想叫她一声嘞嘞，怎么也叫不出口，后来叫了声柳花，她才放过我。

嘞嘞的娘家距离水门不过五六里地，这是我从她来回一趟的时间上判断出来的。有年春天，她去了一趟娘家，挑回来一担水葫芦，这一去一回才半上午的时间。我估摸着，她的娘家离水门很近，一天可以跑几个来回。有几次我爬上晒谷场旁的山头向着山下望，远处是稻田，低矮的山包，房子也是灰不溜丢的，没什么吸引眼球的东西。她的娘家肯定就在我的视线之中，那实在是没什么趣味的地方。我失望了。秋天来临时，水葫芦开出了淡蓝色的花朵，一簇一簇的，很是妖娆。我又爬上山头，希望能找到一片淡蓝色，可山下依旧灰蒙蒙的，看不到任何光亮。我想，她的娘家也许不在近处，那么多的水葫芦花，不可能见不到。嘛嘛的龙门场有黄土花生，嘞嘞的娘家有数不尽的水葫芦花，我凭靠内心的想象维持着对嘞嘞娘家的向往。

那时年龄太小，远方的龙门场是去不了的，我就幻想着有一天能去嘞嘞的娘家。嘞嘞也在想方设法接近我，带我回娘家是最好的理由。但这条理由遭到了嘛嘛封杀，七岁之前我不能走亲戚。嘛嘛说是公公说的，公公是听算命先生说的。我问嘛嘛，走了亲戚会怎样。她说，你就喜欢多嘴，不该问的不要问，不能走就是不能走。我说走了会死人么，她用手捂住我的嘴，不让我说下去。趁她松开手时我张开嘴，在她手背上咬了一口，留下几个鲜红的牙印。这狗崽子，是红毛狗呢。她扬起手，想扇我又没扇，最后缓缓放了下来。红毛狗是山上的野物，会吹哨子，会叼鸡偷羊，偷羊时专挖羊的屁眼。

我怀疑，禁止我走亲戚是嘛嘛规定的，不关公公什么事，可又找不到证据。算命先生的禁忌，嘞嘞也是惧怕的，只有妥协了。

我满七周岁那年，嘞嘞才名正言顺带我回了一趟娘家。那是在秋天，她穿了件白色的确良，挎着只竹篮，竹篮里的东西都是她暗暗备下的。嘛嘛后来问我，嘞嘞拿回娘家的是些什么东西。我并不清楚篮子里到底装了什么，她没让我知道，可能是早料到了嘛嘛会问。嘛嘛没问出结果，以为我在骗她，脸上挂不住了。"红毛狗，我那些东西都给狗吃了，狗吃了还会摇尾巴呢。"她的话恨恨的。但我不怕，她对我恨不起来。

那时候，阿婆早已不在人世了。嘞嘞同舅舅们的感情并不怎么融洽，回家是可有可无的事情。村子在一条小河边，一样的土巴屋，稀稀落落的。我以为能看见水葫芦花，结果水葫芦的影子也没见到。池塘里干巴巴的，烂泥都发白了。河里的水半枯了，只留下一线残喘。

河边的柳树叶子也是枯黄一片，看不到半点生机。这就是嘞嘞的娘家。后来我上学，去龙门场买花生，到镇上拖肥料，都从那里经过。那里有一座桥，我必须从桥上经过。但我很少进入村子，丧失想象力的地方连看一眼我都不想。对于生活，或多或少，我持有一种幻想。

二

听嘞嘞说，嬷嬷为了将我弄到她身边，煞费了苦心。但我有些疑惑，嘞嘞会不会冤枉了她，嬷嬷不像是个那么有心计的人。"不会的，我冤枉不了她，张口喉咙我就瞅见她的肺管了。"嘞嘞的口气是绝对的，不容置疑的，她的眼睛洞若观火，将嬷嬷看了个透明。

对于嘞嘞的话，我仍旧将信将疑，她这么说有两种可能，一种可能是为了掩盖她对我小时候母爱的缺失，不是她的冷漠、残酷，而是嬷嬷从中作梗，阴蔽了她母爱的阳光。另一种可能就是为了将我拉回她的身边。她说这些时我上中学了。她觉得我应该能够听懂她的话了。我觉得有些可笑，一个孩子能离开他的嘞嘞么。我自始至终都没离开过她，也没离开过嬷嬷，她的担心是多余的，但她又有理由这样担心。

出生后的第三天我就离开了嘞嘞。准确的时间是嘞嘞说的，对此嬷嬷一直很含糊，如果有必要说到，只说是很小的时候，从来没有一个具体的日期。我是9月16日生的，9月19日晚我就睡在了嬷嬷的怀抱。嬷嬷列举了很多理由：村子里媳妇生了孩子都是嬷嬷带大的，哪家都一样。媳妇年轻，没经验，不懂事，贪睡，还喜欢踢被子，怕压坏了孩子，又怕冻着孩子。嘞嘞只有一条简单的理由，就是要奶孩子。"孩子饿了，我送过来，哭了，我来哄，尿了，我换垫片。你安心睡吧，睡扎实了，奶水才足，孩子才有吃食。"嬷嬷想得周到了，嘞嘞无话可说，也无计可施，只能眼睁睁看着她将我抱走了。

长大后，我发现村子里的婆婆并不像嬷嬷说的那样，没有她粉饰的那种美德。我听惯了婆媳之间的争吵，媳妇说婆婆不像做嬷嬷的，孙子的屎片尿片错手都不会洗一块。婆婆就振振有词，不就带个孩子吗？哪来那么多废话，你问问屋里的男客，还不是我屎一泡尿一泡拉扯大的，谁帮过我？婆婆和婆婆在一起，坐在墙根下拢着手晒太阳，数落的还是媳妇，现在的媳妇不像是做媳妇的，当是做婆婆，屁大的一点事都支使婆婆了，婆婆倒成了媳妇。

嘛嘛很早就同公公分居了，这正好给我留下了位置。她用小棉被将我包裹着，放在床的中央，再盖上大棉被。整个晚上，她一动不动将我搂在胸口，她的一只手向上拱着，给我支撑出一块空间，生怕棉被压坏了我。她为我的到来做足了准备。她有两只箱子，可能是当初的嫁妆，箱子很空阔，装下一个人绝对不成问题。箱子的颜色早已颓旧了，灰不灰黑不黑的，瞧得仔细，还能见到一些斑驳的漆块，暗红的，像是伤口上结的痂。她给我的东西装在其中的一只箱子里。用旧衣服改做的屎片尿片棉片薄片，小裤子，小褂子，小棉袄，小花帽，小棉鞋。帽子都有好几顶，圆圆的，是瓜勺帽，有棱有角的，是八角帽，有一顶线帽，尖尖的，顶端还耸着个红绣球。这些都是她亲手缝制的，不会做针线活的女人做不好媳妇，不会做针线活的女人也做不好嬷嬷。她还给我准备了一些小玩具，套在手上的响铃，坠在帽子上的小铃铛，一面拨浪鼓。如果偶尔将我放在笋窝里坐着，笋窝的边缘一定会插个纸风车，纸风车的颜色一角是红的，另一角又染上了绿。转动起来，红红绿绿的一团。还有一些东西是特制的，用棉布缝制的布袋子，里面填满了草木灰，那是当尿不湿使用的。用来做尿不湿的棉布是她亲手纺制的，布面稍稍有点粗糙，用木槌轻轻捶一遍，再用手揉揉搓搓就柔软了。最重要的是一道护身符，用红布缝的一个小布包，系在我的腋下。每次换衣服时，她都要检查一遍，生怕遗漏了，就是穿好了衣服，她也要用手捏捏，看看它是不是掉了。那个红布包里装了什么，到现在我也不知道，等想到要拆开看个究竟时，它就不见了。

嬷嬷见了我这身打扮却是气晕了。"没人穿的东西，还有脸拿出来。"她愤愤地骂。趁着喂奶的机会，她将我的衣服全部脱下来，换上她给我做的衣服。嬷嬷做的衣服没那么多讲究，除了穿在外面的衣服是红花布做的，里裤衬衣都是旧布料拼凑的，东一块西一块，颜色不一，形状也不一。孩子家，一个月一个月不一样，这个月穿着合身，下个月就紧勒了，再好的衣服也是浪费。但她的衣服在我身上就穿了吃奶的工夫，很快被嘛嘛换了下来。嘛嘛给我换衣服时脸都铁青了，手一直抖个不停，嘴巴哆嗦着，想说什么却又说不出口，我不明白她为什么那么生气，不就一件衣服吗？犯得着这样折腾，受累的还是我，我委屈得哭了。最后是嘞嘞让了步，大部分时间嘛嘛都守在我身边，她不让步也无可奈何。

若干年后，我才知道，嘛嘛的那些衣服并不是为我缝制的，而是为她的儿子，那个未曾出生的孩子准备的。她用了大半生的时间等啊等啊，她的儿子就是不来接受她的礼物，她的肚子始终平坦坦的。我现在的爹是过继来的，那时爹五岁，嘛嘛的这些衣服没一件上得了他的身。她只能一直收藏着，快六十岁时才等来了我——她的第一个孙子，那些服饰终于可以鲜鲜活活亮出来了。

可嘞嘞的话无疑是一把刀子，猛然扎到了嘛嘛心上。

嘞嘞对嘛嘛的攻击不只是这些，有些招式也不便公开。嘛嘛毕竟是婆婆，不能不有所顾忌。如果落下口舌，少不了会让村里人说三道四。山村的秋夜有了深深的凉意，公公都穿上棉袄了。幼小的我是个夜哭郎，进了黑暗就哭个不停。嘛嘛以为我饿了，赶紧抱起来送到嘞嘞的床边，嘞嘞早听见了我的哭声，却假装睡着了。嘛嘛低声细气叫了好几声，柳花，柳花，孩子饿了。嘞嘞才慢吞吞从床上坐起来，慢吞吞点上灯，再慢吞吞将我接过去。喂奶的过程是漫长的。嘞嘞像是怕我冻着，缩回了棉被里。嘛嘛很有耐心，就在床头等着。但嘞嘞总不让我一次吃个饱，喂一会儿，就将乳头从我嘴里拔出来。也不将我还给嘛嘛，而是继续搂在胸口，装作还在喂奶的样子。时间久了，嘛嘛的身体似乎敌不过秋夜的寒意，她不停地绞着双手，像是在给自己增加热度。她起来得很慌张，只是披了件单衣在身上，可又不放心回去加了衣再过来。她就那样硬挺着。"柳花，别撑着孩子了。"她的说法很委婉。"这好吃鬼，还在吃呢。"嘞嘞重新将乳头塞到我嘴里，这个动作是在棉被下完成的，嘛嘛察觉不了。嘞嘞撩开被角时我正吮吸得欢。

有了第一个晚上的教训，嘛嘛从此就和衣而睡了。无论什么时候起来，她都穿着棉衣棉裤，就算让她站上一整夜，也受不了凉。在上床之前，她将我送到嘞嘞怀里，让我饱餐一顿。嘞嘞想偷工减料，可嘛嘛就在眼前盯着，一步也不走开。嘛嘛还让公公写了很多的红纸条，樟树下，土墙上，村子里贴得到处都是。我见过类似的纸条，上面的内容我都能背下来。天皇皇地皇皇，我家有个夜哭郎，过路君子念一遍，一觉睡到大天光。这些纸条似乎没起什么作用，晚上我仍旧喜欢哭，似乎同嘞嘞串通了。她很懊恼，可又没法子，我一哭就只有抱给嘞嘞，因为治疗哭泣的良药在嘞嘞的乳头上。

三

嘞嘞的那些伎俩，嘛嘛看在眼里，但没有记在心里。她是长辈，不能记晚辈的仇。这并不是主要的原因，也许她以为，我更应该睡在嘞嘞身边。嘞嘞耍些小心眼，她假装不知晓，也是懒得去计较。只要我还在她的怀里，好像什么事情都不在乎，什么事情都可以原谅。

嘞嘞却不这样认为。她记仇，针鼻大的事她都记着，秋后算总账呢。她看待我的眼神是复杂的，疼惜，好像我被嘛嘛污染了一样，担忧，无论她怎样努力靠近我却总是到达不了目的地，还有嫉恨，那是对嘛嘛拥有我的幸福的嫉妒和愤恨。

嘞嘞说的秋后算账，指的是她去修水库的事。从一开始，对我的争夺嘞嘞就处于劣势，嘛嘛是一个掠夺者，一个入侵者，将本来不属于她的东西掳走了。但这场战争是没有正义和非正义之分的。表面上嘛嘛受到了不少打击，这些打击却一点也没影响到她的胜利。有一段时间，她独自享受着拥有我的幸福，连送给嘞嘞喂奶的过程都省略了。

我五个月的时候，嘞嘞同村里的男人们一起去了百里外的水库工地。嘞嘞一直以为这是嘛嘛的阴谋，是嘛嘛对她的报复。村里的干部通知嘞嘞时是犹豫的，毕竟我还小，离不开嘞嘞。"我要给孩子喂奶呢。"她也为自己推脱。后来是嘛嘛的一句话，村干部才将嘞嘞的名字写到了登记表上。"小狗能吃米糊糊了。"嘛嘛说。我的小名叫小狗，我爹的小名是大狗。就因为这句话，嘞嘞挑着土箕，跟在队伍的后面出发了。那个水库有个很好听的名字，叫千岛湖。后来我求学，出差，多次从湖边经过。看着碧波万顷的湖面，心里多了许多的慨叹，就是这个千岛湖，几乎改变了嘞嘞的后半生。

但我以为，嘛嘛的话不是嘞嘞去修水库的主要原因，顶多是推波助澜了。去修水库的女人只是嘞嘞几个，大部分女人都留在了村里。我听说过那些工地上的女人，也见过其中的几个。这不能不说到嘞嘞的身体，那些女人都同她一样有着强健的身体，身材高大，肌肉结实有力。男人能干的活她们一点也不逊色，甚至干得比男人还漂亮。下田种地，上山扛树，没有事情能难倒她们。嘞嘞是家里的全劳力，拿的也是全劳力的工分。爹就不能同她相比，他是个半劳力，拿的工分也只有一半。屙脓屙血，屙了你这个窝囊废。嘛嘛就这么骂过爹。嘞嘞在家里的地位比爹要高得多，她的身体一直是她骄傲的资本，但也正是这项资本害了她，让她离开了她的小狗。

嘛嘛的身体没法同嘞嘞相提并论。同是女人，嘛嘛同她竟有那么多的不同，她天生就是嘞嘞的对立面，嘞嘞身材高大，她个子瘦小，嘞嘞是一双大脚，她是一双小脚，而且缠过，脚趾头都扭曲了，走路一颠一颠的，随时都有可能跌倒。嘞嘞的眉粗而黑，脸阔嘴也阔，没一丝女人的妩媚样。嘛嘛不同，眉毛细瘦，脸小却是瓜子相，笑起来浅浅的，她在嘞嘞那个年纪肯定好看。关键还在肚子上，嘛嘛的肚子始终平平坦坦的，而嘞嘞呢，每隔几年她的肚子就要隆起来一回，像是只气球，瘪了眨眼又鼓了起来。女人不开怀，一世算白来。她在嘞嘞面前，可能是一辈子的自卑，这只是我的推测。我注意过她看待嘞嘞的眼神，总是乜斜着眼，也不在嘞嘞身上长久停留，匆匆扫过去，像是她的目光偶然从那里路过。在她眼里，嘞嘞的身体就是一块燃烧的木炭，一不小心，就会烫伤了她。

嘛嘛是从不下田的。嘞嘞走后，她有更多的理由守在家里。如果必须外出，她就用布带子将我捆在胸前。有了我的重量，她的身子就弯了下来，像熟稻子的穗头。她患过支气管炎，还哼着歌，哼一句，呼一声，谁也听不清她在唱什么。唱到后面全是呼气声。这样将我同她捆绑在一起不方便做事，再出去时她将我放在背篓里，背篓垫些稻草，我可以躺在里面，睡着了她就用小棉被替我盖上。

嘛嘛一点也不担心我的吃食。她将米用水浸透，用碾槽碾成米沫，再用纱布过滤，打上鸡蛋，蒸熟了，用勺子喂给我吃。这是我一日三餐的主要食粮。刚开始时，我对这种粮食是抵制的，它再精美也比不上嘞嘞乳汁的味道。我哭着，闹着，最后饥不择食了。也许是因为吃得太多了米浆蒸蛋，很多年后我看见蒸蛋就晕饭，食欲骤退，还会呕吐。有时我哭得让她心碎了，她就背着我，找一个正在奶孩子的女人，塞上几个鸡蛋，替我换一回奶吃。我是吃百家奶长大的，村子里与我同龄的孩子，他们的嘞嘞几乎都奶过我。

艰难的是晚上。模糊的记忆中，嘛嘛好像奶过我。我嚎啕大哭的时候，她将乳头塞进了我的嘴巴。我努力吮吸着，却什么也没有吮吸到。她的乳头很细小，乳房早萎缩了，紧巴巴贴在胸口。这同那些养过孩子的老女人不同，她们的乳房虽然干瘪了，但有个空袋子悬着，证明过去的辉煌。她的乳房似乎给我留下了阴影，长大后我的第一个恋爱对象，什么条件都好，可就是胸部平坦坦的，因为这个原因，我同她吹了。现在的妻子，是一个长了布袋奶的女人，身材娇小，却有着令人骄傲的乳房。

一周岁时，嘛嘛带我走过一趟亲戚。这是一个秘密之旅，那时嘞嘞还没回来，嘛嘛向谁也没提及过此事。她将我背在背上，像往常一样出了门。见着她的人都以为她带我出来玩，走走停停，停停走走，就在旁人不留意时将我背出了村子。

她带我去的地方是七八里外的舅公家，同嘞嘞的娘家刚好形成分叉，水门村是叉手，嘞嘞的娘家和舅公家是叉头。这有些像河流，两条河流着，流着，就汇在了一块，成了一条河。她背得有些累了，将我挪到了肩膀上。这条河流趁机闯开了闸门，痛快淋漓尿了一回，将她的前胸后背全浇透了。

那次是舅公的儿子，也就是嘛嘛的侄子结婚。嘛嘛一身尿臊气坐在婚宴上，却受到了舅公的热情款待。"总算接上了。"那个半老的男人说。她是春风满面，指着舅公说："这是舅公，小狗，叫舅公。"一会儿又指着一个半大的孩子说："这是表叔，狗狗，叫表叔。"我还不会说话，但我会笑，她指着一个人，我就嘴角翘起，甜甜笑着，给她挣足了面子。临走时，舅嘛嘛给了她一块花布，她用它给我缝了两身衣服。

舅公是个高个子，腰圆膀子粗，他的身体足够装得下两个嘛嘛，很难想象他竟然是她的弟弟。很多年后，我才了解到，他的确不是她的亲弟弟，而是从亲戚家过继给嘛嘛娘家的。当时她的爹爹去世了，没男人端灵位，几家亲戚商量，就由舅公披了麻戴了孝。让人不解的是，嘛嘛的爹爹和嘚嘚没有下葬在原来的村子，而是葬在水门的后山上。直到嘛嘛去世后，我才听舅公说起，她真正的娘家是在一个叫红塬岭的地方，离舅公的家还有一段路。我找到了那个地方，是在岭下的山坳里，断壁残垣，荒草萋萋，早已成为一片野地了。

若干年后，我去了县城工作，嘛嘛娘家那一带有人传言，嘛嘛的爹爹埋葬在一块风水宝地。那地方福女不福男，意思是我的幸运是嘛嘛娘家人庇佑的。嘛嘛离世时同她有血缘关系的人，这世界上一个也不存在了。

四

嘚嘚在水库工地上待了一年零三个月，这是她一生中最大的失败。当初出发时她也许没想到会有这么长的时间，中间公公倒是回来过，只有她和爹自始至终没离开工地半步。回来时她的包袱里多了一纸奖状，同我后来在学校里获得的奖状一般大小，那是她一生的荣耀。她将它贴在厅堂的墙壁上，有一段时间进出我家的客人大多都是冲着那张奖状来的。

然而，她的荣耀并不能拯救她在我心中的形象。我认不出她了，她在我眼里不折不扣是个陌生人。进门时，我正骑在门槛上，她见到我时愣住了，有一瞬间她没能看出我是谁。不过她很快就反应过来了，放下包袱，张开手臂，朝我叫唤着。"小狗，我的狗狗，过来，让嘞嘞抱抱。"她满脸笑容，朝我拍着巴掌，吸引我的注意。我对她的笑容视而不见，根本没有搭理。她走近了一步，依旧拍着巴掌，向我笑着。"小狗，来来来，让嘞嘞抱抱你。"对于她的热情，我感觉是陌生的威胁和恐惧，赶忙从门槛上逃下来，慌乱中我跌倒在地，哇的一声哭开了。听到哭声，嘛嘛从里屋跑了出来，将我抱了起来。"嘛嘛，嘛嘛。"我一边哭着，一边往她怀里钻，好久才平静下来。

"小狗，我是嘞嘞呀，不认识嘞嘞了？"她满脸的委屈，盯着嘛嘛时，她的眼睛里有了刀子一样的光芒。她是恨上嘛嘛了。嘛嘛似乎不在意她的眼光，只是淡淡说了一声："回来了。"甚至她的嘴角还挂着胜利者特有的微笑。

嘞嘞不甘心，弯腰解开包袱，从一个竹筒做的食盒里倒出几块饼干。那是工地结束庆典时给民工们的饼干，她没舍得吃。"小狗，来，嘞嘞给你饼干吃。"她将饼干托在掌心，向我炫耀着。我看了一眼她的脸，没有接受她的诱惑，而是转过脸，贴到了嘛嘛怀里。她的脸色铁青了，可仍旧佯装着笑。我偷偷溜一眼，那样的笑容反而让我更害怕了。我伏在嘛嘛胸口上一动也不敢动。嘛嘛可能觉得有些不妥，附在我耳边说："小狗，她是柳花呀，叫柳花呀。"我记起了嘛嘛教我说的几句话，其实是几个简单的词语，嘛嘛，公公，玉庆，柳花。我就鹦鹉学舌，嘛嘛，公公，花花。玉庆是我爹的大名，可我怎么也说不清，嘛嘛就说狗狗，狗狗，我就清晰了。

"花花。"我扭过头叫了一声。

嘞嘞先是愕然了一会儿，紧接着她的笑容不见了，眉头跟着竖了起来，加上青黑的脸盘，竟然将我吓住了。我忘记了哭泣，勾着头，不敢抬眼看她。她还不死心，可能也察觉她这样子会吓坏我，眉头又展开了，脸色却收不住，依旧沉得出水。"我是嘞嘞呀，叫嘞嘞。"她说。"花花。"我又叫了一声，声音怯怯的。

嘞嘞彻底被我的叫法激怒了。"黄眼狗，你叫我什么？花花是你叫的吗？"她的手攥紧了，饼干碎成了屑末从指缝间直往下掉。她咆哮着，向嫲嫲扑了过来，想将我抢过去。她张牙舞爪的样子有点夸张了，并不代表她真的如此愤怒，只不过想借机将我夺回去。嫲嫲似乎洞悉了她的如意算盘，闪开身子，让她扑了空。她那双小脚，关键时刻竟是如此敏捷。嘞嘞收不住脚步，碰在了厅堂正中摆着的风车上。她的额头撞起了好大一个包，红紫的一块。

那天的后来，嘞嘞哭闹了一场。摔烂了两只茶碗，将墙角的锄头镰刀全扔了出去。晒谷子的地箕被掀翻在地，风车也被她扳倒了。她暴怒起来就像一头狮子，没人抵挡得了。爹试图去阻止她，她只是抖了一下胳膊，爹就弹到墙角里去了。听人说，嘞嘞做姑娘时一顿能吃三大碗饭，能扛两百斤重的木柱子。摔累了，她就靠着风车坐在地上，一把鼻涕一把眼泪骂开了。"小狗是石头里蹦出来的？是石头里蹦出来的也有块石头。我成了什么人？我生的孩子被你们糟蹋成黄眼狗了，糟蹋成白眼狼了。狗也有个娘呀，猪也有个娘呀，你倒好，猪狗不如的东西。你是个孤家寡人，屙血屙脓，有本事你自己去屙一个。抢了我的孩子当宝贝，你的脸长在屁股上了。连扁毛畜生都不如，有人生没人教，都死绝了，樊家人的祖宗是倒转的，活该绝后。"骂累了，她又爬起来，去摔祖宗牌位。公公握着锄头立在神桌边，冷冷盯着她。"你摔一下试试看。"公公说。她气馁了，将自己的包袱扯开来，破衣烂衫撒了一地。

闹过后，嘞嘞自己又将包袱收拾起来，捆好了，甩在背上，回娘家去了。"打死我也不进你们樊家的门了。"临走时她丢下一句狠话，噙着泪走了。劳累了一年多，也该休息一会儿。有人来看嘞嘞时嫲嫲解释，还真应了嫲嫲的话，半个月后爹去了一趟嘞嘞的娘家，嘞嘞又回来了。她走在前，爹扛着包袱，一扭一拐的，追在她的屁股后面。她像是被爹赶回来了。

嘞嘞的哭闹是极不明智的。我对她的称呼非但没有改正，反而由此确定了。高兴时我叫她柳花，若是惹我生气了，我就叫她花花。我不怕她来惩罚我，叫过之后我就躲到嘛嘛房里不出来。她是从不进入嘛嘛房间的，不管她在与不在。在她眼里，嘛嘛的屋子无疑就是地狱，她可不想进入地狱。

嘞嘞的哭闹还警醒了嘛嘛，虽说过去了一年多，可嘞嘞仍旧没有放弃争夺我的幻想。我成了夹在她们中间的高地，谁抢占了谁就掌握了主动权。嘛嘛没有回击嘞嘞的冷言冷语，无论嘞嘞说得多么难听，她都佯装没听见。她在其他地方做了很多让步，比如在添制秋衣时，她自己一件也没要，倒给嘞嘞做了两身。还给嘞嘞换了一条床单，原来的床单中央磨损了，补了一块棉布片。她将它换过来垫在自己床铺上。她以一种委婉的方式在讨好嘞嘞。这一切嘞嘞都心安理得接受了。可一旦涉及我的事情，嘛嘛却是寸步不让，甚至对嘞嘞坚壁清野，不给她任何的机会。

这里有必要说到我家的政治和经济。政治上，公公和嘛嘛是绝对的统治者，爹爹和嘞嘞不存在说话的余地，连饭桌上的位置也靠南。他们的牢骚和埋怨，统治者听而不闻，闻而不问。经济上，嘞嘞是贡献最大的人，她不仅挣回了一个全劳力的工分，而且还帮着嘛嘛打猪草、养水葫芦、洗衣做饭。在财物的分配上，嘛嘛却是绝对的权威，家里的一切财产都归她支配。嘛嘛说一不二。圈里的猪空了，什么时候买，买多重的，她说了算。走亲戚的礼包，都是她亲手打点的，哪家重哪家轻，哪家亲戚又是谁去走动，也是她一手安排的。晴天的草帽，雨天的斗笠，冬天的棉鞋，夏天的汗衫，该是谁的就是谁的，连公公也没有挑选的余地。在一些细微的事情上，她也不放弃她的权利，比如哪天有肉吃，哪天又能吃到蛋，只有她才能提前知道。

嘛嘛的权利在我身上体现得更为专制。她不让任何人插手我的事情。无论吃的还是穿的，不经过她的手就到达不了我手上。我穿的衣服，是她驮着我到裁缝店里定做的。我穿的鞋子，又是她带着我，到几里外的商店买回的。秋天的布鞋，冬天的棉鞋，她自己动手，布鞋是千层底，千针线，板板扎扎的。黑色的鞋面上用红丝线绣了两只狗，大耳朵，滚圆滚圆的身子，笨得有些可爱。棉鞋的鞋面是灯芯绒的，也绣了两只狗，支棱着尾巴，四只眼傻傻张望着。有一天，她可能是心血来潮，用她纺的棉布给我裁剪了一身长衫，布扣子，长衫萎地，穿在身上活像一个半老头。她呵呵笑了，借助我她将自己逗乐了。"小狗，嬷嬷哪天走了，你就穿着这身衣服给嬷嬷送行。"笑过了，她对我说。"嬷嬷去哪儿呢？我也去。"我扯着她的衣襟，生怕她丢下我不管。"傻孩子，说傻话呢。"她抚住我的脑袋，将我按在她的胸前。

我的饭食也是嬷嬷亲自料理的。她用棉布缝了一个布袋子，将米装在袋子里。煮饭时布袋子同米一起下锅，米开了花，将水滤净了，同袋子一并放到甑里蒸。用布袋子蒸出来的饭，格外的香。喂饭是嬷嬷的特权，我用的饭碗是固定的，用的筷子也是固定的，谁也不能碰。虽然同在一张饭桌上，但嘞嘞连替我揿一筷子菜的机会也没有。我坐在公公和嬷嬷中间，同嘞嘞隔了一张桌子的距离。而且我也用不着别人揿菜，我的菜是单独做的，单独用碗盛着，就放在我的鼻子底下。

嬷嬷始终将嘞嘞当贼一样防着。任何的一件小事，嘞嘞也别想染指。我要起床了，衣服是嬷嬷穿的；我要洗脸了，水是她倒的，毛巾也是她拧的；我要剪头了，她领我去找理发的师傅；就连我上了厕所，屁股也是她揩的，嘞嘞也没机会。有一回，嘞嘞趁她不注意偷偷将我的衣服洗干净了，后来还是被嬷嬷发现了，将衣服用肥皂浸了，重洗了一遍。在她眼里，嘞嘞就像是瘟疫，只要稍有不慎，就会传染给我。为了防止瘟疫蔓延，她在中间砌起了一堵墙，嘞嘞在墙的那边，我在墙的这边，彻头彻尾被阻断了。

可我毕竟是嘞嘞的孩子，她不愿放弃任何一点哪怕是细小的机会。她在挣扎着。我在嬷嬷那里可以得到任何我想要的东西，嘞嘞却什么也不能给我。她没钱，所有的财物都掌握在嬷嬷手里。在水门村，媳妇在没有成为婆婆之前，她必须讨好婆婆，否则只能夹着尾巴做人，活得灰头土脸的。嘞嘞在嬷嬷面前低不下头，她将自己磨成了一根针，针尖始终对着嬷嬷。

嘞嘞后来似乎明白了自己的劣势。她改变了同嬷嬷作战的方式，专门来挑剔嘛嘛的不是。刚开始，她还很温软，像是在善意提醒嘛嘛。"小狗要买凉鞋了。夏天来了。"她说。"小狗都有几双凉鞋了。"嘛嘛回答说。"小狗要添衣服了。冬天快来了。"她又说。"小狗棉衣都有几身了。"说着，嘛嘛就将棉衣抱出来，放在太阳底下晒着。其实用不着晒，那是有意亮给嘞嘞看的。如果碰巧嘞嘞说出的事情还没来得及准备，她也会表现得胸有成竹，再在嘞嘞不察觉时将东西买回来。总之，嘞嘞的提醒是蹩脚的，也是多余的，是咸吃萝卜淡操心。

嘛嘛的细心和周到让嘞嘞很是失望。后来的一次，她到底拾到了嘛嘛的一个不是。那天嘛嘛不知忙什么去了，我在门前的场地上玩沙土，垒墙，堆房子，灰头土脸的，成了个灰球。往常的那个时候，嘞嘞是不会回来的，她可能恰好有什么事要回家一趟，碰巧撞见了。"小狗都成泥猴了，也没人管，都死哪去了，没手脚带孩子就不要揩着。"她将我从地上拉起来，边骂边拍打我身上的泥土。嘛嘛出来时我身上都干净了。"就你有手脚？不就是一身灰土么？小孩子家哪个不埋灰舔土的。"嘛嘛抢过我的手，将我拽进屋子，换了一身衣服。

这次胜利极大地鼓舞了嘞嘞，可没有观众也是遗憾。之后她就多了一个心眼。上午休息的间隙，大帮的人到我家喝茶，她趁机捉住我的手，说："咦，指头都成狗爪子了，也不修剪。"我挣扎着，不让她修剪我的指甲，可她偏要剪，剪下来了还放在掌心送给人看，瞧瞧，满是黑垢。有时是在饭桌上，她会突然在我的菜碗里搛一筷子菜，尝尝，得出的结论要么是咸了，要么就是淡了。如果碰巧我不想吃饭，她就会说，难怪小狗不吃，菜淡得一点味道都没有。如果偏咸了，她会装模作样吐在地上，边吐边说，难怪小狗不吃，菜都咸得苦，给猪吃猪也不会吃。弄得后来嘛嘛不带我上桌吃饭了，她搬了个小凳子，坐到厅堂里，一个人喂着我。

这都是一些小胜利，动摇不了嘛嘛，她依然牢牢占据了我这块高地。嘞嘞能够争取我的手段相当有限，有时是田头地沟摘到的一捧草莓，有时是几颗猕猴桃。这些东西能进入我肚子的并不多，嘛嘛说，都是野东西，吃多了会拉肚子。她对草莓特别敏感，总怀疑上面有蛇毒。嘞嘞走后，她就将草莓倒掉了，一个不剩。对猕猴桃她也生疑，可能有老鼠嗅过。可我偏爱猕猴桃，嘛嘛没法，只得一颗一颗洗净了，剥了皮，喂给我吃。可吃过三两颗后，再吃就没有了。她说，烂了，扔了。我哭着，闹着，她揭开米缸给我看，埋在米堆里的猕猴桃真的一颗都不见了。我再哭，再闹，嘛嘛就自己上山给我摘猕猴桃，可她摘回的桃子都是细瘦的，一点甜味也没有，还酸得掉牙。

有一段时间，嘞嘞中午不休息，夹了镰刀老是往山上走。回来时或多或少，手头上都会拎着一把野棕。夏天时，她将镰刀绑在竹杠上，扛去割芒絮。芒絮干了，就扎成扫帚。她的手艺在村子里是数一数二的，别人的扫帚一把两角钱，她编扎的能卖到三角。她用卖红棕和扫帚的钱给我做了一身衣服，上身是中山装，下身是直筒裤。中山装的口袋盖上还留了个孔，用来插钢笔的。那年月，中山装就是时装了。嘞嘞抖开衣服时嘛嘛瞟了一眼，说："不长眼睛的，自家的孩子多大都不知道，还好意思拿出来。""不是偷的抢的，有什么不好意思拿出来。"嘞嘞顶上了。衣服不合我的身体，中山装成了空布袋，空荡荡的，袖子也长了一大截，手都没法伸出来。裤子就更长了，在脚跟上挽了三四折还见长。她有些惋惜，将衣服收起来了，说是以后给我穿。后来那身衣服再也没穿到我身上，不知到哪去了。

对于嘞嘞和嘛嘛的争斗，我始终不能理解，无论我在哪里，在谁的身边，都不可能改变一个事实，那就是我是嘞嘞的儿子，是嘛嘛的孙子。她们的行为很是可笑，好像谁都看不到铁定的事实。

后来发生的一件事情，将公公和嘛嘛吓坏了，以为嘞嘞的脑子出了问题。一天的半上午，嘞嘞回家连哄带骗将我弄出了家门。她摸准了嘛嘛的规律，这个时间要么在洗衣服，要么在煮猪食，嘛嘛不可能将眼睛全盯在我身上。她拉着我过了桥，出了村子，一直往山外走。我隐约记得，我们走的是去嘞嘞娘家的路。七岁那年再走同样的道路时，对于路边的风景我有了一种似曾相识的感觉。但她没有一直走下去，在半路上停住了。她抱着我坐在河边的石头上，看流淌的河水，看水里的游鱼。她给我采了一束野花，采花时还唱着歌，她的嗓子太粗粝了，我掩住耳朵，不让她唱下去。她向我尴尬地笑了笑。采过花,她又给我捉了一只螃蟹,螃蟹张牙舞爪的,我一点也不喜欢。她将它扔回了河里。

临近中午时我饿了,嘞嘞带了半口袋的零食,爆玉米花、蚕豆什么的,很快就让我吃了个一干二净。下午,我们没有继续走下去,而是折了回来,左绕右拐,避开村子里众多的眼睛。她将我带进了后山,藏身在一只废弃的炭窑里。也许是走得累了,我竟然在她的背上睡着了。醒来时我躺在一堆草叶上,她就坐在我身边。我嚷着要回去,她说回不去了,太远了。再吵闹时她就不理我了。哭哑了,也闹累了,肚子又饿了。她给我吃的是野果子,红红绿绿的,有的涩,有的酸,托在手头一大捧,吃下去的却没几个。她还不知从哪掏来了鸟蛋,烧了一堆火,将鸟蛋放在火灰里埋了。一个一个煨熟了,剥给我吃。鸟蛋很香,胜过鸡蛋的味道。后来想吃,却没有了。再说长大了,谁还去掏鸟蛋给我吃,想也是空想了。

仅仅吃了几个鸟蛋,我很快又饿了,嘞嘞却再也找不到下肚的东西。天幕上有几颗鸟蛋一样的星星,可它们不是鸟蛋,不能当吃的。炭窑在一片杂树林里,四周黑魆魆的,只听到风吹动树叶呜呜在响。她搂着我睡在草叶上。她说:"小狗,我给你喂奶吧。"她撩起了衣襟,我可能是饿疯了,下意识捧住了嘞嘞的乳房,噙住了乳头。她的乳房是饱满的,也是温软的,摸上去很烫手。我噙住乳头时她抖了一下身子,有眼泪滴落在我脸上。我努力吮吸着,却没有一滴奶水进入我的嘴巴。那晚的后来,我就噙着她的乳头睡着了。

嘞嘞和我一晚未归,家里早就天崩地陷了。公公,嘛嘛,爹,无头苍蝇一样乱蹿,村里村外找了个遍,就差没掘地三尺了。爹还跑去了嘞嘞的娘家,娘家又派人去了嘞嘞的妹妹家,结果没有任何消息。晚上,左邻右舍,打了火把,带了鸣铳,漫山遍野,敲锣打鼓地寻找我们。第二天早上,我和嘞嘞回到家时,嘛嘛的嗓子已经哭哑了,她用手指指着嘞嘞,一句话也说不出来。如果那是一把枪,嘞嘞肯定没命了。"让岔路鬼迷路了。"嘞嘞轻描淡写说了一句,就进了她的屋子。

经过失踪事件,嘛嘛对我的看管更为严厉了。嘞嘞再也找不到单独同我在一起的机会。而且还多了双监视她的眼睛，公公加入了嘛嘛的阵营，他察觉嘞嘞脑子有问题了。之后的一段时间，嘞嘞也像是觉得自己做了错事，不主动接近我。有时从外面摘了野果子回来，也是放在一些我能见着的地方，从不交到我手上。

　　平静了一些日子，嘞嘞又扯出了另外一件事。那天不知因为我的什么原因，嘛嘛惹恼了她，嘞嘞当场就火了。"这日子没法过了，分家吧。"嘞嘞对公公说。"怎么分？"公公问。"我带小狗一起过。"她说。"分就分，小狗跟我过，保证不要你们养着。"嘛嘛也强上了。"都是贱骨头，要过你们自己过去，小狗谁也不跟。"公公也火了，几句话斩断了女人们的争吵。嘛嘛和嘞嘞不作声了，她们不敢激怒了公公。原则问题上，公公还是家长，说一不二。

五

　　嘞嘞从水库工地回来后的第二年秋天，嘛嘛突然请了个老木匠到家里来。老木匠的年纪比公公还要大，头发稀稀落落的没几根，胡子花白，牙齿也落光了，说话混沌不清。嘛嘛要打一张大木床。她让人将藏在楼顶上的木柱子放了下来。那些木柱子比木盆还粗，老木匠带了他的儿子和徒弟，用了一个上午才放下来，码在场地上好大的一堆。公公见嘛嘛放木柱子，想说什么，但最终没说出来。后来我才知道，那些木柱子本来是公公藏起来的，准备用来做他和嘛嘛的棺木。

　　村子里的木床大多都是老木匠的作品。他们三个忙活了半个多月，砍、锯、刨、削，终于做成了一张大木床。老木匠连斧子都抡不动了，可做出来的木床依然是那样气派，那样精致。床是老式的，两端有屏风，床顶做了造型，床身刻满了花纹。床很宽敞，一般的房间放不下。嘛嘛让他们将木床搬进了公公房间，公公睡的是套间，木床被安置在里间。她同公公调换了房间，我和她成了套间的主人。之后的许多年，那张木床一直是我的专利，哪怕是家里最尊贵的客人，谁也没在上面做过一个梦。

大床完成后，老木匠被嘛嘛留住了。他们用剩余的木料做了一张小木床，床的四周有挡板，也镂了花纹。这张小床是为我的弟弟制作的，虽然嘟嘟没说什么，但敏感的她察觉到了嘟嘟的动静，过些时日，嘟嘟的肚子就现出了微微的弧度。有了身孕后，嘟嘟就不下地干重活了，待在家的时间相对多一些。嘟嘟是闲不住的人，帮着嘛嘛打草喂猪，烧火做饭。她的勤快并没有换来嘛嘛的好感，嘛嘛的眼神始终冷冷的，见不着多少热度，好像嘟嘟欠下了她八辈子的债。

对于嘟嘟的肚子，嘛嘛的心是复杂的，它平坦时她的心情也平坦，甚至有些幸灾乐祸，希望它一直平坦着。嘛嘛又有另外一重渴望，巴不得嘟嘟的肚子一天隆一回，像母鸡下蛋一样一天给她一个孙子。可嘟嘟的肚子一旦隆起来，她的脸色又暗淡了，阴云密布。她的眼睛里像是藏了一股毒，随时都有可能喷出来。她将嘟嘟的帮忙理解成了显摆，嘟嘟时时刻刻在她眼前显摆着，炫耀着，骄傲着。

造成嘛嘛这种心态，除了她自身的原因外，同爹不无关系。爹刚抱过来时瘦得像只老鼠，五岁了还不会走路，公公和嘛嘛想过很多法子，爹最后还是落下了腿疾，一点也不利索，一瘸一拐的。后来又送爹上学，爹读到高小四年级却怎么也读不下去了。到谈婚论嫁，爹原来说过一门亲事，那女人爹只见过一面就吹了。后来那女人嫁了一个卖豆腐的，成天挑着豆腐担子在村子里走来走去，吆喝着。

有可能是爹身上的这些挫折让嘛嘛心灰了，她的希望落到了孙辈身上。嘟嘟肚子隆起来时，她捉了只鸡给爹，让他杀给嘟嘟吃。爹是不会杀鸡的，在鸡脖子上割了一刀，放到木盆里鸡又飞起来了。"屙脓屙血，连只鸡都杀不死。"嘛嘛又骂爹。"你才屙脓屙血呢。"爹是个挨不得骂的人，谁骂了他都还嘴。也许是生气了，爹一刀将鸡的脖子砍断了，才将鸡杀死。杀鸡的事，她是做给嘟嘟看的，那样的鸡嘟嘟吃在嘴里也不舒服，嘟嘟果真就不吃，连鸡汤都不喝一口。

嘟嘟的肚子滚圆滚圆的，像是搂了一个大皮球。"肯定是个赔钱货。"嘛嘛说。"什么是赔钱货？"我问嘛嘛。"去问你嘟嘟。"她第一次让我去问嘟嘟。我真就去问嘟嘟了。"柳花，什么是赔钱货？"嘟嘚却不回答我,而是同嘛嘛较上了劲。"你屙了一辈子的血,有本事生个赔钱货出来,死了也有个帮你洗尸的人,到时别脏了我的手。"嘚嘚说得恶声恶气。我才清楚,嘛嘛让我问的并不是一句什么好话,否则嘚嘚不会发那么大的火。

两个月后,嘚嘚应了嘛嘛的话,给我生了个妹妹,圆胳膊圆脸蛋,胖嘟嘟的,很可爱。嘚嘚最初以为嘛嘛又会将妹妹抱过去的,等了三天,嘛嘛没任何动作,连她的房间都没进。快满一个月时,嘚嘚嚷着要给妹妹做满月,公公差点就被她说服了,可嘛嘛一句话给否决了。她说,还真想赔钱呐。请客摆酒这一类事情,嘛嘛不答应,就算勉强办了,寡情少礼的,对前来祝贺的亲友不尊重,不如不办的好。

嘛嘛原来准备了不少的小衣服,可从嘚嘚的肚子瞧出某种迹象后,她就停止了自己的缝纫。妹妹出生后,她只是象征性地拿了两件细衣细裤,扔在椅子上。嘚嘚也是硬朗的,两件衣服被她从窗子里塞了出去,丢弃在屋檐下。剩余的衣服,嘛嘛打了个包裹,藏起来了。那张小木床本来是给嘚嘚肚子里的孩子备下的,她没搬出来,用一床破蚊帐罩着,免得上了灰尘。她在等待嘚嘚的肚子。

妹妹活着的那四年,嘛嘛和嘚嘚之间很平静,有了妹妹,嘚嘚对我也不是那么上心了。而嘛嘛呢,少了干扰和纠缠,对嘚嘚也没了那么多的提防和敌意。那时候,我能记住一些事情了。嘛嘛和嘚嘚的平静,其实受苦的是妹妹。嘚嘚每天早出晚归,同男人一样水一身泥一身,根本没有多少时间来照顾妹妹。妹妹就留在家里,同我一起。对待妹妹,嘛嘛是不公平的,给吃的,妹妹少一份,她饱不饱困不困,她也很少过问。我也只是个孩子,并不懂得怎样去照顾另一个孩子,甚至有时还欺负她。受了欺负,妹妹就只有去找嘚嘚,满村子地乱跑,有时找着了,有时没找着。妹妹走失的事发生了好几次,有几次是睡在路中间,被人发现送了回来。后来的一次,妹妹不知在什么地方睡着了,被人送回来后就再也没醒过来。

妹妹走时是午后,太阳光亮如白纸,屋子里却是一片幽暗。嘛嘛不让我进入嘚嘚的房间,将我关在套间里。后来我还是趁她不注意,溜了出来,在通向嘚嘚的屋子前又被公公挡住了。嘚嘚的门半开着,她抱了妹妹坐在椅子上,埋着头,看不见她的表情。房间里就她们两个,也没人进出。嘛嘛和爹爹不知去了哪里。整个屋子静得让人发慌。

妹妹是在晚上下葬的。按水门村的习俗,夭折的孩子都是在黑暗中送出家门的,让他们不认识路,不会回来串邀其他的孩子。隔着门板,我听见嘞嘞在嘤嘤泣泣哭,她的声音时断时续,不时被叮叮嘭嘭敲打木板的声音打断。我不知道他们在干什么。一阵狼藉的声音过后,门吱呀一声开了,有脚步声往外走。嘞嘞突然尖锐地叫了一声:"我的苦瓜呀,你怎么就不要娘了呀。"妹妹的小名叫作春儿,但嘞嘞总是叫她苦瓜。但离去的脚步声并没有因为她的叫喊而停顿,他们一直往西边去了。有火光从窗户里照进来,像一群白色的小妖在土墙上跳跃。我贴紧窗台,踮起足,终于看到了外面的世界。几支火光在土墙外游走着,一个人扛了锄头,另一个人的腋下夹了只小小的木头盒子,有点像用来装黄鼠狼的陷橱。临出门时他们被嘛嘛拦住了,她让他们打开了木头盒子,放进去了一些东西。然后他们夹着它,转眼就翻过了西边的那座小山,只剩下一线隐隐约约的白光。一个多星期后,我才从大人们只言片语中知道,妹妹被埋葬在一个叫绿谷塘的小山坳,她的坟后有一棵小松树,坟上压了根松枝。凭借这点线索,我偷偷去过绿谷塘一次,见到了一个新鲜的土堆,我怎么也不敢相信,那里面会有我的妹妹。我家有个亲戚晚上经过绿谷塘时,看到许多的磷火,还听到小孩的声音,笑的笑,哭的哭,闹成一团。

十多年后的一天,我问嘛嘛,那天朝妹妹的棺木里放了什么。"你都看见了?"嘛嘛问。我说:"看见了。"她叹口气,说:"两把花生。"

六

妹妹走了,嘞嘞的心暗淡了好长时间。只要点滴的事情触发,她就会失声痛哭。苦瓜真是命苦呀,吃没吃的,穿没穿的。这类触动的事情多半出在我身上，有时是穿了件新衣，有时是嘛嘛给了我一把吃的。有段时间，我都不敢当着她的面吃东西了，只要我的嘴巴稍有动静，她就会一把鼻涕一把眼泪。

肚子再拱起来时，嘞嘞自己张罗着，像嘛嘛一样又是裁剪，又是缝纫。她又生了个妹妹，小名叫笋，笋不到两岁又夭折了。接下来的几年，她的肚子拱起了好几回，都是妹妹，我连她们的面都没见着，她们就直接去了另一个世界。

嘞嘞有了身孕，先前嘛嘛仍旧叫爹杀了鸡，炖给嘞嘞吃。杀鸡时爹照旧杀不死，嘛嘛嘴上并不饶过他，趁机要骂他几句。"你这个屙脓屙血的东西，连只鸡都对付不了，还叫男人。"她仍旧是那几句骂人的话。她将嘞嘞生女儿的事迁怒到了爹爹头上。爹挨了骂，干脆扔了刀，将鸡也放跑了。"你不屙脓屙血，你为什么不杀鸡？"爹扛了锄头，一扭一拐出去了。

嘞嘞流产似乎应了嘛嘛的咒骂，屙脓屙血。后来嘛嘛不再叫爹杀鸡了，屋子里也听不到她的骂声。她亲自操刀上阵，捉了鸡，放了血，拔了毛，用文火慢慢炖了。鸡肉的香味满屋子飘着。我守在炉子边，以为能分到一碗鸡汤和几块鸡腿肉。但她只给了我两只鸡翅，半盅汤。"小狗，这是给柳花吃的，她吃了给你生弟弟。"我问："是小小狗吗？"她就笑："是小小狗。"后来她又叹气："宁可生一个，不愿生一烨。一烨就是半个，女人流产了就是生了半个。"她的声音里第一次有了怜悯。

接二连三的夭折和流产，将嘞嘞折腾得不成人样了。脸上的颧骨高高耸了起来，眼窝却在下陷，形成一口深井。深井里的水一片死寂，看不到一线生机。她整天待在屋子里，要么躺在床上一动不动，要么坐在椅子上，那神情就是一座石雕。嘛嘛端了鸡汤放到床头的柜子上，她连看都不看一眼，甚至嘛嘛进门时她都没察觉。"柳花，趁热喝了吧。"嘛嘛说。她呆坐着，没一点反应。"放宽心吧，后来日子长着呢。"嘛嘛又说。她依旧沉默不语，没半句话来回答嘛嘛。

"你咒吧骂吧，怎么不咒不骂了？苦瓜就是让你骂死的，小苦瓜就是叫你咒死的。"嘛嘛出门时，嘞嘞冲着她的背影叫喊着。

"小狗，你去喂鸡汤给嘞嘞吃，她肯定会吃的。嘞嘞吃了鸡汤给你生弟弟。"对于嘞嘞的叫喊，嘛嘛像是没听到，将鸡汤放到我手上，让我送进去。

鸡汤还是温的。鸡肉早被撕碎了，一丝一丝沉在碗底。我端着碗，用调匙舀了汤送到嘞嘞嘴边。她张开嘴，将汤吸进了嘴里。我又舀起肉丝送到她嘴边，她又张开嘴吞下了。盛鸡汤的是只海碗，很有分量，我的手有些酸了。"小狗吃吧。"她说。"嘛嘛说这是给嘞嘞吃的。"我说。她从我手上抢过碗和调匙，舀了汤喂给我吃。我闭着嘴，说什么也不愿意张开。我记着嘛嘛的话，鸡汤是给嘞嘞吃的。"真不是我的孩子了。"她放下调匙，将碗也放回了柜子上。我又将碗从柜子上端回来，想再喂给嘞嘞吃，她却不接受了。"你吃我也吃。"她说。后来是我喂嘞嘞一调匙鸡汤，她喂我一调匙鸡肉，我俩合伙将鸡汤喝了个干净。

"真是走了好哇。"她突然说。

我懵懵懂懂瞅着她，不明白她的话是什么意思。后来我小心翼翼地问："是去炭窑吗？"

"这世界大着呢，你就记得炭窑，没出息。"她说。

这世界是很大，出了水门村，就是嘛嘛的娘家和嘞嘞的娘家，再往前就是嘞嘞妹妹的婆家，更远处是嘛嘛焙花生的龙门场。龙门场的那一边是什么地方，我就不知道了。这世界很大同我又有什么关系呢，我得陪着嘛嘛。我对嘞嘞说："我不能陪你去炭窑了，我要陪着嘛嘛。她都七十多岁了，如果她发现我不见了，不知她会怎么样。"

"真不是我的孩子了。"嘞嘞用手抚了抚我的脑袋，长长叹了声气。

"我是个傻瓜，还留在这儿干什么。"她又说。

之后的很多年，嘛嘛一直紧盯着嘞嘞的肚子。那种紧张是不外露的，不熟悉她的人很难注意到。有时嘞嘞吃得饱了，肚子会隆起来，她的目光不经意就会落到嘞嘞身上，依然是蜻蜓点水式的一掠而过。当天晚上，她准会打开她的箱子，将箱子里的衣服整理一番，看看是不是缺少了什么。帽子、响铃、褂子、开裆裤、袜子、小棉鞋。摆弄一样，收拾一样，用棉布打了个包裹。可第二天，嘟嘟的肚子又瘪了下去，她觉得受了骗，整天都不正眼瞧嘟嘟一回。

有一次，嘛嘛不知从哪里拿来几粒杨梅干，黑不溜丢的，我吃了一颗差点没酸掉牙。"去，问你嘟嘟吃不吃。"她说。我接过杨梅干，朝嘟嘟房间走去。嘛嘛又将我叫住了："小狗，别说是嘛嘛让你给的。"那几粒杨梅干嘟嘟接下了，嘛嘛暗暗高兴了好多天。"小狗，你嘟嘟吃了杨梅干？"我说："吃了。"但过后嘟嘟的肚子仍然瘪着，又是个骗局。嘛嘛背地里骂着嘟嘟。

嘟嘟却在笑。我问嘟嘟，笑什么。她说："不笑什么，就是可笑。"她的样子傻傻的，脑子可能真出了问题。家不像个家，男人不像个男人，连孩子都不是我的了。她说："我是个傻蛋，傻蛋。还是福桃聪明，别说整天卖豆腐，就是叫我挑大粪也心甘。我是瞎了眼，就我是个傻瓜蛋。"她说的福桃就是爹的第一门亲事，嘟嘟在她手头上还买过豆腐呢。福桃养了六个女儿，单就没儿子。嘛嘛又暗自庆幸，当初幸亏福桃没进门，就是十个豆腐挑子也不够那些赔钱货。老樊家还是有福的。

我的判断似乎是对的，嘟嘟变化了好多。以前嘛嘛给我换衣服时，她从不说什么，有时还暗地里高兴。而现在，只要我穿了新衣服，她就会说，小孩子家，穿得这么光鲜做什么。看看福桃家的，穿的都是大人的旧衣服，布补布的，人家还是女孩子呢。我以为她是说嘛嘛娇惯了我，后来她话锋一转，说到她自己身上了。都这么多年了，我就没穿过一件好衣服，也没睡过一个好觉，没吃过一顿好饭。小狗，你好福气。她居然嫉妒我了。

"不要脸，哪有嘟嘟眼红儿子的。"嘛嘛说。

"你才不要脸呢，还真将小狗当你的儿子养了。小狗是我的儿，我的儿。"嘟嘟咆哮着回敬她，"我的儿，我想怎么着就怎么着，有本事你自己去屙一个。"

"我又没偷没抢，没藏着掖着，是你的你自己叫过去。"嘛嘛从背后推了我一把，"小狗，去。"

我站在她们中间，左看看，右瞧瞧，不知该走近谁，又能走近谁。那个瞬间，她们在争抢我，可我觉得她们都不要我了。

印证嘞嘞出了问题的是另一件事。有天早上她出去了，晚上没回来，中午也没回来吃饭。平常用的锄头镰刀，都好好地放在墙角。她没下田，也没去翻薯藤，谁也不知她上哪去了。爹出去找了一大圈，没找着。

第二天的中午才有了她的消息，有人从绿谷塘经过，看见她躺在坟沟里。她像是睡着了，怎么也叫不醒。爹去了绿谷塘，她果真在苦瓜的坟堆后躺着。爹一个人搬不动她，叫了几个人帮忙才将她抬回来。嘞嘞躺在床铺上，蓬头垢面的，几乎没一点人样了，睡了一天一夜她才醒过来。

嘛嘛也察觉了嘞嘞的反常，叮嘱我说："小狗，没事时多去嘞嘞身边转转。"可对了外人，她又换了一种说法，嘛嘛说，她是在做样子，给我难堪，逼迫我。我不懂嘛嘛说的逼迫是什么意思，她的说法有些让人接受不了，如果嘞嘞只是做个样子，那她也太难为自己了。

那一天，我对嘛嘛有过莫名的反感。

七

有了第一次，嘞嘞的失踪就成了家常便饭。先前的两次闹得家里很紧张，但后来每逢她不见了，爹就直接上绿谷塘，她肯定睡在苦瓜的坟堆上。到后来，爹也懒得上绿谷塘了，过两天，她就自己回来了。

公公去世后，家里的担子突然落在了嘞嘞身上，下田种地，春播秋收，重担都由她挑着，爹只能当个帮手。她终归是个女人，挣回来的东西相当有限，家里的日子一天不如一天。嘛嘛没奈何，只有将公公留下的那点积蓄拿出来，帮衬着生活。

令人不安的是，嘞嘞的失踪越来越频繁了，嘛嘛背地里提醒爹，让他看着点她。爹却是一点也不放在心上。终于有一天，她出去之后就再也没有回来。刚开始，我们还等着，三天过去了，她没回来，五天过去了，她还是没有回来。爹去了绿谷塘，她不在，他又去了她的娘家，她也没回那。

我才想起，嘞嘞说过要带我去什么地方。我很后悔，当时为什么不问她到底是什么地方。她一定是去了那个我不知道的地方。

嘞嘞的失踪，最受打击的是嘛嘛。她对嘞嘞的肚子始终抱着幻想，她渴望嘞嘞至少给我再生一个弟弟。她走了，这点幻想就破灭了。公公去世时，家里的支柱是嘞嘞，她走了，家里的支柱就没了，整个家就塌了。"当初瞎了眼，抱了你这个不中用的东西，连自己的女人都看不住。"嘛嘛咆哮着，责怪爹没有管住嘞嘞。"你个卖百家的，卖千家的，良心都让狗吃了，老樊家什么时候亏待你了。"她转而又骂嘞嘞，可嘞嘞走了，听不到了。

嘞嘞的失踪对嘛嘛是一种惩罚。仅仅骂几句是不解恨的，她颠着小脚，去了一趟嘞嘞的娘家。后来听舅舅们说，她在那又哭又闹的，责怪舅舅们将她藏了起来。其实嘞嘞的出走对谁也没说，舅舅们不知道，嘞嘞的妹妹也不知道。舅舅们只能好言劝说嘛嘛，她会回来的，如果他们找到她了，一定将她送回去。

嘞嘞走了，可日子依旧得一天一天地过。嘛嘛说，人活着不能让人看笑话。在她眼里，嘞嘞就是个笑话。

一个晴朗的上午，嘛嘛让我帮着她，将纺车和织布机从阁楼上放下来。机杼，踏板，天平，梭子，她将它们一件一件擦洗干净了，组装在厅堂里。纺车安放在套间的窗户下。昏暗的夜晚，她挑着一盏煤油灯，一手摇着纺车，一手捏着棉花，刚收获的棉花还带着一股阳光的味道，从棉花里抽出来的细线也因此染上了一种特殊的香气，而且很快在房间里洇散开来。也许是经历了太久的年月，纺车有些松动了，转起来吱吱吁吁响。但一点也不妨碍转动的速度，很快就摘下一颗沉甸甸的穗子。一个晚上要摘下五六颗穗子，第二天醒来时，它们就堆放在桌案上，像一堆白色的玉米棒子。

纺够了线，她就开始织布。织布在白天，她的眼睛不怎么好使，线头断了,摸索半天才能接上。一匹布要摆弄好几天。织出的布有些粗糙,做不了衣服,只能用来做孝服和寿衣。那些年,村子里老了人,都是嘛嘛织的孝服和寿衣。靠着织布,她挣来了一家人的生活费,包括我的学费。

嘛嘛还让爹种了百合和花生。百合开花时,她带我去掐百合花。百合长势很旺盛,都高过嘛嘛头顶了。嘞嘞走后,爹做事比以前能干多了,嘛嘛也很少骂爹了。掐下来的百合花,她用水氽了,晒干,当菜吃。那时我还不懂,百合花那么好看,为什么掐掉。不掐掉花就不会长百合。她说。挖花生时,她也拉着我,爹在前头挖,我和她在后面摘。摘下来的嫩子用木盆装着,拿回去当猪食。我不喜欢吃嫩子了。"要是你有个弟弟该多好,这些嫩子就可以给他吃。"她还在记挂着那个尚未出生的孙子。"就是有,他也不一定喜欢吃。"我说。"他会喜欢的。"她说。

摘花生的间隙,嘛嘛偶尔抬起眼,望着远方。阳光下的她黑衣黑裤,身子萎缩着,就像一团干枯的花生藤一样趴在地上。我看着她的背影,眼睛发酸,也抬起头向远处望去。

"也不知柳花跑哪儿去了。"

说过话,她又埋下头摘花生了。

后来的许多年,我们始终未放弃对嘞嘞的寻找。上中学时,我必须经过嘞嘞娘家村前的那座桥,嘛嘛嘱咐我,不管什么时候从那里经过,都绕道嘞嘞娘家去看看。她以为嘞嘞无论去了哪里,不可能不回娘家的。她一直怀疑,是嘞嘞的哥哥们将她藏起来了,他们不满意她嫁了爹这样一个瘸子。我在舅舅们家里没见到嘞嘞,也没听到过有关她的任何消息。村子里只要有人外出,嘛嘛总要拜托他们打听嘞嘞的消息。有时我们会听到村子里的一些传言,嘞嘞就在某个地方,有人看见她在田里插秧,有鼻子有眼的。等爹寻去了,根本没那回事。过一段时间,又有人说在某个地方见着嘞嘞了,她在锄地。问那人她在锄什么地,花生地还是玉米地,那人就说不清了。

嘞嘞失踪后的第十年,我才得到准确的消息,她在外省一个小镇的乡下。有人见她带着一个四五岁的孩子在镇上卖过菜，他是从她的口音听出来的。他问她，她说她是水门村的。我让那人描述了她的形象，同嘞嘞的样子很相近。那人是个木材贩子，常常偷运木材过去，晚上出发，第二天早上抵达。我搭了他拉木头的车子，去了小镇。镇上没有菜市场，卖菜的都在街边站着。我在街头守了两天，没有守着嘞嘞。后来从一个卖菜的女人嘴里打听到，嘞嘞就在离镇子不过五六里的村子。"如果你找不到就在这儿等着，她每隔三天会来卖一次菜的。"卖菜的女人说。但我等不及了，根据她的提示，寻去了那个村子。

嘞嘞的家在靠近公路的一幢老房子里。我一路询问过去，在老房子的附近碰到一个憨头憨脑的男人，我问柳花住在哪，他什么话也没说，就将我领进了那幢老房子。他给我沏了茶，就转身出去了。老房子的光线不怎么好，不过收拾得挺干净的，椅子都翻过来，放在墙边。院子里有鸡在唱歌，一只猫睡在门槛边的阳光里。

约莫一刻钟，嘞嘞回来了，那个憨头憨脑的男人挑了半担黄瓜跟在她的身后。她高大的样子没有变，胖了好多，走路依旧风风火火的。只是她的鬓角已有些微的白发了。她见了我，并不现出多少的欢喜，淡淡笑了笑，"哦，是小狗呀。"她的声音也是淡淡的，好像我是个常来她家的客人。之后她就进了厨房，给我忙活午饭去了。饭桌就摆在厅堂里，桌子小了点，没法搁得下那么多菜盘子。她炖了只鸡，满满的一钵。"多吃点，这是嘞嘞养的。"她不断朝我碗里夹着鸡块。

吃过饭，我想同嘞嘞说些什么，却又不知该怎么开始。她也是静静的，什么话也不说。"憨牛，将黄瓜挑出去卖了。"她吩咐那个憨头憨脑的男人。他站着没动，她就将扁担交到了他手上，"去吧，蔫了就不好卖了。"她支开了男人，我以为她该有话对我说了，我等着，可她依旧不开口。

"嘞嘞，跟我回去吧。"后来是我打破了沉静。

嘞嘞叹息了一声，埋下头，好久才抬起来。"我不回去了。"她说，"别怪嘞嘞，嘞嘞不想回去了。"她的目光是怯弱的，声音却很坚定。接下来，我就不知道该如何劝说她了。我将家里的事情一件一件说给她听，这些年对她的寻找，嘛嘛织的棉布，我是一个孩子的爹了。她只是静静听着，不插一句话。我说得口干舌燥，她就端了茶给我，"喝口茶吧。"后来我停住了，静静看着她，想听她说说她自己，怎么到的小镇，同那个男人的关系，还有那个四五岁的孩子。

"小狗，我不回去了，你就当没我这个嘞嘞了。"她说。对其他的事，她避而不谈。

从小镇上回来，我将所有的事情都告诉了嘛嘛。嘛嘛听了半晌没作声，"她真就不回来了？"她的话里又有了愤恨。"小狗，你再跑一趟，就说我要死了，看她回不回来。"她说。

两个月后，我依照嘛嘛的吩咐，又去了一次嘞嘞家。我将嘛嘛的愤怒变成了一个谎言。我对嘞嘞说："嘛嘛已卧床不起了，如果不回去，怕是见不着她的面了。""小狗，别说了，就是她死了我也不回去，她还想我替她洗尸。"她将我的话堵了回来，不留半点妥协的余地。回来时她捉了只鸡，要我拿着。我不接，嘞嘞说："给你儿子吃。"真有心给他吃，你就送回去。我心里也有了恨意。

嘛嘛就是那年冬天去世的。去世时，她在等待两个人，一个是我的儿子，一个是嘞嘞。嘛嘛的病是突发的，我到家时她已气若游丝，平静地卧在床铺之上，不能说话，双目紧闭，一点生动的气息都没有了。前来为她送行的人除了我的家人，还有左邻右舍的邻居。每一个人来到她的床前，我的房叔，一个中年的汉子都要向她通报一声，杏来看你了，雨来看你了。杏是我的大姑，雨是我的二姑。她们都是我叔公的女儿。到最后，该来的人都来过了，房叔说，都回来了，您可以安心去了。但她依旧没有离去。房叔遗漏了一个人的名字，那就是我的儿子，她的第一个曾孙，一个年仅三岁的小男孩。后来，我让儿子靠在床头，儿子挺懂事地叫了一声，曾嘛嘛。半分钟后，嘛嘛才长舒了一口气，离去了。

嘛嘛活了八十三岁，是喜丧。最后为她洗浴的是我的女人，她的孙媳。她弯下身子替嘛嘛擦洗时，吊着的乳房都垂到了嘛嘛的身体上。她的手擦拭一下，乳房就随之摆动一下，像片树叶子一样招摇不定。嘛嘛的寿衣都是她自己备下的，就藏在箱子里，一共是七件。除了寿衣，就是孝服。箱子里的那些小衣服，早被我的儿子穿戴一空了。举丧时主事的人将孝服分发下去，孝服多了一件，主事的人以为丢了人，重新核实了一遍，每个人都有，包括我三岁的儿子也没漏掉。多出的孝服后来被厨房的人改做滤豆腐的包袱了。

丧事料理后，房叔告诉我一句话，是嘛嘛说的。嘛嘛说，不管什么时候柳花回来了，她都是你嘞嘞，你要养着。

嘛嘛去世后，我又去了一次嘞嘞那里。嘞嘞听了嘛嘛的喜丧，怔住了，好半天没说出话来。我将嘛嘛最后的话说给她听，她别着脸，都不看我的眼睛了。"走了好呀。"她说。"嘞嘞，回去吧。"我又劝说她。她收拾了几件衣服，打了个包袱。那个憨头憨脑的男人刚好不在家，她也没给他留下话，随手带上门，跟我上路了。

在嘛嘛坟前，嘞嘞跪下了，烧了纸，燃了禅香。这有可能是她第一次朝嘛嘛下跪。嘛嘛的坟头垒得矮了些，高大的嘞嘞跪着时竟然比坟头高出了半个脑袋。

"嘛嘛，小狗我给你留下了。"离开时嘞嘞说，"你若是在天有灵，你就要保佑他，别让他有半点闪失。"

嘞嘞在家住了一个晚上。那个晚上她哪儿也没去，就关在她原来的房间里。第二天早上，吃过早饭，她就挽着包袱，回去了那个外省的小镇。

九木棺

五婆婆的梦就在春天的焰火里开始了。

她半躺半倚在树荫里，身体下面是一把暗红的椅子。不远处是那九棵柏树，像九个儿女一样垂手立着，它们都是五十多岁的老人了，没理由不安静。而不安静的是三儿的两个儿子，在树下缠来绕去地追逐，他们可不怕惊扰了老祖宗的美梦。五婆婆的耳背了，听不到他们的喧闹。五婆婆的眼也花了，看不清他们的身影，谁家的孩子在她眼里都一个样。再说，她的心思也不在他们身上，他们自有他们父母看管。五婆婆在看那九棵柏树呢，虽然她看不真切，可她觉得有一簇火焰在树冠上燃烧着。阳光落在那郁郁葱葱的叶子上，就变成了郁郁葱葱的火焰。九棵树就有九团焰火。

五婆婆的梦同五十年前五妹的梦惊人的相似。那时候五婆婆不叫五婆婆，而是叫五妹，后来才叫五嫂，五婆婆。五妹的梦也在春天开始。五妹梦见自己坐了八抬大轿，行走在繁花似锦的道路上。道是平坦的官道，坐在轿子里就像坐在屋子里一样平稳，舒适。五妹的前面是一个宽厚的背影，背影胯下是一路宽厚的马脊。五妹闻着了扑鼻的花香，她悄悄撩起轿帘一角，窥见了田野上一大片一大片的金黄。那是油菜花，无边无垠的油菜花，占据了水门村差不多全部的领地。五妹的偷窥并没有人察觉，所有的轿夫都死盯着自己的脚板，生怕一步不慎酿成闪失。唢呐的乐音，锣鼓的轰鸣，遮盖了五妹掀起帘子时细微的声响。五妹在花香里有过短暂的迷醉，她用鼻子深深吸了一口花香浓郁的空气，那些金黄的花粉趁机钻进了她的鼻孔，一直深入到了她的肺腑。五妹忍不住打了一个喷嚏。那个背影闻声回了头，五妹便看见了一张脸，那脸决然不是她想象中的脸，那脸瘦削而苍白，像个假面具。五妹认得那张脸，除了水门村的瞿老爷，谁也没有那样的脸，至少五妹没见过。

五妹的梦突然从轿子里跌了下来。她的梦落在田埂上，被她父亲的粗脚板踩得碎细的，拾也拾不起来。好长一段时间，五妹总爱在那段田埂上走来走去，想重新拾起那个梦。可梦这东西有些虚无缥缈，说碎就碎了，一点踪影也不见了。五妹的心惆怅而又伤感。

五妹的父亲说："你光着脚丫跑三天，跑得够瞿老爷的地盘不？你随了他，你穿金戴银吃香喝辣不说，我也能指望你过几天舒心日子，享几天清福，虽说做小，可那个做大的有他强？多少人做梦都想随了他，偏你认死理，非大不嫁，村头张三家要娶三个大，你乐意去呀？"

父亲的话令五妹反胃，恶心，一个男人指望出卖自个儿的女儿过上好日子，他还算个男人吗?! 五妹就是嫁猪嫁狗，也不能嫁给瞿老爷做小，五妹生来就不是做小的人，要做小让父亲自个做去，他想怎么做就怎么做，他爱怎么做就怎么做，只要不拉扯上五妹，五妹就没话说。真要逼急了，五妹也不是那么温顺的，兔子急了也会咬人呢，不相信偌大一个世界就没有五妹的活路，不给瞿老爷做小五妹就会饿死。他张三家虽说吃了上顿没下顿，也没见着就饿死谁了，三个光棍依然是三个光棍，这日子一样快快活活地过去了。他瞿老爷也不要脸，一个六十几岁的糟老头，头发都落了霜，家里有大有小，小还有五个呢，一双蛇眼依旧盯着女孩家的身子转，恨不能将眼睛当刀子使，立马就刮了人家的衣衫。恶心不恶心。

五妹就那么容易做了瞿老爷的小？父亲太小瞧五妹了。五妹是什么人，五妹是花骨朵，像山茶花一样红艳艳的花骨朵，像水莲花一样白里透红的花骨朵。五妹若做了瞿老爷的小，那就是一朵鲜花插在牛粪堆上了，那就是一团红漆漆在尿桶底上了。别人不惋惜，可五妹自己惋惜。别人不恶心，可五妹自己恶心。五妹会吃不下饭，五妹会睡不着觉。五妹一生都不会舒坦，都不会快乐。而且，五妹一生都不会原谅自己。如果父亲不替五妹惋惜，不替五妹恶心，五妹可以死呀，死有什么可怕的，那么多人不都死了，村里的九婆婆活了九十多快一百岁了，不也照样死了。真要死了，五妹也不会像九婆婆那样无声无息地死，五妹死也要死得轰轰烈烈，死得悲悲壮壮。五妹是花骨朵，花骨朵有花骨朵的死法，五妹死也要像花骨朵一样死得灿烂，死得炫目。五妹死也要像花骨朵一样死在春天的阳光里。

五妹想象的悲壮最终没能变成现实，因为她的父亲压根就没有逼迫她。五妹的父亲只是话语上的循循善诱，并没有激烈的行动，也许是他心里有了愧疚，或者是为了保持男人最后的一点尊严。父亲心里真实的想法，五妹不清楚，她也不想清楚，只要不给瞿老爷做小，父亲心里怎么想又关她什么事呢。

没有了给瞿老爷做小的逼迫，五妹又开始做梦了。五妹的梦又是在春天开始的，又是在春天的油菜花中继续的。不过，现在，这梦已经变成了五婆婆的一种回忆，那些油菜花在五婆婆的脑海里依然是一片永不褪色的金黄。陷入回忆的时候，五婆婆的脸上总是涂满了阳光的金黄，就像是那片油菜花长久地盛开在那里。五婆婆记得，五妹是在春天走上花轿的，不过不是八抬大轿，而是一乘四方小花轿，甚至还不能称之为轿。五妹被那样的花轿抬进了后山的一户人家，那人家是个石匠，有个儿子就是小石匠。石匠家同张三家一样穷，可有一点不同，张三家是三条光棍，石匠家只有一条光棍。少了两条光棍只是少了两张吃饭的嘴，可一样请不起花轿，只得把一张吃饭的小方桌倒过来，上面放个小凳子，在四个脚上扯块乌梅子染的被单，系根红布条，就成了一顶简易的花轿。

五妹坐在那样的花轿里，晃晃悠悠地，在开满油菜花的田野上漫游着。那一片灿烂的金黄并没有进入五妹的视野，她的心思全在两只手上，因为她不得不用它们使劲抠着桌子腿，稳定自己的身子，免得颠出轿外闹出笑话。五妹的脸憋得通红，那模样就像一只趴在锅底的蛤蟆。有几次，五妹都想跳下轿来，自个儿走到石匠家去，可她忍住了。后来，五婆婆一想起五妹坐在花轿上的模样，她就会在心里暗暗地发笑。五婆婆也不明白自己在笑什么，为什么笑。

五妹的花轿后面是简单的嫁妆，四把椅子，一担杉木箱，还有一个木盆，盆里是几个青花的碗和一只青花的壶。那木盆的上面还压了一卷红布。这些嫁妆都是五妹的父亲从牙缝里抠出来的，虽然五妹没有顺着他的意愿到瞿老爷家做小，可五妹毕竟是自家女儿，自家的女儿自家不疼还会有谁来疼。五妹的父亲是善良的，仁慈的。如果没有那些椅盆碗壶，五妹就是一个空身子了。空身子嫁出去最让婆家瞧不起。五妹由此对父亲充满了感激。再说，平常人家的女儿谁个没有一丝半点的私心，谁个不左藏右掖弄几个体己钱，可五妹没有，五妹吃的在嘴里，穿的在身上，唯一的体己就藏在那卷红布里。小石匠的母亲以为那红布里藏了什么稀罕的物什，背地里拆过一回，发现那红布里包裹的竟然是九棵柏树苗，扁平的叶子青翠欲滴，连根系上的泥土都是新鲜的，湿润的。小石匠的母亲想，这树苗要是长大了，做个锄头把，或者再大一点，做个滚耙的滚轴，也许是块好料。

就在那个遍地金黄的春天，五妹坐在一张小方桌上嫁给了小石匠。随同她出嫁的还有那九棵柏树。五十年后的春天，那九棵柏树早已长成了参天大树，可柏树的主人——五婆婆一想到五妹出嫁的情形，仍止不住心灵激荡，脸上也像是落满了霞光，红彤彤的一片。

五婆婆始终记得，五妹被小石匠抱在怀里的那种感觉，羞涩，渴望，战栗，那种深入灵魂的悸动好像就发生在昨天。小石匠的两条胳膊就像两根横梁，结实，沉稳，那种力量一直蔓延到了五妹的骨头里。小石匠的胸脯就像石坨子一样厚实，心脏的跳动就像敲打石块的锤子一样，孔武有力，而且富有音乐的节奏。五妹就像迷醉在阳光里的五婆婆一样，脸色酡红，一副酒醉的模样。她的耳朵贴紧小石匠的胸膛，聆听大地的心跳。她的一只手情不自禁地绕到了小石匠的背后，像藤条一样箍紧了他的身体。五妹什么事情也来不及想，什么话也来不及说，就被小石匠直接抱入了那两间破败的草房。

那样的夜晚也是醉人的。那种幸福的战栗一直弥漫在五婆婆的每一寸肌肤里，融化在五婆婆的每一滴血液里，熔铸在五婆婆的每一块骨头里。那种感觉始终是独特的，五婆婆至今都没法将它说出来，她找不到一个恰当的比喻，也许天地间根本不存在可以与之媲美的比喻。就像五婆婆没法说出阳光的感受一样，五妹只有做梦，梦才是唯一的体会与感悟，梦才是唯一的通道与出口。五妹感觉自己好像一直在做着一个梦，连续的梦，不间断的梦，它们组合在一起，构成了五妹战栗的源泉。五妹的身体内好像藏了一个奇特的世界，一个不为人知的世界，那个世界被小石匠的锤击打开了。她就敞开在那里，等待种子的入侵，等待阳光的沐浴，等待雨露的滋润。

一个敢同石头对抗的男人无疑是最阳刚的，也是最具雄性力量的。那个一脸苍白的瞿老爷会有这样的力量吗？那张三家的三个光棍会有这样的力量吗？不，绝不可能。在五妹的梦中，小石匠就像一支比钢铁还坚硬的錾子，就像一棵参天的柏树，屹立在她空旷的世界里。可五妹的世界是怎样的世界，那是温柔的水世界，再坚硬的錾子也会消解，融化，在她的身体里重新汇聚成一股生命的洪流。五妹的世界又是泥土打造的世界，大地敞开思想，种子会发芽，禾苗会抽穗，草叶会开花，树木会结籽。所有在春天诞生的生命，都会迎风生长，在阳光里招摇。就像那九棵柏树一样，它们被五妹安排在屋后的场地边。它们驻足的九个土坑都是五妹亲手挖下的，很深，很辽阔，就像五妹那个敞开的世界。柏树的根系直接伸入了土地深处，甚至像錾子一样接近岩石的深度，它们的叶子像手掌一样伸展着，新鲜，娇嫩，阳光很快在那里扎下了窝。

五妹在疼痛中受了孕。五婆婆想，五妹的土地真是丰腴呀，只要撒播了种子，那里立刻就会发芽生根开花结实。这么想着，五婆婆的一只手在阳光里就有些不安分了，它情不自禁地潜入了棉衣底下，在自个儿的肚皮上摸索着。丰收过后的土地就像衰老的肌肤一样粗糙，干瘪，结满生命的暗痂。那样的时光是一去不复返了。可依然有梦在呀，年轻时的梦是对未来的描绘和设想，而年老时的梦是对过去的反刍和咀嚼。在阳光里咀嚼五妹受孕的过程，五婆婆依然会笑，会羞涩，会酡红满面。

孕育的过程始终是痛苦的，艰辛的。五妹吃不下东西，喜欢翻天覆地地呕吐，有时连苦水都吐出来了。山沟里的日子只有土坷垃和石块，只有红薯和炸不出油水的干菜叶，可五妹将那些粗粮杂食视为珍馐佳肴，依然玩命地吃，吃了吐，吐了再吃，她的肚子最终被撑得圆圆滚滚的，她的身子也变得圆圆滚滚的，就像一只笨重的狗熊。在五婆婆的记忆里，五妹是那么热爱那种呕吐的感觉，每一次受孕，每一次呕吐，似乎都是幸福必然的过程。这就是女人啦，连痛苦受累也是一种幸福。小石匠也想尽一切办法替五妹弄来了一些荤食。有时是野狗没来得及吃下去的半只兔子，有时是几个鸟蛋。还有一次，趁着晚间的时候，小石匠竟然在山沟里捉到了一只野鸭。五婆婆的唇齿间至今还留有野鸭肉的清香，那么甘甜，那么耐人回味。后来的五嫂，五婆婆，似乎再也没有吃过类似美好的东西。

　　五妹的两只脚也浮肿了起来，一掐就是一个坑。可就是那样的两只脚支撑着五妹臃肿的身子，在山路上来来去去，给小石匠送水送饭。原来活蹦乱跳的五妹变得小心翼翼了，她的步子是细碎的，每一个脚步都落在坚实的土地上，一步一个脚印，走向小石匠的采石场。五妹的肚子很不听话，它总是直挺挺朝前冲去，比五妹走得还快。五妹很恼火，可又不得不用一只手小心地护住它，生怕那些旁逸斜出的枝条碰着它了。路边的花草是不能采摘了，五妹的腰弯不下去了，只能俯瞰着嗅些花香。间或有几只蝴蝶，那也不能追逐了，只能注视着它们翩翩而舞，在阳光里自由嬉戏。这世界似乎一下子缩小了很多，狭小得令人窒息，可这份窒息在五妹眼里也是幸福的，因为那是一个无比充实的世界。她的世界里屹立着一棵巨大的柏树，还有一棵小的柏树正在生长呢。

　　一想到五妹像狗熊一样在山间爬动的样子，五婆婆就会在内心窃笑，五妹的眼角结满了眼屎，头发蓬乱，脸皮黑黄，肚子圆滚，身体笨重，哪还像个女人呀，一点女人的模样都没有了。要是瞿老爷看到她这副模样还会娶她做小吗？五婆婆的笑里藏了善意的嘲讽。当初五妹的父亲没缠五妹的脚掌实在是一种幸福，至少在怀孕的时候还可以像狗熊一样在山坡上爬动，她为五妹庆幸呀。

　　比起分娩的痛苦，五妹的呕吐和臃肿根本算不了什么。五妹的疼痛是傍晚时分开始的，先是痛若游丝，像云絮一样，牵牵扯扯的，慢慢就汇聚了，疼痛开始堆积，挤压，占据了她身体的下半部分。五妹以为吃了寒食，轻轻咬着嘴唇，一声不吭地躺在床铺上。然而，那种痛楚正在迅速繁殖，变得贪婪，迅猛，像有一股桀骜不驯的力量在狼奔豕突。五妹不由自主地呻吟了一声，她让小石匠扶着坐了起来，那痛楚却一点也没有减轻。她下了床，那种痛楚也随之下了床，她走哪痛楚也追到哪，它在她的后面亦步亦趋，总也无法摆脱。她不得不重新回到床上去。那种痛楚好像又黏在了被褥上，从被褥又蔓延到她身体的角角落落。被褥里像是藏了刺，哪里黏着碰着都无限地痛。她的身体很快潮湿了，一支生命的河流淌了出来，身子底下破旧的棉絮也溻湿了。

　　五十年后的今天，五婆婆仍记得非常清楚，小石匠就是那时候出的门，他要到十五里外的村子去请接生婆。小石匠的母亲忙着烧水，预备她孙子穿的衣服。老石匠呢，则在场地上劈柴。剩下五妹孤零零地躺在床铺上，只有一阵紧过一阵的疼痛伴随着她。她身体内的那个世界似乎要被一个幼小的生命撑破了，那个生命在里面放肆地翻滚，踢腾，碰撞，好像要搅碎那个世界才会罢休。她感觉像有两把刀支撑在生命之门的入口。五妹死死地咬着嘴唇，不让自己嘶喊，哭泣。像黄豆一样粗粝的汗滴从额头上迸出来，滚落在枕头上。到了下半夜，五妹似乎筋疲力尽了，而那股疼痛的力量却一点也不肯放松，反而更加激烈了。她身体的骨骼似乎就要散裂了，脱落了，变成一块块单独的骨头。剧烈的疼痛过后，五妹平静了，她很想那么静静地睡去，无牵无挂地睡去。

　　就在五妹昏昏欲睡的时候，小石匠回来了。接生婆是一个中年妇女，因为缠了足，走不了山路，小石匠不得不将她背了来。接生婆一进屋，就在五妹手上狠命地掐了一把，五妹才重新清醒过来。她感觉有什么卡在那生命之门的入口。那是一只手，一只稚嫩的手，像一根树枝一样斜逸在那里。那只手被接生婆小心地塞回了五妹的身体。又是刀搅似的痛楚。那个生命好像又在里面放肆地翻滚，踢腾，碰撞。又好像是有两支军队，在里面捉队厮杀，拼命。接生婆说，挺住，挺住,再用一把力,他就出来了。五妹的一只手抠着床沿,指甲深入了木头里,另一只手紧扣着小石匠的手臂,因为疼痛,小石匠的嘴好像都歪咧了。她全身的力气汇聚在身体的下半部分,她好像看到生命的阳光就照耀在那里。那似乎是最后一点光明。终于,她听到了一声清脆的啼哭。那个生命恋恋不舍地离开了她体内的那个世界。她像那棵柏树一样来到了喧嚣的尘世。五妹终于长舒了一口气。

五妹昏睡了三天三夜,最后才醒了过来。接生婆说,五妹是在鬼门关走了一遭。五婆婆始终记得五妹昏睡时的种种景象。就好像裹在一片阴云里,昏天黑地,冰寒入骨,生命的阳光已是无影无踪。五妹觉得自己好像一片羽毛一样,一会儿朝无边的黑暗里坠落,一会儿随着气流向光明处飞升,而不论是坠落还是飞升,都好像没有尽头。想着那种漂浮的感觉,五婆婆似乎还心有余悸。但,毕竟那些都已经过去了。现在,阳光下的五婆婆一脸平静,那种疼痛和凶险早已成了她内心的骄傲,成了她生命中不可分割的一部分。再后来,五嫂也历经了多次难产的厄运,有了五妹经历的这一次,那些都算不了什么,根本不值得一提。

那个孩子的胞衣被埋在一棵瘦弱的柏树下。后来的八个孩子,他们的胞衣同样被分别埋在另外八棵柏树下。那九棵柏树因此滋润了,一棵棵枝繁叶茂,呈现出生命本来的茁壮。五十年后的春天,五婆婆端坐在九棵柏树的树荫里,她的表情像阳光一样和煦,温馨,却是另外一种生动。

那些年,五嫂一直处在怀孕,生育,再怀孕,再生育的更迭之中,她的肚子隆起来,又迅速瘪下去。那些稚嫩的生命从她的世界里钻出来,像一个个小精灵一样,在泥土上活蹦乱跳。他们在五嫂的土地上留下一条条曲线形的斑痕。那是他们留给五嫂的记忆。后来,他们就完全离开了五嫂的视野,开始繁衍他们的生命。

走了就走了吧,要走的东西谁也留不住。就像年轻时的有些记忆一样,它们也像花蝴蝶一样悄悄飞走了。飞走了就飞走了吧,有什么值得惋惜的呢,也许它们去了它们想去的地方,去了它们该去的地方,应该为它们祝福才对。阳光下的五婆婆总是这样想。不过,刻在她身体上的那些印迹不会舍她而去,特别是那些沟沟壑壑,如此贪恋她的肚皮,一条比一条清晰,一条比一条丑陋。每一条五婆婆都记得非常清楚,第一个孩子出生的时候留下了三条浅浅的弧线纹,第二个孩子留下的两路斑痕足有拇指宽,后来那些小坏蛋一个比一个顽劣,他们留下的疤痕就像田螺爬过的道路一样,弯弯曲曲,又宽又深,并且显现非黄非白的丑陋色泽。而且它们有着各自不同的气味,男孩有男孩的气味,女孩有女孩的气味,就是现在,五婆婆也分辨得非常准确。其中还混杂着一股特殊的气味,它是如此深远,如此熟谙,似乎一直深入了她的灵魂。那种气味在阳光下格外浓烈,以至于五婆婆忍不住低下头,脑袋几乎埋到了肚子里。

那是小石匠留下的气味,虽然那时候五嫂不叫他小石匠改叫他石匠了,可他的气味依然像小石匠那样令她迷乱,沉醉。在石匠离开后的三十多年时光里,五嫂,以及现在的五婆婆,始终被那种气味包围着,簇拥着,一刻也不曾离弃。甚至她的每一寸肌肤好像都不是她自己的,而是石匠的,嘴唇上、额头上、眼睛上、鼻子上,那都是石匠亲吻过的地方,依然保留着那种潮湿的状态,被石匠的胡茬刺痛肌肤的感觉依然酥痒,依然新鲜。胸脯上渐渐干瘪的乳房,肚皮上那些丑陋的沟沟壑壑,那也是石匠的,是他亲手抚摸过的地方,那里还留有他的体温和石头的气味。有时石匠会用一根手指头,顺着其中的某一根沟壑像蜗牛一样缓缓爬行,就像一串火苗子在那里缓缓蔓延。五嫂的身体很快就会炽热起来,慢慢就进入一种燃烧状态。就像被阳光包裹着的五婆婆一样,她的生命之门转眼洞开,那个不为人知的世界也就完全裸露了,被石匠一览无遗。

五婆婆的嘴角含着笑,仿佛又回到了那久远的时光里。她看到五嫂坐在春天的山坡上,那里山花烂漫,和煦的阳光像水波一样漂浮在每一片草叶上。那些石头像阳光一样温暖地环绕在五嫂身边。圆滑的,笨拙的,尖锐的,顽劣的,各式各样的石头呈现各式各样的姿态,奔跑的,静坐的,玩耍的,沉思的,它们像一群善解人意的小动物一样亲昵着她的视线。五嫂的手忍不住搭在石头的额头上,石头是温热的，潮润的，就像石匠的脸，石匠的胸膛，石匠裸露的胳膊。而石匠呢，就半蹲半坐在不远处的石头上，挥动锤子，打凿着，雕琢着。他的钢錾子下不时爆闪出耀眼的火光，石头的尘沫飞扬在春风里，挟带着花的芳香，扑面而来。不同的石头便露出了不同的脸谱。有的是一片石磨，有的是一只猪食槽。石头有了脸便有了身价，这些有了身价的石头被石匠送到更远一些的村子里，换来了米，换来了盐巴，也换来了五嫂他们寡寡淡淡的日子。

那时候，五嫂的内心也像石头一样是温热的，驯顺的。歇息的间隙，石匠会趁机贴到五嫂的身边，他的两只手一点也不安分，像草丛里的兔子一样在五嫂的衣衫里钻来钻去。五嫂的身体很快像泥土一样柔软下去，像一扇石磨一样敞开在一块平坦的石板上。就像用钢錾子凿开石头的世界一样，石匠用自己的身体打开了五嫂体内的那个世界。他们某个刚满周岁的孩子就在不远处，背靠石头坐着，目不转睛地看着他们，脸上是一种稚嫩的笑，就像春天早晨的一抹阳光。直到现在，五婆婆都无法弄清楚那九个孩子中有几个是在石头上受孕的。后来，那些孩子似乎都继承了石头的秉性，遗传了石头的骨骼，一个个健康，壮实，就像石匠雕刻的石柱子。

一切都风平浪静了，时间似乎又恢复了它正常的流转。在另一种间隙，五嫂握紧了钢錾子，抡起了锤子，在石匠的指教下开始了她的凿石生涯。砸，剖，削，镂，铲，磨，每个动作都有它恰到好处的力量，都有它特殊的进入角度。五嫂的力量是微弱的，也是僵硬的，有时锤子很不听话，直接落在了她自个的手背上，手背就青一块紫一块了。那些石头也欺负她，五嫂的钢錾子怎么也找不着进入石头的缺口，石头们就歪头咧嘴地一脸坏笑。钢錾子也偷懒，看似抵着了石头，一点点力量落上去，钢錾子立即就滑走了，石头上一丝半缕的痕迹也没留下。直到第二个孩子降生，五嫂差不多用了一年的时间终于凿出了十八块半圆形的石头，那些圆弧形的石头被圈在那九棵柏树下，就像九个用石头雕琢的太阳。那些石头也是粗糙的，五嫂技艺熟练之后，重新将它们打磨了一遍，又添上了一些石块，变成了九朵梅花盛开在柏树下。

在很多年过去的后来，五嫂因为将太阳改为梅花而深深后悔。她的悔意是内在的，含蓄的，没有半句言语上的声张。她那六个女儿和三个儿子，谁也没有察觉什么，甚至他们还在五嫂面前赞美那九朵梅花的亮丽和打磨的细腻。他们谁也没有注意到五嫂笑容里隐藏的一丝苦涩。这种后悔一直延续了好多年，就是现在的五婆婆见了那九朵梅花，那丝悔意依然像她满头银丝一样在风里飘动。因为那九个太阳是作为石匠的五嫂的处女作了，其中有几块石头几乎是石匠握着她的手才打磨成功的，那些石头表面有着石匠的汗渍，散发着石匠的气味，石头里面有着石匠的体温。那些石头甚至还有着石匠的表情。现在，仅仅因为五嫂将太阳改造成了梅花，那些汗渍像石末子一样剥落了，石匠的气味也挥发了，失去了石匠的体温，那九朵梅花也是一身冰冷。石头冰冷的时候谁也没有办法将它焐热过来。

　　五婆婆至今记得，五嫂的后悔开始在石匠腿瘸的那一年。那时候，五嫂正怀了第八个孩子。种种迹象表明，她怀的又是一个男孩。在此之前，五嫂一口气生了六个女儿，第七个才是男孩。对于三代都是单传的石匠家族来说，这第八个孩子无疑成了他们结束单传的福音，所以也就特别珍惜。石匠不仅不让五嫂再碰那些锤子錾子，而且想方设法弄些野物滋补五嫂的身子。石匠的腿就是掏鸟蛋时摔瘸的。采石场的旁边有处石崖，石崖上长有一簇树，常有鸟雀飞来飞去。黄昏里，石匠攀上了石崖，爬上了树，掏到了三颗鸟蛋。下来的时候，一根树枝突然断了，石匠如石头一样坠落在崖下。幸运的是石匠恰好落在草丛里，除了一条腿断了，其他什么事也没有。更奇怪的是那三颗鸟蛋一颗也没破，好好地躺在石匠的衣袋里。五嫂捂着那三颗鸟蛋嘤嘤地哭了，这是她第一次在石匠面前哭泣。后来，石匠在床榻上躺了三个月，那条腿才好，再走路时成了一个瘸子。

　　五嫂的悔意就那样开始了。她有些厌恨自己的肚子，厌恨自己体内的那个世界。它是那样肥沃，那样适宜种子的发芽，生根，开花，结实。它是那样放肆，那样嚣张，为所欲为，一点也不顾及身外的另一个世界。有时候五嫂也会想，如果当年五妹给瞿老爷做了小，那么石匠也就不会因掏鸟蛋而摔断了腿。五妹似乎是石匠命里的魔鬼，就像她的肚子是她身体内的魔鬼一样。这么想着的时候，五嫂往往将手搭在肚皮上，用了劲往里压，她多么希望肚子经她一压就平坦如初了，而不是像藏了一个魔鬼一样挺着。

愤怒的五嫂重新握起了锤子。再说，从她体内钻出来的那七个孩子，还有即将出世的第八个，都在身后张开了魔鬼一样的嘴，嗷嗷待哺呢。五嫂有理由继续石匠暂时不能干的事业，那就是将那些石头一块块切断、割裂，用錾子雕刻出它们的形状，勾勒出它们的脸谱，然后换取粮食和盐巴。五嫂隆着肚，一个人在山坡上干得咬牙切齿，她的手重新青一块紫一块，她的身体也在消瘦。那是在秋天，山坡上没有了野花，只有绚烂的秋叶在风中瑟缩。独自忙碌的女人就像是一株秋草，孤寂，飘摇。五婆婆非常清楚那个女人的内心，她多么渴望在某一次锤子砸下去的时候，身体内的那个小魔鬼能像石头一样落下地来。那个时候她是残忍的，一点也不像个母亲，只希望那第八个孩子早一点滚出来，不管他是死是活，死了更好。现在，五婆婆回忆起五嫂这段复杂心情的时候，她都要摇一摇头，似乎要将记忆从脑袋中摔出去，就像五嫂当年想摔掉那个小魔鬼一样。五婆婆那头花白的头发闪了闪之后，很快又恢复了原来的样子。

那第八个孩子终于被五嫂颠落了出来。那时候五嫂正在打磨一块墓碑，她的身体突然湿透了，羊水顺着她的裤管往下淌，在墓碑上积了好大一片。五嫂知道那个小魔鬼要出来了。她来不及回去了，就面对天空在墓碑上躺了下来，就像她面对石匠的脸谱躺下来一样。那一刻，她真的希望自己那么平静地死去，第一次难产的痛楚闪过她的脑际，就那么痛着死去何尝不是一种幸福呢。然而，没等她进一步思想，那个小魔鬼就急不可耐地从她肚子里钻了出来，滚落在墓碑上。他的哭声惊天动地。五嫂拾起一块锋利的石片，割断了孩子的脐带，脱了一件衣衫将孩子裹了，放在墓碑上。五嫂一个人下了山。后来，石匠的母亲一眼就从她身上看出了异常，那个小脚的老女人暗地里吩咐石匠的父亲上了山，将孩子抱了回来。也许那第八个孩子注定有着小小曲折，就像其中的一棵柏树一样，差点就枯死在一个秋天。五婆婆至今还记得，五嫂接过孩子什么话也没说，就撩起衣衫，将奶头塞在了孩子嘴里。

　　石匠的世界始终是石头的世界，即便瘸了一条腿，可石匠依然是石匠，依然没法离开石头。石匠对于石头的解剖，雕琢，依然像过去一样锋利。所不同的是他的姿势变了，他不得不像一只癞蛤蟆一样趴在地上，飞溅的石末子落满了他的头发，将他的头发染出一片秋霜。可奇怪的是石匠打开五嫂身体的力量，似乎比以往更坚韧，更恒久了。许多夜晚，五嫂都感觉到身体内的那个小魔鬼并没有出来，只是暂时睡着了。也许石匠一块石头落进去，就会将它震醒，然后又在里面兴风作浪。五嫂一直小心地回避着石匠的力量。五嫂不希望石匠去掏鸟蛋了，他没有办法再掏鸟蛋了。

　　五嫂越想回避就越回避不了。她的土地上再次有种子在萌芽，在生根，在吐叶。她似乎听到了那个小魔鬼在身体内窃笑。那种无路可逃的恐慌占据了五嫂的内心。直到现在，五婆婆都能感觉到五嫂的心跳是那样的急促，那样的孤独无助。五嫂握着锤子的手在痉挛，锤子直接落在了石头上，那里爆出一簇簇炫目的火光。石头们在一片片瓦解，崩溃，像散落的花瓣一样覆盖土地。汗滴也像砾石一样从她的额头上爆出来，跌在石头上，摔个粉碎。一切都是徒劳的，谁也阻挡不了种子的力量，就像石头无法阻挡石匠的力量一样无可奈何。五嫂的肚子终于隆出了她的身体，那第九个小魔鬼又在她体内的世界若隐若现。

　　而在五婆婆的印象中，五嫂第一次受孕和第九次受孕是何其不同。那种幸福的疼痛不见了，那种惊喜的战栗也不见了。五嫂将自己全部交给了石头，交给了因为石头才诞生的锤子和錾子。那时候石匠已无力阻止五嫂的行动，只能任由五嫂疯狂。石匠能够做的就是把脱坯一样的粗活包揽了，而把一些精雕细刻的慢活交给五嫂。石匠似乎洞穿了五嫂的心思。他把那些重锤子粗錾子都收藏了，只留些小打小闹的玩意儿。后来，在石匠眼里，五嫂似乎也安静了，不再糟践自己。然而五嫂的平静只是表面的，其实背地里她开始了另一重阴谋。趁石匠不留心的时候，五嫂会捋了各色的草叶往嘴里塞，那么多草叶总有一二种是堕胎的吧。有时五嫂会将草叶摊在石头上，用锤子砸，砸出墨绿的汁，然后一饮而尽。有时连残渣也一并吞了。可一切又是徒劳的。五嫂的嘴苦过、涩过、麻过，也辣过，可她的肚子一点动静也没有，依然像石头一样沉甸甸的，那模样就像一束秋日里的狗尾巴草。那个小魔鬼就潜藏在草丛里，一边窃笑着，一边窸窸窣窣地动。

石匠并没察觉五嫂的阴谋。暗地里石匠又在猎取野物了，他不能爬树，只能盯着那些在地上蹦来跳去的小活物。可那些活物溜得快，石匠根本追不着，他学会了放铁夹子。石匠的目标首先是兔子，他将铁夹子设在青草旁边，还真就有了收获。五嫂的碗里有了喷香的兔肉。可不幸的是五嫂的兔肉还没咽下去，事情就不可扼制地发生了。傍晚时分，石匠瘸着腿，一个人去山坡上放铁夹子。他穿着草鞋，嘴里哼着不知名的曲。那第九个孩子即将面世的喜悦洋溢在他脸上，就像晚霞一样灿烂。他的脚突然被草丛里的什么扎了一口，一丝丝的痛，很短暂。石匠根本没在意，坚持埋伏了三个铁夹子才踅回来。晚间石匠的身体突然肿胀起来，两条腿像两根石柱子，坚硬，粗壮，上身也很快肿了起来，连破旧的衫子都快要胀裂了。石匠肯定是被棋盘蛇咬了，石匠的父亲扎了火把连夜找来了前村挖草药的土郎中。土郎中从石匠的脚趾头上找到了两个小孔，将小孔用碎瓷片割开了，挤出了好多淤血，再在裂口上敷了一把草药。石匠的母亲又熬了一大碗草药，全部灌进了石匠肚子里。可这一切又是徒劳的，药草一点作用也没有，石匠很快就咽气了，像石头一样冰冷在草铺上。

阳光下的五婆婆仿佛听到五嫂的内心像有什么轰的一声塌了。她的身体不自觉地从椅子上翘了起来，好半晌才落下去。石匠走了，走得让人猝不及防。那一刻，五嫂像石头一样安静了，什么话也没有说，连哭泣的声音也没有。她的手按在肚子上，体内的世界温暖而又实在，那个小魔鬼似乎睡着了，一点动静也没有。后来，五嫂一个人就拎着锤子爬上了山，谁也没有拦住她，她挺着那么大一个肚子谁也不好使蛮力阻拦她。五嫂在山坡上待了一整天，凿了一块九尺高的墓碑。那块墓碑现在还竖在石匠的坟前，上面落满了白色的鸟粪。接下来的许多年，五嫂忙里偷闲，将石匠坟墓上的石头逐块逐块地拆了，换上了她自己打磨的石条子。石匠的坟墓似乎变成了一座石头的城堡，那块石碑就是城门，门前是石头铺垫的场地，有石凳，石桌，石香炉，焚烧纸钱的石鼎，甚至还有两头石狮子在坟前立着。

石匠死后的第三天，那第九个小魔鬼迫不及待地钻了出来。因为早产，他软弱得有些不成样子，那模样就像一只孱弱的小猫崽。小猫崽的胞衣依然被埋在柏树下，那时候的柏树已有碗口粗细了。小猫崽出生后的那个冬天，五嫂破例将柏树梳理了一遍，挖了坑，埋了草，整个冬天柏树的叶子墨绿得像有水要滴出来。后来，在每个冬天，五嫂都要这么清理一次，给柏树添点肥料，加件衣服，那样的冬天，五嫂才能睡得踏实，舒坦。这已经成了五嫂的一种习惯。

直到现在，五婆婆都不敢相信，石匠就那么走了。五婆婆眯缝着眼，沐浴在春天的阳光里，她的眼前依然灿烂着那铺天盖地的油菜花。五妹趴在花轿上的喜悦，五嫂难产的痛楚，仿佛就是今天早上的事情。唢呐的喧闹，孩子的啼哭，也还在耳边萦绕着，不曾散去。五婆婆的手抚在自个的肚皮上，那里已经干瘪，像失水的河床一样连泥土都起了皱纹。那曾经是多么肥沃的土地呀，说贫瘠就贫瘠了，一点也不照顾五婆婆的面子。

石匠的确走远了。此后的五嫂一直安静着，再也没有小魔鬼在身体内折腾。曾经被石匠打开的世界重新封闭了，连一丝缝隙都没有留下。就好像一块完整的石头，那么坚硬，无法深入。可五嫂感觉石匠依然生活在身边，家里到处是他的影子。歇息的石凳是石匠亲手凿的，吃饭的石桌也是他亲手凿的，就连喂猪的食槽，喂鸡的石盆子，那上面都跳动着石匠的影子。那九个孩子，特别是三个男孩活脱就是石匠的模印，那嘴巴鼻子眼睛，一点也不歪扭不走样。五嫂使用的锤子錾子也是石匠使用过的，那些物件浸透着石匠的汗渍血渍，散发着石匠阳光的气味。后来，五嫂将那些锤子錾子抹了菜油，用一个小木箱收藏了。那个小木箱就放在她的床铺下。半夜里，五婆婆经常会听到那些锤子錾子在床底下叮叮当当地响，等她提起耳朵，那些响声又消失了。只有月光像水一样静静地洒落在泥地上。

五嫂就在那样的响声中重新开始了自己的生活。她先清理了石匠尚未完成的活计，一只凿了一半的猪食槽，一套墓框少了一根横梁，一片石磨只差榫眼没凿出来。五嫂就从石磨的榫眼开始干了下去，她的速度很慢，差不多花了一个多星期才完成了这些活计。幸好这些物什都是前村的人订做的，路途并不远，五嫂自个套了独轮车，同石匠的父亲，两个稍大一点的女儿一起将石磨绑上了车架子。五嫂在后面掌着车把，两个女儿在前面拉，来来回回跑了三趟，中间跌倒了好几次，五嫂的手背还蹭破了好大一块皮，有血滴在车把上，但五嫂最终将石头们送走了。也许人家怜着五嫂一个寡妇，或多或少地给了一点现钱，欠下的只能年底结清了，弄不好还得拖到来年。

后来的那些日子五嫂都撂石头上了。石匠的父亲，一个七十多岁的老石匠，不知从哪个角落捡了把锈迹斑斑的锤子跟着上了山。那些石头开始报复老石匠了，有好几次錾子都蹦落了，当啷一声掉在地上。五嫂听见了老人沉重的叹息。叹息过后，老人重新拾起了錾子，那种单调、乏力的声音又响了起来。现在，在五婆婆的耳边，那种散漫的响声一直飘浮着，每响一声，五婆婆的身体就不自觉地颤抖一回。阳光里的五婆婆就那样苏醒了，她的眼角有了混浊的泪，还有浑黄的眼屎。

五婆婆记得，也就是从那时候开始，五嫂正儿八经跟着老石匠学习凿石勒碑的活计了。砸剖削镂铲磨，那些基本的招式五嫂早已娴熟了，老石匠传授的是另外一些压箱底的本领。首先是刻字，一笔一画，一招一式，都有它各自的奥妙。老石匠的手虽然乏力了，勒字却是游刃有余，一铲一挑，一勾一镂，那笔画就灵动了。五嫂怔住了，小石匠活着的时候从未见老人抖搂过什么，谁知老人还藏了这么一身精湛的技艺呢。老人说，一般的人家用不着，可艺不压身，会了终归有用吧。老石匠还教会了五嫂凿狮刻马，五婆婆一直记得，老人曾说过雄狮脚下踩的是绣球，雌狮脚下搂的是小狮子。老石匠的声音就像在耳边。后来，五嫂在老石匠的墓碑前就刻了那样的石狮子，慈眉善目的一对。很多年后，五婆婆才想明白，老石匠之所以将压箱底的技艺传给她，也许是希望她凭借这些本事为那九个孩子换一口轻松一点的饭吃。老石匠传授的这一身技艺，后来五嫂都悉心传授给了三个儿子。不过，这是多年以后的事情了。

老石匠掏尽了压箱底的本事后再没有上过山，偌大的一座山就剩五嫂一个人了。也就是从那时候开始，五嫂成了一个纯粹意义上的石匠。没有了肚子的累赘，五嫂渐渐显露了一个石匠的本色。那些石头仿佛也乖巧了，该削的地方一錾子下去，那些石片儿便飞了，那里就曲线玲珑。该镂的地方錾子一探进去，那些石砾就乖乖地跳了出来，蹦落在地上。两扇小巧的石磨成功了，两只石狮子活灵活现了，那一张圆形的石桌子边缘还开满了细碎的花。石匠的力量就藏在五嫂的身体里，或者凝聚在她的膀子上。有那么一个瞬间，五嫂几乎不敢相信，那些打磨过的石头出自她的手下，它们是那样精致，生动，就像一个个自然的生命。五嫂迷惑了，连多年以后的五婆婆也迷惑了。那些石头就像是从五嫂肚子里钻出来的，同石匠撒播在她身体内的那些种子有关，不，简直就是那些种子生的根，开的花，结的实。五嫂的一只手不自觉地抚在肚子上，那里有着石头的纹路，有着石头的沟壑。它又是平静的，像生长石头的土地一样平静，像阳光里的五婆婆一样平静。

石头也是阴险的。有时它会像一条野狗一样，冷不防在五嫂手背上咬上一口，有时是指头上，便有血从破裂的口子涌出来，滴在石头上，像是灿烂的映山红。天长日久，五嫂的那双手也就不像一双手了，指头像石头疙瘩一样粗糙，掌心布满厚厚的老茧。特别是冬天的时候，五嫂的手就会裂开更多的口子，风直接从裂口处钻进去，像刀割一样的痛。这些都不算什么，石头还有更歹毒的阴谋。有些阴谋五婆婆现在都还记得清清楚楚。那一回五嫂在石坎边破石，一块看上去踏踏实实的石头，一脚踏上去，它却溜之大吉。五嫂紧跟在石头后面落下了坎，幸运的是再没有别的石头跟在五嫂后面追下来。五嫂躺在地上一个下午都没有爬起来，她的脑袋上磕破了一个洞，血将头发板结成了石头。她的身体好像哪儿都痛，没一个地方能动，像风吹草动那样也不行。直到傍晚，老石匠才找到五嫂，后来老石匠和她的女儿们用一块门板将她抬了回去。五嫂在床铺上躺了一个月，又在那九棵柏树下晒了一个月太阳,她的身体才好了过来。

五嫂再上山的时候后面跟了一个男人。那个男人是老石匠请来的短工。老石匠担心,在坚硬的石头面前一个女人的力量似乎有些单薄。五嫂没说什么,她默然接受了老人的安排,因为那些粗重的活计有时的确需要一个人来帮忙。男人四十来岁,是村里头一个老实巴交的光棍,像他那样的光棍在村里头有好大一批。男人不说话,五嫂叫他干什么他就干什么,没事时就像个石头疙瘩那样蹲着抽他的烟。真正没事的时候也不多,五嫂有意空出些时间让他抽袋烟。五嫂这么做她自己也说不出为什么。反正在五嫂眼里,这男人就是一块石头,一声不吭的石头。后来,五婆婆想,老石匠的安排不只是帮忙这么简单,也许还有别的目的吧。不管怎么着,这个沉默寡言的男人就这么走进了五嫂的生活。

有一个男人在身边,总比一个人孤寂着热闹。阳光下的石头是温热的,五嫂的心也渐渐有了些热度,干活的速度自然快了许多。但这种温热非常有限度,那男人是粗笨的,只能干些粗笨的活计,比如搬运石头,开山破石。而破石也是有技巧的,男人只知道使蛮力,弄不好石头就四分五裂了,一块成形的也没有,半天的工夫全都白费了。后来,男人干脆包揽了运送石头的活计,十天半月跑一趟,替五嫂将打磨好的石头送出去。男人的力量一点也不亚于石匠,那么长的一根石条子,双手一搂就抱了起来,稳稳当当地放在车架上。那一瞬间,五嫂突然记起了五妹被石匠抱下轿子的那种感觉,羞涩,渴望,战栗,那种深入灵魂的悸动好像重现在五嫂的身体上。五嫂的神情因此而恍恍惚惚,她好像抱紧了一截石柱子,滚烫的石柱子,她听到了里面的心跳,以及石匠粗重的呼吸。有一只手在她的土地上爬行着,战栗着。那只手是畏怯的,迟缓的,像一只负重的蜗牛。那只手终于触摸到了她的肚皮。五嫂感觉自己的身体正在张开,那个世界重新展现了。仿佛又有小魔鬼在里面窃笑。五嫂突然看到了石匠的影子,他瘸着腿,一步一扭地向她走来。仿佛又不是,石匠好像躺在床铺上,全身肿得像根石柱子。五嫂的手一接触石柱子,就被那种冰冷蜇了一下,透骨的痛。五嫂一激灵,她的身体就像蚌含一样收拢了,坚硬了，就是钢錾子也无孔可入。清醒过来的五嫂将怀里的男人狠命地推了出去，男人一个趔趄跌坐在石头上，一脸愕然地看着她。

再后来，那男人也没有过什么非分之想，依然隔三岔五地跑上一趟，将五嫂那些錾字刻花的石头运出去。这来来往往的就是十多年，直到五嫂的三个儿子都成年了，那男人才渐渐少了往来。那时候五嫂也变成了五婆婆，那男人也是须发全白了。偶尔也会同五婆婆一起坐在柏树下晒晒太阳，不过也没什么话，静静的两个人就像静静的两棵树，什么话似乎都是多余的。一个冬天过去，那男人就再也没有来了。那男人到死也是一个光棍。五婆婆让她第三个儿子凿了一块墓碑，并在左下角錾上了第三个儿子的名字，算是将他过继给了男人吧。那块墓碑一直竖在男人的墓前，每年的清明节，三儿会随了五婆婆的意愿去那里烧几页纸，燃一炷香，放上一串鞭炮。春天的时候，五婆婆又让三儿折了一些柏树的枝丫插在墓的四周，那些枝条竟然活了，长长短短地围了一大圈。

日子就这么不紧不慢地过去。那九棵柏树仿佛逮住了生长的秘诀，一个劲地疯长，那树杪早超过了几间草房的高度，耸入云天了。五嫂对于柏树的眷顾是令人嫉妒的，每年冬天她都要割些草，挖些塘泥埋在树下，给柏树们穿上厚厚的棉衣。那么多年了，即使再寒冷的冬天，也从来没有冻坏过一棵柏树。那九朵梅花样的石圈里很快被泥土填实了，柏树的根系将那些肥沃的泥土紧紧拢在了脚下。那树叶越发鲜活了，青翠欲滴。

五嫂对于柏树的关怀备至令她的儿女们百思不解。同样是树，可五嫂的态度就是不一样。门前的那一棵枣树从来就没见她动过一下锄头，培过一锄土，要知道那是一棵枣树啊，每年都可以摘到半簸箕的红枣子呢。儿女们有点为枣树叫屈，他们自己动手，在枣树下堆了一个高高的土堆，就像一座墓。终于有一天，儿女们似乎明白了五嫂的心思。石匠的父亲死了，那是在秋天，一个安静的午后。老石匠坐在柏树的树荫里，突然没了鼾声，他就那么睡着了，再也没有醒过来。后来，村里的几个青壮后生来帮忙，去深山沟里才寻着了几截柏树段子，为老石匠打制了一副柏树棺木。那样的棺木结实，厚重，油上红漆，更显得庄严，肃穆。老石匠的墓前一样立了碑，铺了花岗岩的墓场。再后来，石匠的母亲也去世了，五嫂一样请人打制了柏树棺木，上了红漆，只是没另立碑，因为石匠的母亲和石匠的父亲合葬在一个墓堆里。经过了这两场丧事，五嫂的儿女们终于明白了，那九棵柏树是他们的母亲为她自己预备的棺木，他们心里因此有了一股说不清的沮丧和忧虑。五嫂的儿女们忽然很害怕柏树的生长，那九棵柏树枝繁叶茂，他们内心的恐惧也随之枝繁叶茂，甚至他们当中有人诅咒过，那些柏树一夜之间全都枯死，枝叶扫地，那样他们的母亲就永远不会离开他们。

　　所有一切想象都只是幻想。五嫂的那些儿女们也像柏树一样一天天地大了，五嫂就慢慢变成了五婆婆。五嫂还不到四十岁的时候，她的第一个女儿就离开了她，嫁给了村里的一个小木匠。小木匠的家境比当年小石匠的家境宽裕多了，要不五嫂也不会放心将女儿嫁给他。五婆婆记得，小木匠抡起斧子的时候手臂上肌肉拧成了一股粗壮的绳，那样子和小石匠扬起锤子时没什么两样。五嫂的第二个女儿嫁的是一个泥水匠，是小木匠的父亲做的媒，小木匠的父亲同泥水匠的父亲经常在一块干活，他们是多年的搭档。这一桩婚事也很顺利，泥水匠的家境虽然比不上木匠家，但也差不到哪里去。五嫂心里算是放下了两块石头，她可以耐心地将老石匠的手艺传授给三个儿子。

　　令人意想不到的是，第三个女儿却成了一块沉痛的石头，永远地压在五婆婆心里了。第三个女儿是五嫂所有孩子中出落得最水灵的一个，皮肤白皙，柳眉凤眼，亭亭如杨，柔软如柳，那模样远远胜过了当年的五妹。这孩子从小就聪明伶俐，愿意做事，也吃得苦，两个姐姐出嫁后家里家外的事落在她头上的不少，可她从没有过怨言，五嫂心里说不出的喜欢，暗地里对她也多了一份疼爱，心想着一定要找一个好婆家。提亲的人也多，可五嫂觉得那些人家的孩子不是瘦了，就是矮了，全然没有当年五妹见着小石匠的那种感觉。五嫂背地里也托过一些人，自己平常也多添了一双眼睛，村前村后地招呼着。孩子年纪也不是很大，五嫂心里也就不急，慢慢寻着就是，肯定会有中意人家。然而，让人猝不及防的是五妹当年遭遇的情节又在第三个女儿身上重复了。那个瞿老爷家又来提亲了，当年的瞿老爷怀揣着五妹的遗憾早离开了人世，没想到他的儿子——另一个瞿老爷又盯上了五嫂的女儿。现在的瞿老爷捎来了一句话，愿意以十五亩水田为聘礼迎娶五嫂的三女儿，当然也是做小。五婆婆记得，五嫂接着这话的时候正在錾一块墓碑，只见她将錾子往石堆里一扔，话也随之出了口，五嫂说，别说十五亩水田，就是一百五十亩水田，他瞿家也是痴心妄想。就算我女儿成了老姑娘，在家待一辈子，也不会嫁给姓瞿的，叫他瞿家积点儿阴德，断了这念想。

五嫂的话就这么放出去了。可谁也没想到的是，就这么短短几句话，却要了三女儿的一条命。那天晚上，三女儿没有回来，开始五嫂还以为她去砍柴了，或是让别的事耽搁了，晚一些就会回来。后来，五嫂他们吃过饭了，三女儿仍没回来，五嫂的心便忐忑了。夜直接往深里去。五嫂他们坐不住了，提了灯笼，打了火把，到三女儿有可能去的地方寻着。一个晚上过去了，三女儿没有回来。一个白天又过去了，三女儿仍没有回来。第三天的下午，有人在前村的河边发现了两具尸首，捞起来一看，一男一女，女的呢不用说就是五嫂的三女儿，而男的呢竟然是现任瞿老爷的第二个儿子。原来瞿老爷看中的是自己儿子暗定终身的儿媳妇，五嫂呢拒绝了瞿老爷，无意中却又断绝了女儿一桩美好的姻缘。婚事没成，两家倒同时办起了丧事。悲痛之余，五嫂让人托话给瞿家，想将这男女两个合葬了，瞿家却是死活不答应。后来，三女儿被埋葬在采石场附近的山头上，孤零零的一个石丘。五嫂錾石刻字的间隙，猛一抬头仿佛就见着了三女儿，她一个人坐在石头上，目不转睛地朝远处望着。远处，一片金黄的油菜花，那花的中间就是瞿家大院。

再后来，另几个女儿出嫁，三个儿子娶亲，五嫂都没什么话了，一切都顺了孩子们的意愿。孩子们似乎都很体贴五嫂的苦楚，也没什么话，几桩喜事都热热闹闹办了。那錾石刻字的手艺也一直在石匠家传承着。

五婆婆终于能安静地半坐半躺在柏树下晒太阳了。也许因为太阳太灼热了，五婆婆的神情因此昏昏沉沉，恍恍惚惚。她有时分不清时间的先后了，五妹时候的事情和五嫂时候的事情，几乎同时存活于她的记忆中。她有时会嘀嘀咕咕一些琐事，可说着说着，甚至连五婆婆时候的事情也牵扯进去了。她的儿女们也不把她的琐碎事儿当回事，听惯了就麻木了，任由她说着去。有时一觉醒来，五婆婆会在屋子里翻箱倒柜地寻东西，最后找出来的竟然是一件破旧的衣衫，那是小石匠穿过的，她就将它晾在竹竿上，说是石匠回来要穿呢。有时天色黑暗了，她却拿着一把錾子，呼儿唤女的，说是要赶早去山上錾石呢。有时就更让人哭笑不得，她会把某个儿子的某个孙子看作她自己的儿子，撩起衣衫，双手托起干瘪的乳房，问他饿不饿，要不要吃奶呢。那时候五婆婆的脸就像一片柏树叶子一样，在阳光里新鲜而生动。

　　那一年的春天，五婆婆像是从混沌中醒了过来。她醒来后做的第一件事情就是绕着那九棵柏树转来转去，抱抱这棵，摸摸那棵。那时候的柏树已粗过石柱子了，全身爆满褐色的皮，它的叶子呈现出厚实的墨绿色，就像一片片墨绿的石头片子。五婆婆的举动有些莫名其妙，令她的儿孙们有点摸不到头脑。后来，五婆婆在其中一棵柏树前停下了脚步，她仰望了一下树冠，回过头对目瞪口呆的儿孙们说，快点拿把锯子来。五婆婆的声音根本不像一个七十多岁的老婆婆的声音，清晰，透亮，一点也不干瘪。她的儿孙们很快拿来了锯子，那是木匠送给她家的一把短锯，锯齿深而尖锐，像猫或狗的利齿。五婆婆蹲下身，将短锯搁在柏树的根部，吃力地拉动了一下，又拉动了一下。经过这么多岁月的风风雨雨，柏树的皮已相当坚韧，那些锯齿丝毫没有损伤到柏树，能够碰掉的也只是本来就脱落了的碎屑。她的大儿子很快从她手中抢走了短锯，在她原来下锯的地方锯了起来，大儿子也没锯几下，大儿子的大儿子又从他父亲手里抢走了短锯，半盏茶的工夫他就撂倒了一棵柏树。柏树跌倒在地的声响很浑厚，很有震撼力，响声中五婆婆竟然咧开嘴笑了，她嘴里的牙齿早落光了，张开的嘴像是一个无遮无掩的石洞。她的大孙子每放倒一棵柏树，五婆婆都要那么咧开嘴欢笑一次，只是她的笑声不够响亮，被柏树倒地的声响覆盖了。

后来,那九棵柏树都被锯成六尺来长的段子,齐齐整整地码在屋檐下。五婆婆的儿孙们特意扎了一个茅草的棚垛,那些柏树段子晒不着太阳,淋不着雨。他们考虑得很周到,柏树段子要是淋了雨,那就没法干透,要是晒了太阳,有可能就会爆裂。再后来,那些树段子又被搬到厅堂里的横梁上,让它们在远离地面的地方慢慢风干。那样风干的柏树干爽得彻底,而且丝毫不会影响柏树的质地。当然,这些事情都是木匠曾经叮嘱过的,一个木匠对于树木的了解肯定比谁都透彻,比谁都深刻,他们没有理由不听他的。

柏树风干的那一段时间,五婆婆不再坐在场地上了,她挪了位置,常常一个人坐在厅堂里,守着那些柏树段子,好像担心谁会偷走它们似的。这种时候,五婆婆虽然半睡半醒,但她已经不做梦了,她的一双耳朵始终张扬着,稍有一点风吹草动的声响都会收入她的耳底。比如一只老鼠蹑手蹑脚从横梁上走过,一只猫又在老鼠后面偷袭,有时候是一只土蜂飞了进来,在厅堂里嗡嗡嗡地乱转。这些声音都进入了五婆婆的耳朵,她不说话,可她心底清楚是一个怎样的小家伙侵扰了她的安静。有时候,头顶上的横梁也会因为柏树的重量而发出扎扎扎的声响,刚开始五婆婆以为那是柏树干裂的声音,身子随之翘了起来,凝神一听却又不是,又缓缓地落下了身子。终于有一天,五婆婆被柏树段子的声音惊醒了。那时候正是午夜,外面的世界一片静寂,连犬吠的声音也没有。横梁上先是有老鼠在跑动,后来那声音越来越大,像是谁在搬动那些干燥的柏树段子,树木与树木碰撞发出梆梆梆的声响。五婆婆的儿孙们都被惊醒了,一个个走到厅堂里去看,可奇怪的是声音迅速消失了,那些柏树段子一动不动,原样搁在横梁上。只有五婆婆心里明白,那是柏树在叫她了。

接下来的一个日子,五婆婆照例起了个早床,这是她五十年来一直没有改变的习惯。五婆婆没让人帮忙,自己梳洗干净了,将染了霜的发挽了个髻,又穿了件洁净的衣衫,然后将儿孙们一个个轰了起来。五婆婆亲自安排她一生中的另一件大事,她要请木匠制作棺木了。那些柏树段子很快从横梁上放了下来,整整齐齐堆放在厅堂中间。木匠来了,木匠的父亲老木匠也来了。大女儿落在后面,她背了一斗黄豆,还有一块贴了红纸的肉,她的年纪也不小了,所以走得慢。后来,泥水匠和二女儿,所有的女儿和女婿,还有外甥们都来了。村里的一些老人听着了消息,也来了,有的提了几串油豆腐,有的抱了一个南瓜。女人们在厨房里忙活着,端茶送水,择菜做饭,而男人们则留在厅堂里帮忙。第一根柏树段子是三个儿子共同立起来的,老木匠立在一个木凳上,他的左手扶着木段子,右手握了斧,然后高高扬起了斧头。斧子很快落了下去,咔嚓一声响,一块柏树木屑飞了起来,老木匠的祝福同时唱出了口,祝亲家母福如东海,老木匠的声音很洪亮,像是一种歌唱。然后第二斧下去,木屑又飞了起来,老木匠又唱了一句,祝亲家母寿比南山。接下来,老木匠还有许多的唱词,比如儿孙满堂,发福发贵,等等。直到那一根柏树段子变成一块洁净光亮而又棱角分明的木梁,老木匠才停下了斧子,同时也停止了他的歌唱。接下来的活计全部交给了五婆婆的大女婿木匠了。

老木匠忙活的时候,五婆婆正端坐在木椅上,她的脸上像落满阳光一样灿烂着。她目不转睛地注视着这个严肃而又不乏热闹的场面。她好像看见一扇门,一扇柏树做的木门,随着老木匠斧子的起落,那扇门就一点点地打开。后来,她看到了门里面的世界,很安静,也很祥和。那里面的阳光就像春天的阳光一样,温暖,闪现油菜花的金黄。她甚至闻到了那里面的香气,那种混合着油菜花粉的香味,熟谙,浓郁,而又热烈。她还看见五妹坐在轿子上,像个癞蛤蟆一样趴着,脸憋得通红。她又感觉自己正蜷缩在石匠的怀里,石匠坚强有力的心跳强烈地震撼着她的耳膜,她的脸上不觉就有了羞色。后来,她又看见了五妹隆着肚子在山坡上笨重地行走,那种痛楚好像又在她的肚子里开始了,直到老木匠的斧子彻底安静了,五婆婆才长舒了一口气,那种紧张的痛楚也随之消散。

接下来木匠一个人独自砍削锯刨,忙活了七天,才完成了那具柏树棺木。那活做得细致,木匠对于岳母的那份感情全融化在手艺上。那棺木的外表像纸张一样洁净,光滑。木头和木头之间见不着任何缝隙,好像那九个柏树段子原本就是一起的,它们有着共同的身体,密不可分。那是一间精致的房子，它的顶部就像一个漂亮的屋脊。左右两个角稍微有些张开，就像两扇即将展开的翅膀。完工的那天，五婆婆在那里摸索了好久，她的手落在棺木上，一直舍不得拿开，她甚至还要求她的儿子们将她抱起来，放进棺木里，试试棺木合适不合适，后来是她的儿孙们半推半抱才把她拉开，她仍旧恋恋不舍，还有点气愤。

　　过了一段时间，大儿子从十五里外的村子请来了漆匠，那是个中年男人，干活比木匠还细致。他用砂纸将棺木细细打磨了一遍，棺木的外表更细腻了，那种光泽也变得柔和，温软。后来二儿子又宰了一头猪，等猪血凝固后用稻草细细糅合了，再过了滤，给漆匠做了粉底。抹在棺木外表，是一层淡淡的绿。漆匠的第一刷漆从棺木的屋脊开始，从前到后，一刷到底，听漆匠说这叫长生漆。漆匠边刷边唱响了祝福，漆匠的祝福同老木匠的祝福没什么不同，也是从福如东海开始。后来，漆匠在棺木的前端还漆了"福如东海"四个字，圆形排着，像个金黄的太阳，也有点像一簇金黄的油菜花。

　　五婆婆死于一个冬天的晚上，她的死没有半点先兆。那个晚上像平常的晚上一样很安静，石头都被雪覆盖了，满地雪光就像满地的月光。五婆婆就像睡着了一般，她的脸很安详，就像她活着的时候坐在柏树下一样平静。五婆婆被安葬在石匠的旁边，她的儿孙们早就替她在那里砌了一个活穴，外表用石条覆盖着，同石匠的墓连同了一个整体。那八个抬棺木的汉子没费什么劲，就将那深红的棺木放了进去，然后封了墓口离开了，只剩下五婆婆的儿孙们在那里像唱歌一样咿咿呀呀地哭。

一只羊的欢喜场

一

"水芹,你把下午的事情说一说。"爹吩咐娘。

"桂花偷吃了友善的麦苗。"娘说。

娘说话喜欢说一截留一截,桂花偷吃了友善的麦苗,说的是桂花家的羊偷吃了友善家的麦苗。

"不是这件。"爹说。

"五魁拱破了圈墙。"娘又说。

五魁瞅了娘一眼,有些摸不着头脑。

娘说的是五魁家的猪拱破了圈墙。

爹皱起眉头说:"不是这件。"

"养山叔困倒在秧歌的坟沟里一下午。"娘接着说,"爬起来时,头上沾了草,脸上抹了泥,都不像个人了……"

"五魁,你说这事哪样办才是?"爹说。

五魁不懂爹说的什么事,两眼迷迷糊糊像是没睡醒。

爹说:"就养山叔……"

五魁眨巴了一下眼睛,期待爹往下说。

下午养山叔公从秧歌的坟沟里爬起来时我看见了,他头上不单有草,有泥,眼角还糊着眼屎,屁股上沾了牛粪,牛粪是新鲜的,他的裤子都湿了一大团。养山叔公不单这天困倒在秧歌的坟沟里一下午,前天下午也困倒在秧歌的坟沟里,前天的前天下午也困倒在秧歌的坟沟里。他的独生子秧歌犯绞肠痧死后,他几乎没去过别的地方,成天围绕着秧歌的坟堆转圈,困了累了就倒在坟沟里睡一觉,什么时候醒了就什么时候回去,半夜醒了干脆接着睡到天亮。秧歌死后,家里就剩他一个人,回不回去,回到哪儿去,都是他一个人,也没人拘管他。

"你看看养山叔,人不像人鬼不像鬼的,得找点事给他做,不能叫他闲着。"爹说,"马上开春了,田要耕,地要翻,禾种要下泥,豆子也要点,你说该给他派点什么活计?"

"养山叔不是有田有地么?"五魁很诧异。

"你也不瞧瞧,他耕得了田锄得了地么?!"爹乜斜了五魁一眼,五魁羞愧地勾下了头。

养山叔公是个瘸子,走路全靠一根拐杖,丢掉拐杖站都站不稳,别说耕田耙地。

"他那点地倒不是问题,你一锄我一铲,花不了几个工。就他那性子难对付,犟了一辈子,临到老了叫人给他白干活,打死他也不会答应。给他找个活,以工换工,或许行得通。"爹说。

爹的话把五魁给难住了,不是五魁不乐意帮助养山叔,而是爹出的难题没法解答。一个瘸子连路都走不稳,能干什么呢。五魁想不到答案,埋着头,干脆不看我爹。可能又觉得不说话不行,哑火半天后才说:"就不能让他闲着?他那个岁数了,换了别人……"

爹白了五魁一眼,五魁噤声了。

"想一想,就算他能耕田锄地,能叫他那么干么?叫外人看到,咱们的脸面往哪儿放?少不得会有人戳着脊梁骨骂咱们!五魁,你就不能好好想想?给他想个活,要体面一些的活,不能泥一脸水一身,弄得没人样。"爹说。

五魁对视了一眼爹,拿不出话来回复。

"眼下就有一件。"娘见两个男人为难的模样,忽然插话说。爹说事从来不许娘插嘴,今儿个却不同,爹朝娘偏了脑袋,没有责备娘的意思,甚至期待娘说下去。

"让养山叔放羊。"娘说。

娘的话音未落,爹就说:"好!"

如果有人照看羊,羊事就太平了,不存在哪家走丢了羊,哪家的羊又偷吃了庄稼。这是一石三鸟的好主意,既给养山叔公找到了活计,又解决了乡亲们放羊赶羊的麻烦,还免去了多少因羊事生发的纠纷。

"养山叔放得了羊吗?"五魁却很怀疑。养山叔公一个瘸子,走哪儿都得拄着拐棍,平常不赶羊,空着手走路还得小心别摔了跟头,怎么走得过羊?何况不是一家人的羊,不是一只两只羊,十几家人的羊赶到一块儿,少说也有二三十只。二三十只羊朝二三十个方向跑,一个人赶得过来吗?换了腿脚正常的人恐怕也难对付,不放羊还不乱,把羊放一块说不定全乱了套。

五魁的担心不无道理,可爹把娘的主意当作救命稻草,捞住就舍不得松手。

"试试吧。"爹说,"不行再想别的办法。"

之后,是将放羊的事情先告诉养山叔公,还是先将羊拢到一块儿,爹同五魁又产生了分歧,爹说先去告诉养山叔公,让他做放羊的准备,五魁说先把羊拢到一块儿,十几家的羊,人多羊也多,倘若有人不同意,事情就办不成。爹将两个想法放在心里掂量了一下,最终被五魁说服了。

"你去告诉多丁。"爹吩咐五魁。

五魁说:"先去找友善。"

爹说:"多丁正在生羊的气,自家的羊偷吃了友善家的麦苗。"

"友善更气,自家的麦苗被多丁家的羊啃吃了,还得不到赔偿。"五魁说。

爹想想,还是五魁有理。多丁家的羊偷吃了友善家的麦苗,多丁有什么生气的,偷吃了麦苗不用赔偿,就是白吃了一口嫩的,那是捡了便宜,脸上生气,心里乐着啦。友善就相反了,麦苗被吃,得不到赔偿不说，还闹了一肚子气。这两家的事情得解决了，不然积怨下来，以后就难调解了。邻里乡亲，眉不眉眼不眼的，今后说不定扯出什么事情来。

当下，爹就和五魁合兵一处，要往友善家去。

还没到友善家，老远就见友善在他家门前的石墩上蹲着，抱着一根竹烟管吞云吐雾。这团近的人都不抽旱烟了，改抽纸烟，只有友善我行我素。友善见了爹，勉强笑了笑，直起身要将爹和五魁让进屋。爹拽拽披在肩头的那件麻袋似的旧呢子大衣，示意不进屋。友善就不再客气，重新在石墩上蹲下了。爹努努嘴，让五魁说话，五魁就把让养山叔公放羊，要将组上人家的羊全拢在一块儿的事说了。爹和五魁一左一右，将友善夹在中间，似乎怕他突然跑了。友善弹直身子说："早该有个人看着羊了。"

"我领你们去看看，多丁家的羊将我家的麦地糟蹋成什么样子了。"友善跳下石墩要往自家麦地去。

"暂时不看，暂时不看。"爹阻住友善说，"先说拢羊的事，你同意不同意？"

友善瞧一眼我爹，又瞧一眼五魁，爹和五魁都不回避，硬生生地迎着他的目光。友善瞧出来了，爹像同多丁商量好的，他友善家的麦苗刚刚被糟蹋了就来拢羊，分明不让他索赔，分明叫他家的麦苗被人家的羊白吃。原计划报复一下多丁，找个机会让自家的羊偷袭一下多丁家的麦地，叫多丁哑巴吃黄连有苦说不出，这会儿怕是行不通了。

爹和五魁眼巴巴瞧着友善，后者就是不张嘴。

"行呀，你就哼一声，不行，你也干脆点，放个响屁，让大家听见！"爹说。

友善这才抬起头说："要是将羊拢在一块儿，羊偷吃了庄稼，叫谁赔？"

"别人不赔，我赔！"爹恼了，冲友善翻着白眼说，"总有办法赔偿的，不可能叫被吃的人家吃亏。"

"那好说，先把我今天的损失给赔偿了。"友善说。

友善的话彻底把爹给激怒了，爹戳着友善的鼻子说："我算是把你给看清了,原来你是这号货色,你不是要赔偿吗?我赔,我赔个卵子给你!"爹找不到出气的路子,就往石墩上踢了一脚,嘴咧得歪歪叽叽,然后一拽五魁的胳膊说:"咱们走,别跟这黄眼狗浪费时间。"

五魁跟着爹走,友善慌慌张张追上来说:"贵福哥,我同意的!"

爹不理,走得飞快。

友善转向五魁求救:"五魁,你好歹说句话。"

"你早答应不就完了吗?何必惹得贵福哥生气,他也是为大家着想。"五魁说。

"明早上我就把羊送过去。"友善说得低声下气。

爹绷着脸走开了,五魁和我跟着。避开了友善,爹的脸就舒展了,说:"拿捏不了别人,还拿捏不了你友善。"鼻子里哼一声,嘴角得意地翘着。拿捏了友善,爹和五魁就转身去拿捏多丁,多丁家的羊正好偷吃了友善家的麦苗,羊的主人多丁自然会觉得理亏,理亏就比友善更容易拿捏。

二

一天左右的时间,爹和五魁拿捏了友善,拿捏了多丁,十几户人家,有羊的人家走了个遍,也拿捏了一遍。对爹的拿捏无人异议,骟羊的金根倒是问了个问题,把羊拢到一块儿,今后骟羊的工钱问谁要。爹的回答很简单,谁家的羊要骟工钱就问谁家要,养山叔公只负责照看羊,不负担骟羊的工资。金根哦了一声,算明白了。

"十几户人家的羊,拢在一块儿怕有三十来只吧,养山叔照看得过来吗?"做泥水的喜来同五魁当初一样怀疑。

立刻有人附和说:"养山叔不行就换个人,庆丰不是闲着无事吗?让他放。"

"啊?!让庆丰放羊?别把羊全给活吃了,羊毛都不剩一根。"有人反驳。

爹被这一阵嘈杂惹毛了,狠狠地刮了喜来一眼,怪他没事多事。

爹刮过喜来又给五魁丢眼色,五魁就把爹的想法说了一遍,说拢羊不是为了拢羊,而是为了给养山叔公找个合适的活计。养山叔公那么大岁数了,腿脚不便,秧歌又遭了横祸犯绞肠痧死了,咱们总不能眼看着养山叔公人不像人鬼不像鬼地过日子吧?如果真那样,就是丢了咱们的脸。对养山叔公还不能说是为了他,而是为了大家的羊,让他给大家排忧解难。五魁一番话把大家都说得慷慨激昂,说爹想得周到,远亲不如近邻,早该帮养山叔公一把。

"万一养山叔照顾不过来,咱们暗地里帮一把,各家的羊各自留意。"有人出主意。

大家异口同声说:"就是。"

爹得了拥护,就有了底气,拉上五魁径直去了秧歌的坟地。养山叔公正在给秧歌的坟茔拔草,枯死的旧草,新长的鼻涕草,野黄花,都被清理得一干二净。倒像一座新坟,泥土新鲜,寸草未生。

"养山叔。"爹的嗓音吭吭的,鼻子像有些堵塞,说话气流不畅。

五魁去扶养山叔公,养山叔公说什么都不让,自个从坟背上滑下来,扶着拐杖站直了。却又无话,眼神茫然望着爹。

爹干咳几声说:"养山叔,有件事想请您帮忙呢。"

养山叔公的眼神越发茫然了,好像努力在回忆什么事,偏偏脑子不配合,怎么都想不起来。爹朝五魁使眼色,五魁似乎没看见,注意力全在秧歌的坟墓上,好像那儿有什么吸引了他。

"养山叔,这羊么,是畜生,不像人,漫山乱跑,嘴贼不说,还践踏庄稼。马上开春了,大家都要忙活了,地里到处都是嫩苗,过了羊就什么收成都没有了。所以呢,大家想把羊拢到一块儿,请您帮忙照看。"爹说。

养山叔公瞧瞧爹,瞧瞧五魁,再瞧瞧坟墓里的秧歌,好半天,才收回目光说:"要是秧歌在……不就几只羊么,要是秧歌在,我就答应了,可现在,秧歌不在,你唤他他也不起来了……"

养山叔公的眼圈都红了,一脸悲怆。爹和五魁默不作声,五魁勾着头,爹别着脸不落在秧歌的坟墓上。

"我一个瘸子……村里那么多腿脚灵便的,不管叫谁都比我合适，要是腿脚没事我就答应了……你们见过，哪个瘸子跑得过羊？"养山叔公说。

"羊是温顺的，五魁，你说是不是？"爹把话头抛向五魁。

"是啊，养山叔，咱们那些羊都温顺得很，没一个是烈性子的，拉它上杀场都不挣扎一下，哪只羊不听您的话，您就教训它，一教训它们就老实了。这羊啊……就看您老愿不愿意帮忙了。"五魁说。

养山叔公又瞧瞧爹，瞧瞧五魁，想说不，似乎很难为情，不说，好像又太勉强自己。"那么多的羊，全赶到一块儿，我老眼昏花，记不住事，东家的羊，西家的羊……搞一块儿，拎都拎不清了。"养山叔公说得诚恳。

"错不了，谁家的羊谁家记得。"五魁说。

"要是羊丢了呢？"养山叔公问。

"丢不了，就那么大一块草场，能丢到哪儿去？"五魁说，"没狼没虎，丢了也丢在草窝里。"

"我也不是个闲人……。"养山叔公被五魁的话挤到死角上了，声音似乎有了哭腔。

"养山叔，只要您看管着羊，您那两亩地，有大家呢！"爹说。

"秧歌，你不孝啊……你听听，要是你在，这些羊能难倒爹么？"养山叔公捂着脸呜呜哭了。

爹苦瓜着脸，以为养山叔公拒不接受，可又不能发火，只好同五魁一块一声不吭，等待他哭过。不想养山叔公抹一把眼泪，态度转了个一百八十度的大弯。"既然大家伙这么信任我一个糟老头，再拒绝就真不知轻重了。"他说，"说吧，从什么时候开始？"

爹看看五魁，看看养山叔公，似乎不相信事情就这么成了。"贵福哥，你说句话。"五魁说。"那，就从明天开始吧。"爹说。

第二天，果真按照爹的安排，家家户户都将羊赶去草场的路上，一只一只交到养山叔公手上，让他过一遍眼，多少混个眼熟。爹和五魁在旁边监督着。多丁的女儿春喜赶着那只肇事的老羊婆和几只羊崽来过了，喜来家那只额头上有绺白毛的拐脚羊也过去了，接下来是友善家的两只半大的公羊，还没挨金根的刀子呢，友善的儿子上锦追赶着过去了……所有的羊都过去了，爹突然咦了一声，盯住五魁问："福海呢？福海来送羊没？"

五魁将送羊的人在脑子里过一遍，果然没见过福海。

"你没通知他？"爹问。

"我去了他家，当时他没在屋。"五魁说。

爹剜了五魁一眼说："你也是个屙蛇的懒鬼。"

五魁的脸红得像个太阳，扭过头就朝村子里走。爹抢过道奔向了头里。

福海家养的是只牛高马大的羊牯，腿粗腿也长，两只尖角更长，同别的羊打斗，晃晃两只尖角，别的羊就给吓尿了。这羊成了福海家的宝贝，哪家的母羊发了骚，就来牵福海家的羊牯，牵也不能白牵，母羊真要是怀上了福海家的龙种，少不得将来宰了羊，给半斤八两羊肉，卖了羊崽给三块五块，或者十个八个鸡蛋。平常放羊，福海家就比别家注意了，用一根红棕绳将羊牯锁牢了，不让羊牯走了私，让养了母羊的人家捡了便宜。

福海家的门是虚掩的，福海不见，那只羊牯也不见，福海可能预知爹要找他先一步躲藏了起来。爹吩咐五魁守住福海家，不信他不回来。临近吃中饭，五魁才来向爹报告，福海进屋了。爹早已按捺不住，面红颈赤地朝福海家奔了过去。五魁慌了，娘也慌了，一前一后追赶爹，生怕爹惹出什么事。

"福海，你什么意思？"爹质问福海。

娘和五魁都舒了一口气，事情没有想象的激烈。

"能有什么意思？我不能白养了一只羊牯。"福海说。

原来福海担心把羊拢到一起，羊牯天天同别家的母羊混在一块，什么时候把事情给办了，播种的工钱问谁要。

爹受不了福海的小心眼，说："你就舍不得那四两羊肉？"

"我就舍不得怎么了？羊是我养的，谁舍得谁养去。"福海说。

"我看谁来找你牵羊牯？！你就把它当女婿养着。"爹说。

爹这句话就恶毒了，福海有个面瘫的女儿，相了几次亲，都没能嫁出去。爹的话就像一把刀，一刀捅在了福海的心窝里。果然，福海的脸煞白了，咆哮着说："你管天管地，管不着我放羊，我就把它当女婿养着怎么了？我碍着谁了？谁不知道你这个组长是拿三斤羊肉换来的！"

福海放出话，除非爹向他道歉，否则他家的羊牯怎么都不会交给养山叔公。爹也倔得很，对五魁说："少他福海一只羊牯，村里的羊婆都不下崽了，我就不信这个邪！"爹交代五魁，要是谁家羊婆需要羊牯接种，不管牵谁家的羊牯，就是不准牵福海家的羊牯，把福海家的羊牯晾起来，看他怎么养。

也不知有没有人传话给福海，没过三天，福海就撑不住了，大家的羊都放到了养山叔公手上，就他家的羊牯还自个养着。知道事理的，认定他在同我爹斗气，不知道事理的，以为他吝惜羊牯接种的那几个零碎钱。何况爹号召把羊拢到一块儿并没有私心，全是为了养山叔公，为了大家的脸面。福海从人家脸上渐渐觉察了异样，坐不住了，主动同五魁说要把羊放去养山叔公那儿。五魁不敢做主，把事情报告了爹。

"他就当进菜园门啊，想进就进，想不进就不进。"爹说，"咱就不尿他，看他能怎么着。"

"这不妥吧？福海把羊牯送来也是有牺牲的，人家主动来入伙，咱们要欢迎才是。"五魁说，"他能来，说明你是有威信的，宰相肚里能撑船么，咱们不同他计较这些。"

五魁把爹哄舒服了，爹就点了头，福海就趁早上赶羊进草场时将羊牯当着大家的面交到了养山叔公手上。

三

福海家的羊牯送过来后，养山叔公就在它的脖子上吊了个小铃铛，进出草场，都让它走在头里。它一走动，脖子上的铃铛就响个不停，群羊跟随着铃铛声移动，生怕自己落伍了。养山叔公也很省心，只要关注福海家的羊牯就行了，福海家的羊牯在哪，羊群就在哪。可爹老是担心养山叔公会出什么事，羊群会出什么事，让他放羊毕竟是爹的主意。

"养山叔没事都会让你念叨出事来。"娘说。

"女人家，懂什么！多嘴多舌！"爹叮嘱我说，"没事去陪陪养山叔。"

爹说了三四次，姐不去，我再不敢不去。在爹眼里，我和姐不一样，姐是女人，我是男人，姐当不了村民组长，我可以，甚至还可以当村支书，村主任，往大里幻想，说不定还能当上镇干部。爹当村民组长，村上一年发一双解放鞋，过年发一份挂历，两样加起来值不了五十块钱，还喝一顿酒，喝了酒爹走路能走出花样。爹就觉得这村民组长当得光荣，解放鞋和挂历都光荣，走路能走出花样更光荣。

都说草场小，就那么大块地方，在我眼里却是摸不着边的阔绰，我站在入口处朝草场的高处搜寻，只见起起伏伏的草，就是不见养山叔公。我支起耳朵捕捉铃铛声，铃铛在哪儿响动，羊群就在哪儿，养山叔公肯定就在羊群附近。我朝铃铛声一步一步走去，近了，就有羊被惊动了，咩咩叫着，一蹦一跳躲开我。一只羊受了惊，马上传染给了另一只，羊群就跟着惊慌了，都咩咩咩地喊叫起来。羊群的骚动帮助了我，在草场的高处，养山叔公扶着拐杖朝羊群张望。

"养山叔公。"我朝他叫喊，风从高处往下压，把我的叫喊声盖住了。

"秧歌，你怎么变小了？"养山叔公藏身的地方是一块大石头，站在石头上整个草场尽收眼底，哪儿都看得见。他竟然把我看成了秧歌，是不是中邪了？我紧张地朝四周打量了一圈，可四周除了草还是草，什么也见不到。

"我不是秧歌，我是黑豆。"我说。

他又将我从头到脚打量了一遍，好像我是件奇怪的物品，似乎认识又似乎不认识，不认识好像又很面熟。

"我是黑豆，贵福家的黑豆。"我再次声明说。

"你是黑豆，秧歌五六岁都比你高，我以为秧歌缩回去了，变小了，才这么丁点高，小人国的。"他抹着眼睛嘿嘿笑着说。他的眼角结着眼屎，拿手一抹，眼屎就扑噜扑噜落进了草丛。

我长得确实不高，为此爹很苦恼，娘也很苦恼，我比他们俩更苦恼。大家见了我，都会说黑豆又长高了，其实我同之前一样，怎么都不增高。他们安慰我，不戳我的痛处，哪像养山叔公张嘴就戳向我的痛处。

"我长得不高，但腿不瘸。"我回击说。

"远处看着就像秧歌呢。"他却一点也不恼火，依旧呵呵笑着。末了，才问："黑豆，你怎么来了？"

"爹让我来看看。"我说。

"回去告诉你爹，羊好着呢，让他把心放在肚子里。"他说。

"你不回我不回。"我说。

我在草场陪着养山叔公，养山叔公就给我讲秧歌小时候的事情。秧歌小时候喜欢吃蛋，每年端午节都拿丝线结了蛋袋，把蛋当宝贝吊在胸前，吊不了一个时辰，蛋袋就空了。秧歌故意摔跤，把蛋摔碎了，碎了就不能吊着当宝贝了。秧歌小时候喜欢吃蜂蜜，养山叔公去掏野蜂窝，有次被蜂蜇了，脑袋肿得像个皮球。再去掏野蜂窝，他就用一只大麻袋先把秧歌套住。该给秧歌说媳妇了，媒人都来了三四回，谁知秧歌肚子痛，就这么痛走了。

"要是秧歌在就好了。"他叹息说。

叹息过后，他就拿我开玩笑。"瞧瞧，这是什么？"他从地上捡起一颗羊粪蛋，摊在掌心给我看。

"羊粪蛋。"我说。

"黑豆。"他说。

我别过脸不看他的手掌心。这时候，我除了生养山叔公的气，也生爹的气，为什么给我取名叫黑豆，黑豆的确太像羊粪蛋了，只不过羊粪蛋更壮一些，更饱满一些，外形同羊粪蛋看不出区别。

他见我闷不作声，就扔了羊粪蛋，扳过我的身子。

"黑豆几岁了？"他正儿八经问。

"十一岁。"我嘟着嘴说。

"想姑娘不？"他嘻嘻笑着说，"十一岁啊，秧歌早就想姑娘了，早上起来，裤裆里像支了顶帐篷，老高老高的。"

"养山叔公太坏。"我红着脸说。

"咦，说姑娘姑娘就来了，那是谁？"他惊讶说。

我被乱草遮挡了，看不见来人是谁，于是跳上养山叔公站的那块巨石，挺直身子俯瞰草场的低处。是姐和多丁的女儿春喜，一前一后，朝草场的高处爬了上来。她们边爬边嬉笑着，说着话，风把她们的声音传了上来，却听不清她们说了什么。

"姐，姐。"我招手。

姐似乎抬了一下头，但没有应声。她们继续往上爬，我以为她们会爬到我和养山叔公身边来，到半道上她们却停下了，一屁股坐在草地上，被草给淹没了。"姐，你们上来，养山叔公在这儿。"我朝她们大声嚷嚷。她们没有任何反应，只顾说话。我只有往下跑，去迁就她们，养山叔公在我身后说慢点慢点，我的短腿偏偏跑得飞快，几个眨眼就听见了她们的说话声。

"她们都出去打工了，什么都是自己买的，高跟皮鞋，丝袜，胭脂，口红，指甲油……各式各样的裙子，红裙子，白裙子，连衣裙，皮短裙……白金戒指，白金项链，耳环，胸花……你不只没见过，听都没听说过，去不去？想要不想要？"这是春喜的声音，满嘴天花乱坠。

姐一脸的兴奋，两只眼睛闪闪发光，无限崇敬地瞧着春喜，好像春喜手上正托举着一个花花世界。

"春喜，你要去？可不能偷偷一个人去，记得叫上我。"姐说。

"姐，你要去哪儿？"我问，"可别听春喜胡说。"

"去去去！羊粪蛋，大人说话，小孩子别插嘴。"春喜说。

我被春喜说恼了，养山叔公说我羊粪蛋没什么恶意，春喜也说我羊粪蛋，分明就是鄙视我。我打不过春喜，就低下头，像羊那样朝春喜顶了过去。我没有顶着春喜，却被吃里扒外的姐拽了一把，一个趔趄落了空。我要找姐算账，姐和春喜趁我晕头转向时逃走了。

"姐和春喜要逃跑了。"我找不到姐，回家向娘告状。

娘拿从来没有过的严厉眼神鞭了我一眼说："你别没事生事，一头黄毛都没黑全,你姐能跑到哪儿去?"

"她们要去一个很……很特别的地方,有红裙子,白裙子,有……胭脂,口红,还有……指甲油,皮短裙。"我说。

"世上哪有这种地方?!"娘就是不相信我说的话,拿更严厉的眼神威胁我说,"黑豆,信不信?再胡说八道我割了你的舌头!"

我就跑去爹的跟前晃荡,又不敢轻易把姐和春喜的事情报告给爹。爹骑在桌马上,一口一口抽着烟。爹的脸被烟雾包裹了,朦朦胧胧看不真切。我在他的跟前走了三个来回,爹都没看我一眼。

"姐和春喜要私奔了!"我假装自言自语,希望爹能听见。

爹对我吐出来的陌生词语并不理解,其实我也不懂私奔什么意思,只不过想拿一个新鲜的词语来吸引爹的注意。

"私奔?什么私奔?"爹盯着我,一脸迷雾。

我不接话,希望爹能想明白私奔的意思。

"她敢?她能奔到哪儿去?我打断她的腿!"爹扔了烟头,烟雾散去,爹的黑脸膛渐渐清晰了。他的左脸颊上有块小疤痕,是那次在村里喝醉了酒,回来的路上摔了一跤,让一根竹枝戳破了脸而留下的。

"你有没有去草场?"爹突然发觉我这时候出现在他跟前有些不对头。

"去过了,我刚回来。"我说。

接着,我就把在草场见到的听到的,全给爹说了一遍。说那些羊如何吃草,撑得肚子就像个吹起来的气球,膨胀得要死。说养山叔公守在半山腰的石头上,眼睛一眨不眨盯着羊群。说草场的新草一丛一丛的,鲜嫩得流油。

爹侧着脑袋听得很认真,听过后瞄了我一眼说:"你还去。"

四

"你别同春喜那囡鬼混,当心你爹知道!"娘终于警告了姐。

姐吐了一下舌头，扮了个鬼脸，假装惊吓状，扭头就狠狠地瞪了我一眼，怪我打了小报告，并扬了扬粉拳头，做势要打我。

姐挨了娘的训斥，我就很兴奋，吹着口哨去了草场。我要摇铃铛，养山叔公不肯："不能摇，一摇羊就乱了，没心思吃草了。"我挨着他坐下，坐了老半天，他都没说一句话，也没话问我。

"秧歌。"他突然说。

我吓了一跳，以为秧歌真的活过来了，就在不远处看着我们。

这时候姐和春喜解救了我，她们忽然上草场来了，还有金根家的山英。

她们仨像三只小麻雀，叽叽喳喳，快把草场都掀翻了。羊们受了惊，咩咩叫喊着，在草场东游西窜不肯安宁。养山叔公呵斥她们几句，她们吐吐舌头，做个鬼脸，暂时小声了，可没多久，又哗啦啦大笑起来。我想加入她们，姐和春喜都横眉竖眼向着我，生怕我搅乱了她们的聚会，或者怕我听走了她们的秘密。"走！你们走！吵吵闹闹的，吵不死羊也吵得死人！"养山叔公下了逐客令，却没有人愿意听他的。

姐和春喜她们不只惹火了养山叔公，连天气也被她们搞烦了。刚刚还晴朗朗的天空，突然乌云滚滚，太阳不见了，狂风呼号。"不好，要下雨了。"我对养山叔公说。养山叔公还没来得及摇铃，雨点就扑答扑答砸了下来，草叶被砸得东倒西歪。姐和春喜她们呼爹喊娘，没命似的往村里狂奔。我也顾不上许多，往山下逃去。只留下养山叔公摇着铃铛，可羊们不听他的指挥，顾头不顾腚，一只只往草丛里乱钻。养山叔公肯定浇成了落汤鸡。

"上半年雨水多，得给养山叔找个避雨的地方。"爹若有所思。

再去草场时，不只姐和春喜，山英，还有友善家的上锦，金根家的天成，都被赶着上了草场。原来爹要给养山叔公和羊们搭个草棚，草棚当羊圈，既可避雨，晚上也不必将羊赶回村子，赶来赶去够麻烦，羊宿在草场，还多了吃草的时间。羊多吃草，就长得快，也长得壮。爹盼咐五魁安排人手搭盖草棚，五魁就挨家挨户通知出工，正是春忙时节，谁家都舍不得派主要劳动力，就支派几个说大人不是大人说孩子不是孩子的半搭子来充数。

几个半搭子都是饭囊，没个主事的，谁也做不了谁的主。先就草棚的选址争执不下，你说东，我说西，这个说草场的顶部，那个说山脚。都说得有板有眼，东边向阳，光照时间长，空气新鲜，南边避风，羊们不容易受冻。养山叔公摇了几次铃铛，都没人安静，后来将拐杖砸在石头上，拐杖断了一截，上锦和天成他们才闭紧了嘴巴。草棚的地址这才由养山叔公选定，在草场下半部的一处平地上，不脱出草场之外。养山叔公选定了草棚的地址，也懒得管理他们，由着他们折腾。折腾了几天，才立起几根木柱，木柱不直也不稳，歪歪扭扭的，好像风吹得倒。这中间，上锦和天成还干了一架，天成爬上木柱架横梁，上锦嘲笑天成像个猴子，天成从柱上跳下来，朝上锦踢了一脚，上锦正得意，被天成一脚踢中了屁股，一个趔趄，摔了个狗吃屎。

上锦和天成干仗全是因为春喜，他们俩都喜欢春喜，谁瞧谁都不顺眼，都想在春喜跟前露一手，逞个英雄。这一下有的好看，上锦和天成，拳来脚往，水来土掩，谁也不让谁。旁边姐、春喜和山英，都夸张着尖叫。姐的嘴巴阔得像个老鼠洞，洞口长了一圈的茅草。另几个饭囊，没一个劝架的，要么袖手围观，要么拍巴掌喝倒彩。斗到最后，上锦和天成，脸青了，眼绿了，鼻血淌了满脸。又是养山叔公，拿半截拐杖一阵乱扫，才把上锦和天成分开。

"滚！滚你娘的蛋！你们这是出丑！丢脸！丢你们娘的脸！"养山叔公挥舞着拐杖咆哮。

"走吧走吧，没戏看了。"姐说。

一伙人轰地散了。

事情闹到爹跟前，友善来了，友善的老婆来了，金根来了，金根的老婆也来了。两家人围着爹，指手画脚，公说公有理，婆说婆有理，唾沫星子喷了爹一身一脸。爹的脸都气黑了。爹说："打呀，你们动手打呀，别客气，有多大力气使多大力气，打伤了送医院，打残了送敬老院，打死了包送进土！"说过，撂下他们不理了，支使娘去喊五魁，娘没喊来五魁，却喊来了五魁的老婆美月。

"五魁呢？"爹问。

"五魁去镇上帮工了。"美月说。

美月替五魁打了埋伏，五魁是去修河堤，修一天河堤给六十块工钱，抵得在家里忙活四五天。

"叫他死在镇上别回水门来！"爹愤愤地说。

美月偷偷觑一眼娘，想问话又不敢当着爹的面问。等爹黑着脸走开了，才问娘："怎么回事？"娘就把爹让五魁叫人搭草棚，到各家支派半搭子们充数，前后说了一遍。美月听了就慌张了，原来惹出了这么大的乱子，赶紧去通知五魁。五魁得了报告，不敢怠慢，重新去各家喊了人，组织一班人马，风风火火去了草场。他们拔掉了那些东倒西歪的木柱，重新挖坑，重新竖起了木柱。不出两天工夫，不单盖起了羊圈，还在羊圈的一侧盖了个小草棚，方便养山叔公休息。

爹对这个结果很满意，之前的不愉快全给抛到了脑后。

可是没过几天，又扯出另一桩事，羊不下山，羊粪蛋跟着不下山。有些人粗心，根本没想到羊粪蛋的事，有些人偏是针尖眼，一颗羊粪蛋都不会放过。多丁去掏羊粪蛋，友善也去掏羊粪蛋，多丁养羊婆卖羊崽，羊崽卖不出去就自家养着，所以羊就比别人家多，羊多羊粪蛋也多，掏羊粪蛋时多丁晚来了一步，比友善掏得少，友善掏了一石，多丁才一小筐。羊粪蛋是好肥料，友善掏了羊粪蛋要去种菜种芝麻，多丁偶然听人说起城里专有人买羊粪蛋去养花，盘算着把羊粪蛋卖到城里去。多丁说："你才几只羊，掏了一石羊粪蛋。"要匀友善的羊粪蛋，友善不肯，说："谁叫你搂着老婆不起床，先到先得。"他们俩刚开始还只是打嘴皮子仗，说着说着，多丁就动手抢友善的羊粪蛋，友善被搞得手忙脚乱，护得了左筐护不了右筐，一筐被多丁掀翻了，羊粪蛋撒了一地，多丁趁机扒走了小半筐。友善不服输，很快同多丁纠扭在一起，友善的耳朵被多丁揪出一道血口子，险些被扯掉了，多丁被友善推倒在地，额角磕在石头上，也被磕破了一道血口子。两个人都挂着彩，也不擦干净血迹，拉拉扯扯到了爹跟前。爹还是那句话：

"打呀，怎么不打了？！打死没地方埋就拿羊粪蛋埋了你们！"

可羊粪蛋的事终究是个事情，如果不处理，过后少不得会有人再次因为羊粪蛋发生争吵。爹同五魁嘀咕了几句，五魁替代爹宣布，从今往后，一只羊清理一天羊圈，不清理的当弃权，羊崽两只算一只。这结果，羊粪蛋有了主，羊圈也不用养山叔公清理，还天天干净，一箭双雕。

五

"这么多羊，哪只是哪家的？会不会搞混了？"我问养山叔公。

"哪里会搞混？"他用拐杖朝羊群指指点点说，"那是福海家的羊牯，用不着说吧？多丁家的羊婆，奶子那么大，也用不着说吧？"

福海家的羊牯，大家都认识，别说我。多丁家的羊婆奶子大，就像多丁的女儿春喜，奶子大得像蜜柚，也认识。

"黑豆，你把你家的羊找出来。"他说。

我家那只挨过金根刀子的公羊，正踮着脚在舔一簇荆棘上爆出来的嫩叶，它的嘴巴三舔两舔，那些嫩叶就被它啃去了一小块。

"在那！"我指给他看。

"它的脖子下有块小白花。"他说。

我对他的话很是怀疑，那羊到我家后，我就没少同它在一起，从来没注意到它的脖子下会有一块小白花。

"把它拉过来。"他怂恿我。

我圈住羊脖子，羊左扭右扭，就是不配合。我发了狠，揪住它的耳朵，不管它疼不疼，就往养山叔公跟前拽。羊可能被拽疼了，咩咩叫苦了两声，就乖乖跟着我到了养山叔公跟前。养山叔公也像我，揪住羊的双耳，羊想甩却甩不掉，不得不抬起了脖子，果真它的脖子下有个白花点，是一小簇白毛。我瞧瞧养山叔公，他的脸很平静，似乎早就知道我家那只羊的秘密。我有些沮丧，在羊屁股上拍了一巴掌，羊委屈地喊叫两声，三蹦两跳逃开了。

"看见没？那只耳朵短短的，是五魁家的羊，那只脖子上剪过毛的，是喜来家的羊，还有那只拐脚的，也是喜来家的羊。金根最狠心，也下得了手，他家的羊屁股上烙着一个铜钱印，羊毛都长不起来了，走哪一眼就能发现。"他说了一大串各家羊的记号，有的明摆着，有的却藏了巧，不留心发现不了。

"做记号有屁用，羊要丢了就丢了，凭个记号能找回来?!"我说。

"怪不得都叫你羊粪蛋，你就是张乌鸦嘴，从来不说好话，就这么大个地方，你说羊能丢到哪儿去？呸呸呸！"他朝我吹胡子瞪眼睛，就差没用拐杖敲我。

不想我的话一语成谶，过几天，真就有一只羊走丢了。是喜来家的羊，脖子上被剪过毛的。什么时候走丢的，养山叔公不知道，我也不知道。羊归圈时才察觉少了一只羊，在羊圈里转了三四个圈，才确定喜来家的羊不见了。这时，天快要断黑了，四下里朦朦胧胧，看不真切。养山叔公着了慌，拄着拐杖就往棚外走，边走边摇着铃铛。铃铛声急促，黄昏里听起来特别刺耳。"养山叔公，别摇铃，一摇铃大家就知道羊场出事了。"我提醒说。"不摇铃到哪里去找羊？"他说。"您都摇过铃了，要是喜来家的羊听见早就回来了。"我说。

他依了我的话，不再摇铃了，改成嘴上唤着，咩咩咩。他的叫唤像只气急败坏的羊，可是没有羊声回应，草场里安安静静的，只有风吹草动的窸窣声。再唤，依旧平平静静，哪儿都听不出异响。"这调皮鬼，跑到哪儿去了？跑到哪儿去了？"他的声音里有了哭腔。"我去告诉我爹。"我说。他没有阻止，我就撒了腿跑，才跑出几步远，他又把我叫住。"别对你爹说，羊一定是躲在什么地方了，明天早上肯定回来。"他说。"要是明天早上羊还不回来呢？"我问。"乌鸦嘴！"他的脸有些发白，咒骂我一句之后又说，"要是明天早上还不回来再报告你爹。"我挨了骂，闭紧了嘴，在心底期望羊明天早上真的会回来。

"我说我放不了羊吧……要是秧歌在该有多好。"他把拐杖架在羊圈门口，一屁股坐在了拐杖上。

"喜来家的羊丢了。"我回到家忍不住还是把丢羊的事报告了爹。

爹正在喝茶,一口气不顺就被茶水呛着了,茶水喷了一地。爹咳嗽了好一阵子,还是止不住,就在咳嗽的间隙问我:"黑豆,咳咳,你说——咳咳——什么?"

"喜来家的羊跑了。"我重复说。

"喜来跑了?"娘追着问。

"去!赶紧把五魁喊来!"爹突然气顺了,吩咐娘说。

"都天黑了,羊丢了也找不见。"娘说。

"败家婆娘,都是你出的馊主意,还不赶紧去!"爹瞪圆了眼睛。

丢羊的责任突然砸到了娘头上,娘吓坏了,颠着脚屁滚尿流去喊五魁。五魁正要吃饭,吃了一惊,赶忙放下碗筷随娘来见爹。五魁和爹很快有了分歧,爹要五魁喊人上草场去找羊,五魁不赞同,不如由他和爹先找,找不到再发动大家不迟。万一找到了呢,闹得沸沸扬扬影响不好。"那可是一头羊!"爹说,"这养山叔,还真叫人不省心。"爹无可奈何,先依了五魁,支使娘、姐和我几个跟着,先去草场寻羊。

"羊呢?找到没?什么时候丢的?怎么走丢的?"爹见了养山叔公劈头盖脸问。

"会回来的!会回来的!"养山叔公像个犯了错的孩子,勾着头嗫嚅说。

爹乜斜了他一眼,不再追问,就分派我们几个,到草场的各个方向去寻找。摸索了大半夜,羊毛也没摸到一根。爹只得吩咐收兵,等第二天天亮了再说。

第二天早上,羊没回来。养山叔公像个泄了气的皮球,耷拉着头守在羊圈前。爹更没了主见,让五魁通知大家伙刻不容缓来找羊。大家蜂拥着上了草场,一看自家的羊还在,都松了一口气。只有喜来哭丧着脸,羊是他特地买来准备清明节祭祀他爹的,他许诺了他爹,他爹去世后的第一个清明节,给他爹宰头羊,没人争没人抢,让他爹一个人在阴世界吃个够。

"这羊呢?到哪里去找?到哪里去找?"喜来围着爹转。

爹被喜来转烦了,呵斥说:"你慌什么,又不是你爹丢了,就是你爹丢了也给你找得到!"

大家都围着爹嗡嗡叽叽。

"嚼什么牙角,都散了,找羊去!"爹吼道。

大家四散而走,草场的哪个角落都是找羊的人,就是不见喜来家的羊。

"羊呢?我的羊呢?我怎么向我爹交代啊?我爹肯定要扇我阴巴掌啦!"喜来耷拉着脸说。

有人去找自己的羊,找到了拽住羊耳朵就要往回赶。立刻有人效仿,也去拉自家的羊,草场眼见得就乱了,各家都在叫唤各家的羊。

"我赔你的羊。"养山叔公安慰喜来说。

"你赔个卵!"爹顶了他一句,扭头拿话压住喜来说,"再找不回来,你的羊我赔!"又朝草场纷纷乱乱的人群咆哮:"回去!都给我滚回去!"

大家都被爹的神情给吓住了,放了羊,在五魁的劝说下一个个先后离去。草场又回归了安静。爹也心平气和了,问养山叔公:"养山叔,你好好想想,羊怎么走丢的,那么大一个活物,多少会有动静。"养山叔公瞧瞧爹,一脸的无助。爹得不到答案,背着手,黑着脸下了山。爹一走,草场就更安静了,受惊过后的羊们又回到了草丛中,一门心思吃起草来。

"东边!黑豆,你听,东边有羊叫!"养山叔公突然说。

我朝东边支起了耳朵,除了风声,什么也没有听到。

"真有羊叫!"他拄起拐杖朝东边拐去,"去,快去告诉你爹,让他们到东边去找!"

我跟着他朝东走,我的耳边依旧只有呼呼的风声。走了十几步,依旧没有听见有羊叫。

"跟着我做什么?还不快去?"他回头朝我喝叫。

我半信半疑往山下跑,三步并做两步,很快就追上了爹。爹听了我的报告,先是一愣,缓不过神来,等他缓过神第一句话却是骂人的:"这瘸子,脑子也瘸了!"不过有羊的消息,爹的表现很兴奋,立马叫上几个人,呼啦啦奔上了草场。按照养山叔公说的,他们径往东寻找，在一簇荆棘丛中果真听到了羊的叫声，很微弱，沙哑。

喜来家的羊跌到一个废弃的薯窖中，正眼巴巴瞧着头顶上那抹晦暗不明的天光。

六

村子里一年有两次宰羊的高潮，一次在清明节，另一次在年终，过大年，没养年猪的人家就指望宰羊过年了。劁猪骟羊是金根的拿手活，宰羊也是金根的专利。金根早早就将那把杀羊刀磨锋利了，杀羊刀闪着寒光，刀身细长，还开有一道血河。那样的杀羊刀，别说羊见了，就是人见了也胆寒。村里人同谁生怨，都不敢轻易同金根生怨，同金根生怨就是同杀羊刀生怨，梦里都会被吓醒，吓出一裤裆的屎尿来。

金根可不是白白帮助人家杀羊，杀一只羊，除了吃的喝的，还得一颗羊头做工钱。宰羊的人家有的吝啬，不煮羊肉，就煮一碗羊杂碎汤，但羊头是铁打的规矩，谁杀的羊羊头就归谁所有。也有人家舍不得一颗羊头，就自己动手杀羊，找金根借刀，金根不肯，宰羊人家就削了篾刀，一样杀得了羊。这是平时，像清明节祭坟，过大年祭祖，谁也不敢自己贸然上阵，宁可把一颗羊头拱手送给金根。

因为受了丢羊的惊吓，喜来是第一个到草场来拉羊的。他的身后跟着金根，金根用一根木制的刀鞘把杀羊刀藏了，但羊们似乎闻得到他身上的杀气，咩咩喊叫着四散而逃，叫声惊恐而又绝望。

"黑豆，告诉叔，你要羊蛋蛋还是羊花花？"金根一脸得意向着我。

骟羊时，母羊骟出来的是羊花花，公羊骟出来的是羊蛋蛋。

"谁稀罕！把你的蛋蛋割了狗都不吃！"我恶毒地回敬他。

"你都没蛋蛋，嘻嘻！"金根一脸嬉笑，他的左腋窝夹着杀羊刀，右手扳住一只羊角，羊左拧右扭，就是无法摆脱他的控制。羊就不停地咩咩叫着，被喜来套上绳索拉走了。我捡了个硬土块，朝金根的背影掷过去，没掷着。

草场喧喧嚷嚷时，养山叔公仿佛一尊菩萨，呆坐在那块大石头上一动不动。一家牵羊的人来了，一只羊被死拉活拽牵走了。又一家牵羊的人来了，又一只羊被死拉活拽牵走了。每次都少不了金根，只要他走动，风中立刻会有一股血腥气扑过来。他的裤管上还沾着血迹，有的血迹鲜红，有的血迹结了痂，转了黑色。清明节祭坟有规矩，前三日后四日，整整一个星期，草场被血腥气笼罩，命运叵测的羊们一只只噤若寒蝉。

过了清明节，养山叔公似乎也活过来了，在草场四处走动。拉走了几只羊，羊圈空荡了不少，草场也空荡了不少。

"变什么不好，为什么要变只羊？"他问。

我被他问得懵懵懂懂，羊就是羊，从羊肚子里生下来就是只羊，哪是什么变化的，难不成羊肚子里会生下只狗？或者狗肚子里会产下只羊？对于回答不了的问题，我就不作声。他好像也没有打算从我嘴里得到答案，他的目光在我身上停留了片刻，又像云一样飘走了。他重重地叹了一口气，吐出的气息把几棵草都摇动了。

"我要给秧歌养只羊。"他说，"黑豆，养羊牯好还是养羊婆好？"

"羊牯。"我说。

"那就养羊牯。"他拍了一掌大腿说，"黑豆，去问问你爹，我养只羊牯行不行。"

"绝对行！草场又不是我爹的，别人家都养羊，你为什么不能养？"

"黑豆说得有理。"就让我守着羊，他去找爹说养羊的事。大概爹没反对，他回来时喜形于色，脚底下摇摇晃晃，嘴上却哼着歌。回到草场同我嘀咕："黑豆，你说买谁家的羊呢？"

"买多丁家的羊。"我说。

多丁本来就是养羊婆卖羊崽的，正好也有羊崽，甚至还有两只没来得及卖出去，已长到半大的羊。可出乎意料，多丁听说养山叔公要买他的羊，老早就把头摇得像拨浪鼓："不卖不卖，我的羊崽都不卖了。"养山叔公说："不赊你的，给你现钱。"多丁仍旧摇着头说："给现钱也不卖，叔啊，你真要买就等秋天，秋天卖只壮羊给你。"

养山叔公没在多丁处买到羊崽，就同爹商量，爹不傻，一眼就瞧穿了多丁的诡计。放在寻常，养山叔公给他现钱，多丁早就把羊崽卖给他了。平常养大一只羊得花多少气力，羊绳都要挣断好几根，还有偷吃人家庄稼惹来麻烦，现在好了，有养山叔公照看羊，年初一只羊崽，到秋冬就是一只肥羊。多丁不蠢，一只羊崽同一只肥羊相比，肯定肥羊卖的钱多。钱放在身上长不了钱，可变成羊崽钱就利打滚了。

"这鬼精的，得想个法子治治他。"爹说。

就把五魁喊来，让五魁出出主意。

五魁问："是给养山叔买羊呢，还是惩治多丁？"

"都要。"爹说。

"养山叔的羊呢，得上别处去买，多丁不卖，估计别家也不会卖。"五魁说，"惩治多丁的法子倒是有一个，限制一下养羊的数量，一户人家不能超过三只，超过三只的就得把羊领回去自个养。"

"屎主意。"爹说，"把羊领回来羊场就散伙了。"

"这办法不行就没别的办法了。"五魁说。

"你脑子装豆腐渣了?!"爹骂五魁。

五魁不吭声，五魁也打过类似多丁的主意，想多弄几只羊崽，反正有养山叔公看着呢。可现在，被养山叔公买羊的事扯出了多丁，这事情不扯出来，就没人去盘算这个，现在扯出来了，五魁就不好再买羊崽了。不过不好买也是暂时的，过一段日子说不定就能买了，五魁有了想法，也就没打算拿个狠主意来惩治多丁，真要是惩治了多丁，就把五魁添羊崽的计划惩治没了。

爹没讨到主意，就去找多丁的麻烦，将多丁从头到脚数落了一顿。"这世上就你最聪明，你那小算盘，鬼心眼，别以为别人看不见！放在过去，你就是恶霸地主！土豪劣绅！放高利贷的！大斗进小斗出，你就是那个姓刘的，刘文彩！恶霸地主刘文彩！"爹唾沫飞溅，骂兴大发。

多丁脸上挨了骂，心里却乐着，挨一顿骂保住了一只羊崽，这骂就物有所值了，年底就是一只大肥羊。多丁非但不生气，反而来安慰爹："贵福哥，别生气，我这不是怕给养山叔添麻烦么？多一只羊崽多一份累赘，要多受一份罪。"

到秋天，多丁保留下来的羊崽长成了肥羊，但却没卖到一分钱。没卖到钱不是肥羊不值钱，也不是被人强行买走没付钱，而是他的女儿春喜将羊从养山叔公那里骗走了。春喜瞒过她爹多丁，也瞒过她娘桂花，跑到草场说："我爹叫我来牵羊。"养山叔公没多问，打发孩子来牵羊也很正常，拢羊那天多丁家的羊就是春喜送来的。可那会儿，多丁还不知道羊被春喜牵走了，只知道他的女儿春喜跑了，跑去哪儿不知道，同谁一块跑的也不知道。要是知道，多丁肯定把春喜揪回来，不说打断腿，至少也要打个皮开肉绽，哭爹喊娘。

"女大就是不中留，这白眼狼，让她死在外面好了。"多丁发了狠，也懒得去寻找。

"这可怎么办呢？春喜要是在外头被坏人骗了……贵福哥，你可得帮忙想个办法，把春喜找回来。"桂花哭哭啼啼找上爹。

"就是你惯坏的，要不是你惯着她，这白眼狼哪有那个胆子！"多丁埋怨桂花说。

"是你们吵嘴重要还是找春喜重要?!"爹皱起了眉头，吩咐多丁："去把五魁找来。"

多丁就去找了五魁来，五魁来了不问别的，先问春喜这几天有什么反常的迹象，多丁回答不出，桂花也懵懵懂懂。五魁再问，春喜平日里同谁走得近，桂花就说："山英，还有贵福哥的八朵。""桂花，你可别乱说，我家八朵老实着呢，天天待在家。"娘说。爹就支派我："去把山英和你姐叫来。"山英来了，听了事情的经过，脸早吓白了，对春喜跑了的事一问三不知。瞧她那样，要不被吓傻了，要不真的不知情。姐平时的嘴巴张得老大，这回却抿得紧紧的，不留一丝缝隙。这两个傻大姐原以为春喜把她们当铁姐妹，谁知全被春喜蒙在了鼓里。

后来，姐吞吞吐吐说："春喜有可能去很远的地方打工了。"

爹扬起巴掌，一掌扇在姐脸上，留下五根鲜红的手指印。姐捂着脸，恨恨地瞪了一眼爹，哭着跑开了。山英也白着脸，丧魂落魄跟着跑了。

"不是你身上掉下来的肉，下得了这么重的手！"娘说。

"早死早埋了!"爹说。

"要不要报告镇派出所?"五魁问。

"不报告!就让她死在外头!"多丁说。

"报告个卵!难不成镇派出所会帮忙把人给捉回来?"爹也说。

桂花就一声娘一声心肝地哭开了。

我把春喜的事情说给养山叔公听,他听后慌了神:"春喜把羊牵走了呢。"

"春喜把羊牵走了?有这么凑巧的事?!"多丁似乎很不相信养山叔公的话。

"我说呢,春喜哪来的路费。"桂花说。

"就你多事。"多丁剜了桂花一眼。

爹听出多丁的话刺耳,拿话来压多丁:"你这叫什么话?!不是春喜牵走了,难道养山叔把羊吃了?!"

"羊本来就是养来吃的。"多丁说。

"吃你个头!你家春喜真就死在外面不回来了?!"爹说,"春喜回来,事情不就明白了?!"

"羊的事小,春喜才事大呢。"五魁说。

"真要是丢了,该怎么办?"多丁像是自言自语,不知是说春喜丢了该怎么办,还是说羊丢了该怎么办。

七

养山叔公被春喜骗走了羊,又被多丁冤枉了,有话没处说,说也说不清,春喜不在,谁还能证明羊是被春喜牵走了?他歪坐在石头上,寒着脸,塌着鼻,眼不是眼,眉不是眉,一头黑白混杂的头发像个乱草窝。"这春喜,多大的囡,跑就跑了,还把我个瘸子带进烂泥塘。"他不知同谁说,"看你回不回来,要是回来了看你怎么向我交代。"

养山叔公阴郁了好长一段时间,这段时间草场倒是平静,只有姐和山英来过，她们嘀咕说春喜竟然把她们给甩了一个人跑了，不管她回不回来，都不理她了，就算她给她俩赔一万个礼道一万次歉，也不原谅她。她们说我就笑，山英被我笑得莫名其妙："黑豆，你有什么欢喜的？"我说："我笑你们俩。"山英问："哪里好笑？"我说："只要春喜回来，保管没一个屁的工夫，你们仨又会凑到一块。""哼！"山英说，"八朵，咱们走！"

她们一走，草场就更寂静了，寂静得有些无聊。好在这种寂静没有持续多久，就被一只羊崽打碎了。爹没食言，没买多丁的羊崽，但从别处给养山叔公买来了一只小羊牯。这羊从头到尾，通身黑亮，没一根杂毛。它见了养山叔公，稚声稚气地叫了两声，咩咩。那一瞬间，养山叔公竟然放了拐杖，一弯腰把羊崽抱在了怀里："乖乖，秧歌，我的秧歌！"我慌忙把拐杖塞到他的腋下，生怕他连羊一块栽下了大石头。

养山叔公抱着小羊牯，一只一只羊挨个去认亲，生怕小羊牯受到它们欺侮。羊婆们都拿鼻子嗅嗅小羊牯，没有嗅出自己孩子的气味，咩咩几声，唤自己孩子去了。那些公羊才不理会小羊牯是谁的孩子，一脸的漠然，只有福海家的羊牯很警惕地盯着养山叔公，似乎随时有可能朝他冲撞过来。

之前，草场上很少听到养山叔公的说话声，有了小羊牯就不一样了，早上羊出圈时养山叔公在叫喊："秧歌，秧歌！"，傍晚羊归圈时也在叫喊："秧歌，秧歌！"，每逢他叫喊，立刻就有小羊牯回应稚嫩的叫声，仿佛小羊牯是他的孙子。我也被他的叫声麻痹了，快要忘了他曾有个叫秧歌的儿子，真以为秧歌就是那只被爹抱来的小羊牯。

养山叔公的忙碌让草场有了生机，每天他都要无数遍问我："黑豆，你抱抱秧歌，是不是又长重了？"

"好像是长重了。"我抱起小羊牯。

但我放走小羊牯时又说："好像没长什么，同以前差不多重。"

有时我也会逗逗他："秧歌好像变轻了，是不是瘦了？"

他就莫名紧张起来，丢了拐杖一把搂过小羊牯："让我抱抱，秧歌不会生病了吧？"

小羊牯在养山叔公的紧张和欢笑中一天天长大，到了该骟的年纪时养山叔公又犹豫了，问我："黑豆，秧歌要不要请金根给骟了？不要吧，不要吧你说，秧歌不能遭那个罪吧？"

有时，金根也会主动到草场来转转，看看草场有了多少该挨刀子的羊。自从爹把大家的羊拢到一块儿后，有些人家就不操心羊骟不骟了，母羊不骟，生了羊崽有人照看，公羊不骟，长大后照样一刀宰了。也有的人家同之前一样，照旧会请金根将羊骟了，骟了的羊断了念想就长得快，清明节祭坟过大年祭祖就能派上用场。

金根这儿转转，那儿瞧瞧，难免就会撞见小羊牯秧歌。金根眼睛溜溜一转，一手就捞住了小羊牯，小羊牯拼命挣扎着，就是挣不脱。"养山叔，这羊该骟了吧？"金根眯缝着眼问。"还没……没到时候吧?!"养山叔公说。"还没到时候？你想养羊牯啊？"金根说。"不养羊牯，不是没工钱么。"养山叔公说。"养山叔，算我尽义务，骟了，不要工钱。"金根也许几天没骟羊手就痒痒了。这可吓坏了养山叔公："金根，咱不骟，不骟啊，养羊牯就养羊牯吧。"金根就恋恋不舍放开了小羊牯。

经过了这一吓，养山叔公再不说骟羊的事。

可是小羊牯长成了大羊牯，头上都长角了，总该杀了吧。"养山叔，这羊是给秧歌养的吧？该祭给秧歌了。"金根可能惦记那颗羊头。"还小吧。"养山叔公说。"想把它养成牛啊？"金根的话带讥讽。"能够养成牛多好。"养山叔公说。金根追问了三四次，他终于招架不住答应了，这羊本来就是为秧歌而养的，迟早要祭给秧歌。"得有个祭文吧？"他问。水门村宰羊祭坟都是要念祭文的，杀羊之前先念一遍祭文，杀了羊，把祭文同洒了羊血的纸钱一块烧了。"祭文有现成的，换个名字就行。"金根说。

像往常那样，羊被金根扳住羊头，套上绳索，由天成牵着拉到了秧歌坟前。养山叔公现在看管了羊，没有多少时间打理秧歌的坟墓，坟上又冒出了青草。天成将羊压在矮凳上，金根用膝盖顶住羊，扳住羊头，用杀羊刀对准羊的颈窝，就要白刀子进红刀子出。这会儿羊就冲着养山叔公咩地叫了一声，一边还可怜兮兮地瞧着他。听到羊叫，养山叔公就哆嗦了一下,再见到羊的眼睛,就哆嗦得越发厉害了。"不杀了!不杀了!"他说。"到底杀还是不杀?"金根舍不得放开羊。"不杀了!"他说。金根松了膝盖,天成也放了手,羊得了救并不跑,纠缠着养山叔公咩咩叫唤。

"秧歌,别怪爹小气,爹是把羊当你养了。"养山叔公说,"你要是赞成就让坟上的草点个头。"

没有风,坟墓上的草一动不动。

养山叔公叹口气,牵着羊回了草场。

往后那叫秧歌的羊就越长越壮,头上的角也越长越长。福海家的羊牯老了,做不成头羊了,被福海牵回去宰了,羊肉卖给了水门镇上的一家餐馆。拿福海的话说,反正也收不到羊种钱了,喝个羊汤总行吧。

养山叔公舍不得杀羊,有的人家却要做羊肉宴,多丁家就是。多丁杀的还不止一只羊,而是几只羊。多丁家有宰羊的理由,春喜销声匿迹一年多,突然回了村,还不值得宰只羊庆贺?大家都很奇怪,依照多丁的性格该把春喜狠狠地揍上一顿,她跑了不说,还骗走了一只羊,那可不是只小羊崽,是只肥羊。骗走的肥羊不算,还要宰几只羊来摆羊肉宴,大家猜测该不是春喜要嫁人了?别人不知道,我却知道不是春喜要嫁人,而是要摆羊肉宴宴请水门村与她同龄的姑娘们。那天牵羊时春喜就去了草场,不只春喜去了,姐和山英也像跟屁虫紧紧黏着春喜,不只姐和山英黏着春喜,还有上锦和天成。

才多少时间不见,春喜全变了样,原本一头黑发,变得黄不黄赤不赤的,嘴唇的颜色也不对,原本肉色,这会儿却血红,像吃了活物沾了鲜血,那是吸血鬼才长的嘴。脚上穿的鞋子也同以前不一样,鞋跟细小得像根钉子,根本走不稳,走一步晃三晃。

"养山叔公,不,养山爷爷,哪几只羊是我家的?"春喜的声音也变化了,说起话来像卖嗲。

养山叔公瞧了春喜老半天,没认出春喜。

"春喜,我是多丁家的春喜呀。"春喜说。

"哦，是春喜呀。"他皱起眉头问，"你来牵羊你爹知道不？"

"他不知道哪能让我上草场呀！"春喜说，"养山爷爷放心，这一回不是上一回，我爹不会怪罪您，还会感谢您呢。"

"养山叔公，多丁叔知道呢。"姐和山英在旁边附和。

春喜说着话，从随身挎着的小包里掏出一百块钱，要给养山叔公："养山爷爷，春喜孝敬您的，给您买酒喝。"养山叔公不接钱，春喜就趋前几步，将钱放在他坐着的那块大石头上。

"去吧，去吧。"养山叔公挥了挥拐杖，闭上了眼睛。

多丁家有三只大肥羊，春喜就让上锦和天成逮住了那三个可怜的家伙。那三个家伙还懵头懵脑的，不知马上要上杀场，其中一只还拿鼻子嗅了嗅春喜的腿，拿嘴去舔春喜的丝袜，被春喜尖叫一声躲开了。

"春喜，真要全拉上？"天成问。

"当然，我要摆全羊宴，把水门村的姑娘全都请来。"春喜说。

"我去。"上锦说。

"我也去。"天成说。

"我又没请你们。"春喜白了上锦和天成一眼。

"没请我们也去。"上锦和天成都笑嘻嘻的，并不生气。

春喜被他们逼得没了办法，突然弯腰从地上捡了一颗羊粪蛋："想去的把它吃掉！"

天成没动，上锦抢过去拿走了春喜手中的羊粪蛋："吃羊粪蛋就吃羊粪蛋，你说的可当真？"

"你吃给我看。"春喜说。

上锦将羊粪蛋抛起来，羊粪蛋飞出一根抛物线，下落时上锦突然张开嘴，将羊粪蛋从半空中接走了。

春喜傻了眼，姐和山英也傻了眼。

春喜说："玩什么花样，你到底吃没吃？"

"那你看清楚了！"上锦从地上捡起一颗羊粪蛋，用两根指头捏着放进嘴，还咬动腮帮子咀嚼了几下，之后骨碌一声，羊粪蛋被他吞进了肚。

"你这杀头的！"春喜扭转身，跺一下脚，却跺歪了，整个人歪倒在地，姐和山英一左一右，将她从地上搀扶起来。春喜就在她俩的扶持下一歪一扭走了。

八

春喜摆的羊肉宴把水门村轰动了，村中的男女老少，不论是谁，都踮着脚朝多丁家张望，看看有谁受到了春喜的邀请。村里的狗也都朝多丁家涌动，准备抢羊骨头。春喜果真没食言，村里的姑娘没有谁没得到她的请帖。那些收到请帖的人家，有的巴不得女儿赴宴，有的却犹豫不决，不知春喜葫芦里卖什么药，为何要摆羊肉宴。姐跟着春喜闹腾了好些天，关键时刻却被爹给拦下了。眼看羊肉宴要开张，姐换了衣服准备赴宴，爹骑在门槛上挡住了她的去路。爹说："你给我好好在家待着，哪儿也不许去！""贵福，人家的姑娘都去了，你就让八朵去，不就一顿饭吗？有什么大不了的事。"娘给姐说情。"女人家懂个屁，你瞧瞧春喜，还有个姑娘的样子吗？八成在外不学好，做了鸡鸭猪狗的事。"爹瞪了娘一眼。"我看看就回，不吃饭。"姐说，"我说好了要给春喜梳头发的。""看个鬼！你不照照镜子，看看自己长了个猪嘴巴相？"爹的话极为侮辱。没想姐回复了一句逆天的话："我长了猪嘴巴相也是遗传了你的！"

爹拦着姐时，多丁家早就沸沸扬扬了，除了姐，村里的姑娘差不多全去了。就连福海的面瘫女儿也歪着嘴斜拉着脸去了。春喜把皮短裙，高跟皮鞋，长筒靴，脖子上的项链，她娘手上的金戒指，她爹的西装，口红，胭脂粉，画眉的笔……像办了个展览，能够晒出来的，全都晒在姑娘们的眼前。姑娘们的眼睛给馋圆了，撑饱了，眼珠子险些爆裂了。春喜还拿出一些小礼品，小圆镜，唇膏，指甲油，只要是参加了羊肉宴的，见者有份，就没有落下谁。

"只要跟我去广东，这些东西谁都有！"春喜将诱人的话放在最后说。

姑娘们的眼睛就像秋天的灯笼草,一只只被春喜全点亮了。"我去!我第一个报名!"山英说。山英报名之后,是此起彼伏的报名声:"我去!""我去!"喜来家的一对姐妹花说:"我们都去!"因为路费,有积蓄的人家,就把平时积攒起来的几个小钱给了自家女儿,没积蓄的人家就去草场牵羊,削了篾刀当杀羊刀,把羊宰了卖到镇上的餐馆里,卖羊肉得来的钱全数给了女儿。草场的羊只见少,养山叔公说:"贵福,不能再牵羊走了,草场没多少羊了。"爹去劝阻牵羊的人家,可人家不听爹的劝阻,羊虽然拢到了一块儿,可谁家的羊仍旧是谁家的,要杀要剐,羊的主人家说了算,爹也没奈何。

"杀吧杀吧,杀光了脱卵!"爹憋了一肚子气,只能说几句气话。

"你也别着急,不是还有羊崽吗?到秋天就是肥羊了。"五魁安慰爹说。

攒足了路费,春喜领导的队伍就浩浩荡荡出发了。姑娘们一走,刚才还喧喧闹闹的村子突然就安静了,留守村里的人就有了憧憬,金戒指金耳环,男人的西装女人的花衣裳,该有的都会有,往大了憧憬,说不定咸鱼翻身,草房变洋房,砖瓦屋变宫殿。沮丧的只有姐,没吃到羊肉宴不说,同龄的姑娘差不多走光了,独独留下她。

"这会儿山英她们怕是到广东了吧?"姐对上锦和天成说。

上锦和天成也是倒霉蛋,上锦虽然吃了羊肉宴,可春喜走时怎么也不肯带上他。上锦再勉强,春喜干脆不同他说话了。天成就更没脸说,春喜的羊肉宴除了宰羊时闻了几个羊屁,那羊肉的香气都没闻到,还不如水门的狗,至少啃了几根剔光了肉的羊骨头。

他们垂头丧气,我就吃吃地笑。

"羊粪蛋!你得意啊?"姐扬起巴掌要扇我。

"你们想不想去?没有春喜,咱们一样去广东。"上锦的眼睛里划过狠狠的一线光。

"怎么去?"姐的眼睛里也有光。

上锦朝姐和天成招手,让他们凑过头去。他们仨头抵头,耳朵贴着耳朵。我也凑过去想听他们说什么,可被姐一脚踹开了。我跌坐在地上,手掌被一根荆棘划破了皮。

"我报告爹去。"我威胁说。

姐慌忙替我擦干净手上的血迹,哄骗我说:"黑豆,姐去了广东就给你买新衣新鞋,你要什么姐就给你买什么。"

我被姐哄傻了,三番五次保证不把他们的秘密说出去。甚至掩护他们,让上锦去偷他家的羊。因为有过春喜瞒着家人牵羊的先例,养山叔公就提高警惕了,只要上锦和天成在草场,他就一眨不眨盯着他们,生怕他们耍什么花招。

姐和天成故意扰乱养山叔公的视线,在草场里奔来窜去,你追逐我,我躲避你,一会儿奔向东,一会儿又逃往西。我也夹杂在其中起哄,在草丛里钻来钻去。有些羊镇定,不理世间事,该吃草时还吃草。有些羊就受了惊,受了惊的羊就慌得咩咩叫。这个混乱的间隙,上锦早寻着了他家的羊,是只肥羊,摇着短尾巴,往上锦身边蹭。上锦用手摩挲着它的背,把羊哄温顺了,另一只手攥了一块尖石头,攒足气力,一石头砸在羊的脑门上,羊没来得及哼一声就瘫倒在地,身体急剧抽搐着,很快腿就蹬直不动了。

上锦得了路费,同天成当夜就跑了,可怜姐又被他们甩到了一边。

上锦和天成跑后,逃跑的人一个接一个,水门村都见不到几个年轻人了。草场的肥羊少了一大半,只剩下些小羊崽和羊牯羊婆。五魁是最后来牵羊的,碍于爹的面子,所以憋住了好些时日。再往后憋,五魁恐怕会憋出病来。

"你也学样。"爹瞪了五魁一眼说。

"贵福哥,这孩子大了,不能老在家闷着,总要寻个出路吧。"五魁说。

"我就不信外面捡得到黄金。"爹说。

"不去碰碰运气怎么知道?"五魁说。

美月说:"都十八了,再不出去过两年就要嫁人了,总得赚几个嫁妆钱吧。"

娘在旁边帮腔："让八朵一块去。"

爹被大家孤立了，就不再吭声。姐得了五魁的好处，同五魁的女儿一块出去了。并且说好了，她俩无论去到哪里，都不能分开走，在家走得近，出外就是亲姐妹，要相互照应着。她们这一走，又有好些个年轻人同她们一块走出了村子。一些半老的男人也开始松动了，去了外头别的活干不了，但力气活还是难不住他们。去工地上挑砖，砌墙，扛这扛那，就是去县城里头拉个板车，也比在家闷日子强。

村子慢慢就空落了，白天还不怎么察觉，无非就是多几家关门闭户的人家。到了晚上，到处黑灯瞎火的，走哪儿都听不到人声，甚至狗叫声都听不到。那黑暗的地方，记得是住着人家的，走过去却没有半点人的温暖。往哪儿走都是虚的，背后好像有人跟着，又不见什么人。黑暗中好像埋伏着无数的妖魔鬼怪。我不敢随便走动，爹有时吩咐我做件事，我非得拉上娘，娘不去爹打死我也不去。更多时间我就站在家门口，朝黑暗处望啊望啊，只见草场一盏孤灯像个萤火虫，飘啊飘啊，好像总也飘不远。

"真静啊。"养山叔公说，"打我出生开始，水门村就没见这么安静过。"

他的话被风吹走了，被羊吃草的声音盖过了。他说了话，等于什么都没说，草场安安静静的，世界安安静静的。

"秧歌！秧歌！"他朝羊群叫喊，"要是秧歌在多好啊！"

那叫秧歌的羊听见喊叫声，就摇动几下脖子，从草场的某个角落就会传来一声一声清脆的铃声，叮当，叮当。养山叔公听见叮当叮当的响声，忽然也安静了。他勾着头坐在石头上，眼睛说闭就闭上了，甚至还响起了轻微的鼾声。

九

年关将近，回乡者的脚步把水门村的平静踩碎了，大包小包，大箱小箱,出去一年半载的人将他们在外面的小世界全部搬回了村子。毕竟见过世界了,他们谈论的新鲜事物,嘴边吐露的陌生词汇,叫没走出村子的人一个个目瞪口呆。就连庆丰都做了保安,每天几千人在他眼皮底下进进出出,瞧着谁不顺眼就盘问谁,从他嘴边听到的东西并不比别人少。工厂,流水线,服装厂,玩具厂,火车,模具,布娃娃,公园,肯德基,演唱会,摩天轮……有人带回几蛇皮袋的衣服,是从他上班的工厂一件一件偷出来的;有人带回来几箱登山鞋,也是从上班的工厂一双一双拿出来的。有人带回了手表,也有人带回了充电的手电筒。甚至有人带回了橡胶套套,吹大了可当气球玩。姐在玩具厂上班,带回来几蛇皮袋布娃娃,一袋袋拆开,有小巧玲珑的人儿,蓝眼睛高鼻梁,有卷毛的小狗,肥大的熊……摆了一床都没能摆下,娘将蛇皮袋摊开在地,总算把姐的业绩瞧了个明白。

"就这些?"爹问。

"就这些。"姐回答。

"这些玩意儿能揩屁股啊?还是把它们当羊养?"爹的痰喷得像苍蝇,乱飞乱溅。

姐就让娘挡着,在身上掏来掏去,掏出了厚厚一沓票子,这才让爹舒展了眉头。

村子里开始喧嚣起来,噼噼啪啪的爆竹声此起彼落。金根是最忙碌的,天天宰羊,他常穿的那身宰羊服都被羊血浆染了,据说羊头都腌了一水缸,要风干做腊羊头。刚刚饱满起来的羊圈,肥羊一只只被拉走,眼见得又要空空荡荡了。到处都是咩咩的哀叫声。

"人过节,羊过难啊。"养山叔公抹抹眼睛,拄起拐杖,抻长脖子叫喊,"秧歌!秧歌在哪里呢?!"

那叫秧歌的羊就摇着铃铛,从草丛中钻了出来。那些同类的死去,叫秧歌的羊也吓着了,它是头羊,可改变不了羊们被宰的命运。它只能眼睁睁看着同伴一只只被拉走,不再回来。

天成回来得比别人晚一步,只捧了一只小小的石头盒子,其他什么都没有。大家都很好奇,盒子的外表看不出有什么稀奇,以为宝贝藏在盒子里。都围拢了天成,恰好友善经过,也凑过了脑袋。天成见了友善，突然跪在了地上，接着就抹眼泪，眼泪越抹越多，抹到后面哇的一声哭了。友善被天成这一跪一哭弄糊涂了，张着嘴，哑哑地看着天成。天成捧出石头盒子："上锦！上锦！"友善以为上锦寄回来什么东西，打开石头盒子一看，却是一撮灰白渣子。"晦气！"友善看不出灰渣子有什么价值，当即就要扔了石头盒子。"叔啊！不能丢，那是上锦的骨灰啊！"天成泣不成声，倒把友善惊成了一个木桩，杵在那里老半天都动弹不得。

原来上锦和天成跑出去后，寻了好些个地方都没有寻到春喜，卖羊得到的钱早就付了车费，天成要进工厂打工，上锦不肯，不找到春喜绝不罢休。他们俩就在大街上浪荡，晚上就躲在僻静的地方，遇着胆小的人就弄些吃饭钱，得手过一两次，后来的一次可能遇到的也不是善类，上锦被人一刀刺中心脏，当场就丧了命。天黑，加上地方也不熟悉，天成早就吓破了胆，根本没有看清楚凶手的面目。后来报了案，警察也没有捉到那面目模糊的凶手。

"我的儿啊！"友善的老婆哀号一声晕倒在地。

"命啊！这就是他的命啊！"友善抱着上锦的骨灰盒，欲哭无泪。

上锦的骨灰葬在草场的根脚下。下葬那天，养山叔公说："我去给上锦上炷香。"

爹说："白发人送黑发人，上哪门子香？！"

养山叔公说："老瘸子不中用，没看羊，是个罪人啊！"

爹说："那是上锦不做人。"

从此以后，友善的精神就出状况了，成天恍恍惚惚，东游西荡。问他话，往往答得牛头不对马嘴。

上锦的意外阻挡不了村里人外出的步伐，更多的人离开了村子，只要走得动的，都想出去看看世界。金根走了，在村子里骟十年羊，顶不上去猪场劁一个月猪，老盯着那几颗羊头有什么意思，劁出来的猪卵子能把人压死。五魁也走了，走得不远，就在县上的工地，他老娘不愿随他出去，逢时过节，五魁就得从县城赶回来陪他老娘。

我要跟着姐出去，姐说："你去擦皮鞋啊？！"说什么也不愿意带上我。

"你以为数羊粪蛋啊?!"爹的话少不了讥讽。

村子里的人越来越少,羊却越来越多。金根出去了,再没人骗羊了,公羊越来越多,母羊也越来越多,诞下的羊崽就更多了,走哪都听得见小羊崽稚嫩的叫声。那些外出看世界的人,先前每到年关还回来一趟,他们回来一趟,草场的肥羊就会少去许多。但后来,回来的人渐渐少了,许多人家几年都不回来一次,他们好像忘记了水门这个家,忘记了家里还有羊。

越往后,羊就越多,羊圈都快要挤爆了,爹不得不亲自动手,紧挨着原有的羊圈搭建了一个更大的羊圈。羊多草少,草场圈不住羊,很多羊跑到草场之外觅食。早上养山叔公摇着铃铛把它们放出圈,傍晚却没法用铃铛把它们唤回来。他拄着拐杖,到处追赶着羊,有些狡猾的羊就藏在草丛里,夜不归宿。

"你下来,给你吃鸡蛋。"一只半大的羊立在土坎上,养山叔公拿了娘送给他的鸡蛋诱惑羊,可羊不被他诱惑,就是不下来。

"你这个调皮鬼,别人都回去了,就剩你在外面乱跑。"他责备羊,羊就从高坎上下来了,去揪羊的耳朵,羊溜得快,没揪着羊,倒把自己摔了个狗吃屎,脸上都被荆棘划破了,渗出了血。

"贵福啊,我真的放不了羊了,赶不上它们了。"他气喘吁吁对爹说,"要是秧歌在就好了。"

爹也被羊的事弄得疲惫不堪,不只放羊成问题,羊圈里的羊粪蛋更成问题,隔三岔五就要掏羊粪蛋。娘埋怨爹:"你看你,都快变成羊了,一身的羊臊气,熏得人作呕。"可是永远有掏不完的羊粪蛋,刚刚掏干净,眨眼间又成堆了。

"五魁,这么多羊该怎么办?"爹问五魁。

五魁说:"杀吧。"

爹就按照五魁的主意,杀了些羊,让五魁带去县城,卖下的钱就记着。爹的账是本糊涂账,养山叔公都没法完全弄清楚,谁是谁家的羊。反正羊的主人不在家,到底是谁家的羊,只能由爹说了算。

五魁每回来一趟都要带走几只羊,先是死羊,后是活羊,用车拉走。羊是维持了平衡,养山叔公的拐杖却越来越慢,铃铛的响声也越来越迟缓。终于有一天，他卧床不起。"爹，养山叔公快不行了！"我报告给爹说。"你胡说什么！"爹瞪了我一眼，却又慌慌张张跑去了草场。果真，养山叔公就在那张简易的竹床上躺着，闭着眼，气息微弱。养山叔公生病，羊就没人管了，满山乱跑，咩咩叫得慌。

五魁说："干脆把羊全宰了吧。"

爹说："那养山叔呢？"

五魁说："上敬老院。"

爹说："屎主意！"

五魁说："我问过民政所，养山叔这状况够得上敬老院，没谁眼红。"

爹说："你有脸把养山叔送去敬老院？他去那儿心情会好受？日子会好过？他与别人不同，他不是孤寡老人，至少还有咱们！"

爹将养山叔公背下山，打针吃药，养山叔公的病情才慢慢有了好转，几天后又拄着拐杖上了草场。

发现养山叔公去世是一个早晨，像往常那样，我还没到草场就见羊已经奔出了圈，咩咩叫喊着，喧喧嚷嚷的，在草场乱蹦乱跳。刚刚过去的那个晚上，有三只母羊下崽了，三只刚刚做了母亲的羊婆带着它们的新生儿，同养山叔公挤在同一个草棚。草棚里除了羊臊气，还有一股新鲜的血腥味。养山叔公背靠竹床坐着，像是睡熟了，他的一只手还紧握着拐杖，好像随时要站起来。

爹同五魁商量养山叔公的丧事，五魁说："村里都没几个人了，还怎么办？一切从简。"

爹说："不能从简，他给咱们放了这么多年羊，不能怠慢了他，别人过老有的，他一样也不能少。"

爹让五魁去请鼓乐队，五魁说："没钱啊。"

爹说："卖羊。"

五魁请来了鼓乐队，爹又让他去请哭丧班。

五魁又说："没钱了。"

爹说："再卖羊。"

五魁又请来了哭丧班。

下葬那天，爹戴了半孝，让我披了长孝端着养山叔公的灵位。下葬时果然热热闹闹，唢呐声悠悠扬扬，锣鼓声铿锵有力。哭丧班也很卖力，有替代儿子女儿哭祭老爹的，也有替代儿媳哭送公公的，还有替代孙子奶声奶气哭喊爷爷的。养山叔公下葬的地点在草场的高处，养山叔公的灵柩就在吹吹打打的鼓乐声中往高处走。那只叫秧歌的羊牯听到喧闹声，从草丛里钻出来，摇着铃铛，跟上了养山叔公的灵柩。周围的羊听到头羊的动静，习惯性地跟了过来。这是我见过的最奇特的葬礼，养山叔公的灵柩在前面走，羊们就在后面紧紧跟着，叮叮当当，一支人羊混杂的队伍就浩浩荡荡爬向了草场的高处。

单　响

　　事情发生的时候，他已经是个不折不扣的瘸子了。他左脚的脚掌去了大半个，成了光秃秃的直杆子。光杆子底下垫上棉花，用棉布包裹了，塞进一只高帮的运动鞋里，用鞋带绑紧了，勉强能触地，蜻蜓点水式的，承受不了多少重量。他的左腋窝因此夹了根拐棍，拐棍是老木匠的儿子做的，老木匠的儿子是个晓事的人，在拐棍的上端套了三个皮箍，三个皮箍三种不同的质地，牛皮的，人造革的，最底下是帆布的，八成是别人丢弃的断腰带。有了皮箍，胳膊套进去就能挪动拐棍了。要知道，瘸子不只是左脚的脚掌丢了，他的两只手掌也丢了，只剩下光秃秃的两条胳膊。

　　这样的一个瘸子，是做不了多少事情的，可他自己不这么想，最近他在想方设法搜集炸药，想着要弄出些惊天动地的响动来。

　　瘸子生来就喜欢听响动。据说，他在他嬷嬷肚子里时就能听见外面的声音，当然不是一般的响声，像鸡鸣狗吠猫叫春，老公喝醉了酒打老婆，野汉子冲着偶然遇见的女人嚎山歌，这些声音嬷嬷听了有反映，可他充耳不闻。嬷嬷就是娘，她若是听了山歌，连屁眼儿都笑了，这是瘸子爹说的。如果是换了人家办喜事，吹唢呐，放爆竹，打鸣铳，瘸子就同新郎官一样欢天喜地，挥胳膊蹬腿儿，吹胡子瞪眼睛，早在肚子里闹腾开了。碰到这样的事情，嬷嬷就躲得远远的，生怕他从她肚子上扒开个窟窿，钻出来了。唢呐锣鼓还避得了，可打鸣铳或者放那种钻天猴的爆竹，它们的响声巨大，十里八村都听得见，躲哪儿也没用，躲哪儿也是白躲。嘚嘚爽性捂了肚子，靠在一旁，不错过了热闹。

嘚嘚是个碎嘴的女人，她的话别人不怎么相信。嘚嘚急了，就撩起衣襟，露出大肚皮。嘚嘚的肚皮是个浑圆的球，鸣铳响一声，她肚皮的某个位置就拱一下，像是有人将肚皮当门板了，用了劲往外推。那一次村长的儿子结婚，不知打了多少鸣铳，火药都用掉了二十斤。鸣铳声中，瘸子终于摸到了嘚嘚的门槛，从她肚子里蹿了出来。他爹用杆十六两一斤的小秤过的秤，六斤，还不是平水秤，有点阴。瘸子早出世了一个多月，后来因为这事，他爹还找过村长，向政府要照顾。

出了嘚嘚肚子，瘸子一点也没变，稍有响动就手舞足蹈，小嘴都咧成了狗嘴巴。可村子里是个没多少响动的地方，除了婚丧嫁娶过年过节能闹出点动静外，剩余的时间就是一池静水，泛不起半点波澜。瘸子爹，嘚嘚，被日子压得透不过气了，哪有心思弄出什么声响来取悦瘸子。大部分时间，瘸子就自个儿弄出点动静来，哭啊，闹啊，满屋子都是他的声音。闹烦了，嘚嘚就在他手腕上挂上响铃，左右手各一只，脚踝上也挂上了铃铛，也是两只。杂货担子上的东西，一个鸡蛋就能换上一对。瘸子动手动脚，铃铛就脆响，听到铃声他就笑了。再动，再笑，谁抱起他都是咧了两片嘴，铃铛声一串一串的，村子里的人就有了担心，这伢崽会不会笑傻了。

这种担心是多余的，瘸子长到三五岁，没露出半点傻相，不蠢不笨，不聋不哑。不像药铺郎中的儿子，遇上急事说话就结巴，一句话拉成了羊粪蛋，一粒一粒的。也不像铁匠的儿子，有事没事总往地上倒，倒下去就嘴吐白沫，脚抽筋，半天才醒过来。可瘸子也有缺点，就是喜欢听响，没有响声他简直活不了。有人怀疑，嘚嘚怀胎时肯定吃了蛤蟆，那会儿是春天，蛤蟆憋了一肚子气，正在田野里叫得欢，就被瘸子爹捉了，剥了皮，炖给嘚嘚吃了。这么解释还是蛮有道理的。

后来铃铛不管用了，瘸子爹就给他买了面鼓，鼓槌是杨树枝，敲下去鼓就砰砰响，屋子全被鼓声占领了。瘸子敲鼓是一声一声的，从来不会敲出连串的声响。他握着鼓槌，一槌一槌砸在鼓皮上，鼓皮很快捣出了个窟窿。瘌子爹没钱买鼓了，就锯了截干棕木，用锉子挖空，做成了梆子。梆子声比鼓声尖锐许多，声音高亢激越，可瘌子敲烂两截棕木后再也不愿敲梆子了。他嫌声音不够响亮，他的力气还小，还捶不出那样激越的响动来。他要爆竹。瘌子爹就给他买了挂老鼠嘴，很短，不过二十响，所以才叫了老鼠嘴，是祭坟的时候放的。

瘌子将老鼠嘴拆散了，一个一个，单独的。他将爆竹插在泥地上，感觉静的时候就燃一个，可响声并不怎么洪亮。后来他摸索到了一个办法，就是将爆竹放在铁皮桶里，轰的一声，是个闷响，声音却壮大了许多。崭新的铁皮桶，没几天就瘪儿吊颈的，像张揉皱了的废铁皮。可瘌子还嫌声音小了，扯着瘌子爹要买大爆竹，拇指粗的，像截竹管。丁点儿大的伢崽玩大爆竹，不炸手，也怕震坏了耳朵，万一要是震成了聋子怎么办。瘌子爹说什么也不答应，但后来还是倔不过瘌子，给他买了几个。是冬天，水塘里结了层薄薄的冰，瘌子将爆竹放在冰面上，脆响一声，冰碎了，水花开得有半人高。后来，瘌子还玩过钻天猴、二踢脚，那钻天猴点着了，直往云端里钻，上去了老半天，火光一闪，才听见半空里一声炸响，散出袅袅青烟。天空又平静了。

十三岁的时候，瘌子玩上了鸣铳。鸣铳是个短家伙，同烧火棍差不多，顶端戴个铁帽子，铁帽子上有三个圆孔，拇指粗，是火药筒，圆孔的侧边有引线孔，火柴棍粗的，不看认真就发现不了。放鸣铳时先朝引线孔插了引线，之后朝火药筒填火药，填个半饱，再用纸团子将火药筒的口子塞紧，一响就完成了，一般是三响。放鸣铳时要扎个竹台子，半人高，不是站人的，而是用来放置点铳用的香火。放鸣铳的人侧着身子，就着火光燃着引线，斜斜地向半空举着。鸣铳是不能对着人放的，火药足了，有很强的杀伤力，有时还要当心铳爆了。引线有些长度，三五秒后才见铳口火光爆起，一条火舌喷向了半空。轰隆一声巨响，整个村子都震动了，附近的树叶子在簌簌窣窣掉。半天工夫，那些枯叶子就落净了，只剩下些光杆子。

这样的动静也只能发生在冬天。农人们闲下了，才有心思谈婚论嫁，媒婆子是最忙碌的，走了东家去西家，两片嘴唇就像两片树叶子，上下翻飞，扇个不停。换了生庚八字，定下了日子，大红的喜字也贴起来了。放鸣铳的人半上午就进入了阵地，瞧他的样子像是面临一场大战，火药都装了半蛇皮袋。他扎起了竹台子，填好了火药，就在旁边蹲着，看守着，怕贪玩的孩子闹事，又怕吸烟的人落了火。有时还得备下一杆鸣铳，如果客人来得急了，来不及填火药，那就怠慢了。客人不高兴，主人家也不高兴，罪责都在放鸣铳的人身上。老舅爷来了，冲，冲，冲，是三响。远村的姨妈到了，虽然年纪轻，脸蛋还是花朵一样，可人家辈分不小，冲，冲，冲，也是三响。这些都是走了多年的老亲戚，来得早一些，一半是为了叙叙旧，一半是瞧个热闹，还有一重担心，就是怕晚了，落在新亲的后面说不定就遭冷落了。接老亲，放鸣铳的人当是前奏，有点类似于热身，真正的大战是在后面。

老亲迎进了门，嫁妆差不多也就到了。嫁妆讲"杠"数，大衣橱一杠，梳妆台一杠，被子枕头一杠，大红的箱子一杠，桌子椅子一杠，锅碗瓢盆一杠，寒酸点也得凑起八杠，人家攀比的就是这杠数，脸面都在上面撑着哩。抬嫁妆的人是自家的兄弟侄辈，可一样得放鸣铳，还不是三响，是六响，迎接的是嫁妆，取个六六大顺的意思。嫁妆之后是新娘子，由她的姐妹妯娌陪着，红红绿绿的一串。这会儿是最热闹的，整个村子的人都涌了过来，扔了锅铲，踢了瓢盆，鸡飞了，狗跳了，瘸子爹，嘞嘞，他们都挤在人堆里。连那些老亲也借口上厕所，溜到了村口。可瘸子不敢懈怠，别人指指点点，对着新娘子品头论足，他得守着鸣铳，这次是八响，就是生发的意思。他一个人忙不过来了，还得有个熟手帮着填火药，不能让铳声断了，这可是关系主人家香火的大事，半点马虎不得。日后若是新娘子生育上出了什么问题，他也好脱了干系。帮忙的人手脚利索，装了引线，再用根小竹管盛了火药，直接插进火药筒，一响眨眼就完成了。八响过后，瘸子吐了口气，也只给吐口气的时间，紧接着是十响，十全其美，迎接的是新娘子家的那一班上亲。人影还只在村口一闪，这边鸣铳就响了，冲，冲，冲，火药装得足，响声就震天了。一般的鸣铳手都得用棉花团塞住耳朵，可瘸子不用，他的耳朵似乎天生就是用来装响声的，而且是别人的耳朵盛装不下的响亮。

这只是高潮部分。过后，宴席开了，是三响，宴席散了，又是三响。接下来是送客，都是三响，那些老亲走得有些乱，老舅爷喝多了，几乎是和远村的姨妈手拉着手走的，所以鸣铳就不像迎客时响得那么频繁。彻底落幕是在半下午，最后十响，将新娘子家的那批上客打发走了。

一切又安静了下来。瘸子的脸红红的，像是喝醉了酒，实际是他什么也没吃，一点汤水也没进肚子。开席时他在放鸣铳，散席时他也在放鸣铳。他走路摇摇晃晃的，步子不踏实。都以为他让鸣铳震坏了，问他却一点也不乱，别人的话听得清清楚楚，答话也不糊涂，也是明明白白的。一个老铳手说，他肯定是醉了。老铳手以前就醉过，是被声音震醉的。还没听说过有人能被声音震醉的，可瘸子的的确确是醉了。

醉了，又醒了，醒了，又醉了。整个冬天，瘸子活在漫天的巨响中。接下来的好多年，他都在盼望，都在等待，冬天快点到来。不管是春天，夏天，还是秋天，没有响动的季节，瘸子像是死了，只在冬天他才活了过来。冲，冲，冲。

十八岁的时候，瘸子说过一门亲事，是前村人家的女孩。他甚至没看清楚女孩长什么样子，就点头应下了。他还沉浸在鸣铳声中，想象着自己的婚礼该是如何壮观。他计算要用多少火药，要借几杆鸣铳。那一天他既要当新郎官，也要做鸣铳手，他要放个十八响。他同女孩约过一次会，在前村的稻草垛后，差点将事情给办了。那天晚上月色朦胧的，他依旧没看清楚女孩的脸。最后这门亲事还是吹了，瘸子想象中的壮观场面就成了泡影。之后，再也没有媒人谈及过他的婚事。

瘸子婚姻的失败同胖头不无关系。如果不是胖头从公社背了整整一袋炸药回来，那瘸子绝不会打一辈子光棍，他会是个出色的鸣铳手，至少不会成为瘸子。胖头是民兵连长，他的肩头常挎着枪，腰里挂着手榴弹。他用枪打过野猪，用手榴弹炸过鱼。瘸子都见过，说是枪，响声还不及鸣铳，手榴弹的声音也炸不开，小小的一团水花，不惹眼。瘸子还是愿意抱着他的鸣铳，虽说它不能打野猪，也不能炸鱼，可瘸子不图野猪也不图鱼，他图的只是个声响。

背炸药回来的午后，胖头在村头吆喝着，去捞鱼吧，谁捞了归谁。胖头的身后立马长出了一条长长的尾巴，一律的光膀子，大裤衩。胖头依旧背了一只袋子，袋子鼓鼓囊囊的，不知里面装了什么。瘸子以为袋子里装的又是手榴弹，要是手榴弹他就提不起兴趣了。他站在路边，斜着眼瞅着他们。

去吧，去听响吧，保管你没听过。胖头说。

瘸子就是让胖头的这句话打动的，跟在了队伍的后面。

河滩上静悄悄的，没有风，水面上只有一些细碎的波纹。一只甲鱼趴在河边的石头上晒着背，见了他们扑通一声滚进水里，溅起一片小小的水花。胖头从袋子里掏出的不是手榴弹，而是一只酒瓶，里面满满实实的，看不清是什么东西。那样子像是手榴弹，瘸子还以为就是手榴弹，走过去想瞧个究竟。胖头却不让人家靠近，挥着手让他们离远点，再远点，不经他的允许不准下河。胖头点了一支烟，烟是爱民牌的，一毛八分钱一包。他用烟头在酒瓶口烧了一下，那里立刻喷出一股青烟。胖头将冒了烟的酒瓶用力抛向水中央，酒瓶落下去，是一片水花。之后水面上吐了一串气泡，气泡裂了，是淡淡的烟雾。

响声是突然爆起的，河堤都摇动了，所有的人都吓了一大跳，以为堤岸要塌了，白了脸往后退，到了安全的地方才止了步。水花冲天而起，是棵圆锥形的水树，憋了一口气往云端里冲刺，顶天了，还顽强地挺上去了，之后才往回折，回落的速度比上冲要慢得多，不过树底下枝叶盘踞的地方，水珠密集，下降倒很快，等半空里的水珠落下来，树身已是空荡荡的，那些水珠就不像是从河面上冲上去的，而是刚才的冲撞泄漏了天底，水珠就是从那儿降下来的。虽然后退了一截距离，但仍有不少的水珠子砸在光膀子上。水花落尽了，河面上混浊一片，有鱼肚翻在水面上，一点一点的白。到这个时候反倒没人动了，都被响声震慑了。

下河。胖头挥了挥手，叫喊了一声。

人群这才醒过来，争先恐后跳下了河，河中央很快欢腾了起来。有人捉着了鲤鱼，两斤重的，朝河滩上扔了过来。有人捞着了翘嘴白，像白蝴蝶一样飞上了滩。还有人被黄颡鱼的刺扎着脚趾了，在水中哎哟哎哟叫着。连躲藏在石头缝隙的鲶鱼也被翻了上来，有人摸到了甲鱼，有可能就是晒太阳的那只，笨头笨脑的，缩着脑袋，还不明白发生了什么事。

那个午后，村子里鱼香四溢。只有瘸子没有动，一条鱼也没捞着，他压根没下河。胖头分给他一条半斤重的草鱼。瘸子被爆炸声震晕了，好半天都没缓过神来。他的衣服被炸飞的水珠浇湿了，脸上落满了泥点，那声爆炸将河底的淤泥都抛上了岸。收工的时候，他们才发觉瘸子像根木桩一样钉在那儿，一张脸成了鱼肚白。胖头在他肩膀上拍了两掌，瘸子才喘了口气，脸上才有了线生机。

这是瘸子第一次同炸药扯上了关系。之后他就成了胖头的尾巴，胖头教会他认识了炸药，雷管，导火索。胖头还教会他如何制作炸药包。胖头拿了只酒瓶，将炸药填进瓶肚子。炸药一点也不起眼，是些类似于干豆腐渣一样的东西，瘸子不敢相信它能有那么暴烈的力量。雷管像截小竹管，寸把长。导火索是根绳子，同引线差不多，里面灌满了硝。酒瓶有个瓶颈，所以导火索得留长一些，雷管才能插进瓶肚子里。将导火索的一端掰开了，露出硝，这样便于引爆雷管。之后将导火索插进雷管，将雷管送进酒瓶的肚子。再用一根小棍子将炸药夯实，找团塑料将瓶口塞紧了。这就是那天胖头扔进水里引爆巨响的酒瓶子。

扔酒瓶子是有学问的。就像放鸣铳一样，火药不能装得太满，也不能夯得太紧巴，若是满了紧了，说不定铳管就爆了。胖头剪了一截导火索，同塞进酒瓶子的一样长短，划根火柴点燃了。一，二，三，胖头开始数数，数到八的时候，导火索的最后一股青烟喷了出来，它燃尽了。数到五的时候你就要扔了。胖头说，扔快了导火索有可能被水浸灭，扔慢了那可就要命了。

替胖头装了几次炸药，背了几次蛇皮袋，瘸子终于要到了一小捧炸药，一个雷管，还有一截导火索。炸药是少了一些，瘸子就找了个墨水瓶，那些炸药填个墨水瓶不成问题。一切都是按照胖头教的步骤来操作的，只是导火索要短一些，墨水瓶是个圆球球，长了就浪费了。胖头叮嘱过，如果去炸鱼就叫上他，可瘸子没叫他。他想独自弄出一声响动来。也是在寂静的午后去到河滩的，他挑选了一处小水潭，炸药少了，力量可能就不够大。他划燃火柴，点上一支烟，再用烟燃着导火索。他数到三的时候就将墨水瓶扔进了水潭里。这一次，他还没来得及看见河面上有青烟冒出，墨水瓶就爆了，响声虽然不及上一次，但同放鸣铳相比也是波澜壮阔了。水花爆开来，是座小山的模样，再哗啦哗啦落下去，水花散尽，白色的鱼肚漂上了水面。

瘸子不敢相信，那冲天的水柱是他弄出来的，是他亲手制作的墨水瓶爆出来的。那一刻，他有一种幻觉，那墨水瓶像是扔在了他的心里，不，就是他的心脏，它好像一个花骨朵，慢慢散开，绽放，花瓣一点一点张开，一瓣裂成了两瓣，两瓣裂成了四瓣，然后缓缓升腾起来，他的手和脚也在慢慢张开，伸展，再伸展，到了极限。整个人都飞了起来，飞到了半空里，墨水瓶还在爆发，他的身体还在上升。他触摸到了云彩，眨眼又飞越了云彩，到达云彩之上的天空。那些原本无法抵达的地方，现在他能遨游了，他想翻跟斗就能翻跟斗，想蹦多高就能蹦多高，想歌唱就能歌唱。天空里到处是他的身影，到处是他的歌声。山在他的脚底下，鸟雀也在他的脚底下，所有的一切都在他的脚底下。他看见了脚底下的村庄，村庄是安静的，还没有被他制造的响声惊醒。这是夏天，阳光很炽烈，村子里的人还在午休，连狗儿也躲在树荫里，吐着长舌，一声不吭。他必须放出更宏大的响声来，他要惊醒他们。他在云彩中想。

村庄的日子是单调的，沉闷的。胖头也喜欢在安静的时候弄出些动静，但他的方式很多，有时晚上也能背着枪出去转一圈，打个兔子什么的，让枪声划碎乡村的夜晚。那些炸药来之不易，也是有限的，胖头将它们当宝贝一样藏着，轻易不拿出来，况且充装炸药的酒瓶也不多。有了那一次，瘸子像是被炸药勾了魂，整天围着胖头转，央求他再给些炸药。胖头被缠得烦了，给过他两三次，但后来说什么也不愿给了。瘸子再缠，胖头就说找公社的武装部长去。瘸子说不认识，胖头就带他去了公社一回，认识了武装部长。部长姓吴，是个秃了顶的胖子。胖头说瘸子是村里的民兵，想练习制作炸药包，吴部长就给了一小包炸药，两枚雷管，一截导火索。炸药用完后，瘸子逮了只鸡送给吴部长，吴部长又给了他一小包。"你小子识相，下次拿些鱼来吧。"吴部长给了瘸子一张笑脸。下回，瘸子就拎了袋鱼去，来来往往中，他同吴部长就熟络了，吴部长变成了瘸子的仓库。

　　瘸子的第一只手掌是丢在猪婆潭的。幸好吴部长喜欢吃鱼，要是喜欢吃鸡瘸子还真没那么多鸡给他。以前将墨水瓶扔进水里时不在乎鱼，而现在瘸子是渴望有鱼了，有了鱼才能换到炸药，才能继续制造响动。他的身后也长出了一条尾巴，人家捡了鱼却不给他，都放到自个锅里煮了煎了，满村子的鱼香。手头上的炸药不多了，瘸子急了，撇开众人，一个人摸到了猪婆潭。他带了两只墨水瓶，胖头说过真要炸鱼用墨水瓶是最好的，炸药不多，能够有的放矢。墨水瓶的体积小，溅起的水花也大，鱼先是吓了一跳，可立刻又会回过身来，以为是岸上扔下了什么食物，墨水瓶就在鱼洄游过来的瞬间爆了。或者可以先朝水里撒些爆炒过的食物，等鱼争抢食物的时候，再将墨水瓶扔下去。这两种方法在时间上都要把握准确，不能有半秒的误差，导火索是超短的，不及一寸长，燃着了就要扔下去。就在墨水瓶将脱手而未脱手的时候，它提前爆了，等瘸子醒过来，他的一只手掌就丢了。闻到响声跑过来捡鱼的人们，在河滩上扶起了瘸子，却怎么也找不见他的那只手掌了，沙滩上，石头上，都是斑斑点点的血迹。幸好是只墨水瓶，要是只酒瓶，瘸子就报销了。

　　丢了只手掌，刚刚说上的那门亲事就黄了。在村里人眼里，瘸子已经是个废人，没了手掌就不能扶犁掌耙，没几样农活能够上手。他只能靠人养着，成了吃白饭的。瘸子却不这么认为，丢了只手掌没什么大不了的，干不了别的，他可以继续炸鱼。还没等手上的伤痂脱净，他就去找吴部长了。可吴部长怎么也不愿给他炸药了。"我要是再给你炸药就是害你，害人的事我不能做。"吴部长说。不过瘸子有他说服吴部长的理由，你给炸药是救了我呀，你瞧我现在什么事也做不了，炸了鱼我可以卖鱼养活自己。吴部长沉默了半晌，给了瘸子一大包炸药。导火索我也多给你一点,以后炸鱼要注意安全,鱼呢我也不要了,"你留着自个儿卖。"吴部长说。"吴部长,你真是个好人呐。"瘸子就差磕头了。

少了一只手帮忙,瘸子装炸药的确有些不便,可也碍不了什么事,只是速度慢一点而已。他装了只大酒瓶,他也要像胖头那样制造一次惊天动地的响声。在将大酒瓶扔到河里时就没往常顺畅了,他用嘴巴咬住火柴盒,用剩下的那只手划燃了一根火柴,酒瓶子就放在地上,一根火柴灭了,导火索没燃着,又划了第二根火柴,又灭了,燃了三根火柴,导火索的屁股才喷出一道火光。他扔了火柴棍,操起酒瓶子,数了五个数,将它抛到了水中央。

瘸子选中的地方是鬼眼泉。村子里的人都说那是鬼的眼睛,有谁敢朝鬼眼睛里扔炸药呢,所以从来没人在这地方炸过鱼。鬼眼泉的水面并不宽敞,河道在这里拐了个弯,三面被岩石包围着,只有一面是河滩。水是绿莹莹的,深不见底。曾经有个不信邪的人在鬼眼泉游过泳,可下了河就没再上岸。几个会水性的人,腰上系了箩绳,摸到水里打捞他的尸体,放了两根箩绳,就不敢再放了。更多的人来帮忙,在上游拐弯的地方砌起了坝,将水流改道了。可鬼眼泉的水也不见浅,依旧绿汪汪的,看不见底。用抽水机抽了一天,还是老样子。老辈的人说,鬼眼泉的正中就是鬼眼睛,据说连着鄱阳湖哩。后来就没人敢在这儿下水了。

酒瓶子落下去时咕噜咕噜冒了几个泡,也有些淡淡的烟雾。之后水面平静了一会儿,酒瓶子扔得快了点。接下来的那声响,并不像胖头那样的浩大,响声有点闷,可能是水深的缘故。也许是酒瓶子被水憋紧了,放不开手脚。水花也飞得不高,不见水树,只是翻卷出一个偌大的水球来。水球的中央冲出小股的水柱,也没有多少高度。瘸子有些沮丧,原以为响声会盖过胖头的,没想到是个瘪炮。可收获却不少,沙滩上满是鱼的鳞光。他在水底下钻过来穿过去,发现鬼眼泉并不像别人说的那样深,也没那么恐怖。

有了收获,瘸子让人给吴部长捎去了两条鱼,吴部长说不要,他不能真的不给。吃水还不忘挖井人呐。

河就那么一条河，能够炸鱼的也就那么几个地方。炸过了，好长一段时间就不能再去了。等下游的鱼游上来，或者等小鱼长成了大鱼，才有可能将酒瓶子扔下去。再说村子里的人也没几个钱，只有逢年过节，才会奢侈一顿。瘸子不能专门听响了，炸了鱼没人买也是麻烦事，那一大包炸药，用了大半年时间才扔干净。后来，瘸子又向吴部长要过一次炸药，也是一大包。这包炸药没用到一半，瘸子的另一只手掌也弄丢了。

瘸子彻底成了个废人。吃饭时连筷子也使不上了，改用勺子，用根布条将勺子绑在手臂上，绑布条的活还得请人帮忙。可谁也没想到，瘸子在成为瘸子之前，还成功炸了一次鱼。

装炸药是简单的事儿。瘸子用两只手臂夹了根小竹管，舀了炸药，嘴对嘴往墨水瓶里灌。这个过程很慢，但他还是将墨水瓶装满了。装导火索时就得嘴巴帮忙，用牙齿咬住导火索，双臂夹着雷管，雷管的口子小，对了好几次才将导火索塞进去。要想将导火索点着，再扔进水里就不那么容易了。他用秃臂拢了些柴草，堆在沙石上。再用秃臂夹紧火柴盒，用嘴巴咬住火柴棍，在火柴盒上划拉一声，火柴燃着了。他的唇边是长满了胡子的，被火柴烧去了一大半，一股焦臭味冲进了鼻子里。他赶忙将火柴棍吐到柴草上，柴草燃着了。他又用双臂夹住一支禅香，凑在火上燃着了。他没用香烟，是因为香烟太短了。而且禅香燃烧的时间长，他有足够的时间来对付墨水瓶。墨水瓶就放在他左脚的脚背上，像块石头一样压着他的脚板。他用禅香点燃了导火索，导火索嘘嘘响着，青烟在屁股上喷出一根直线。他一点也不急，从从容容数了三个数，左脚一挑，墨水瓶就落到了水中央。就因为这，他在河边挑选过一块墨水瓶大小的石头，试过无数次。直到石头每次都落到了他想要它落的位置。

之后的一次，他就没这么幸运了。当他用脚掌挑起墨水瓶的时候，墨水瓶却从脚背上滚了下来，它好像很不情愿落到水里。瘸子愣了一下，就是这一愣拖延了时间，让他错过了将它踢入水中的最佳时机。他的脚再次伸出去时，可是慢了半拍，他还没有接触到它，它就爆了。它将他掀翻在地，他的大半个脚掌也被它绞碎了。如果不是抢救及时，他的性命差点也丢了。

村里人传言，这就是朝鬼眼睛里扔炸药的下场。从那以后，村子里再也没人敢炸鱼了。

伤好后，瘸子挂上了老木匠为他特做的拐棍。老木匠一把年岁了，在拐棍的上端钉了三个皮箍。瘸子将胳膊套进去，就能挟着拐棍走路了。后来的拐棍都是老木匠的儿子仿制老木匠的。成了这副模样，瘸子自个也不知道自己还能做什么。为了便于他自理，他的裤子都是松紧的，不缝扣子也不用皮带，上衣是拉链衫，别人帮着拉一下也挺省事。丢了两只手掌，一只脚掌，瘸子也不忌讳什么，有时别人掀开他的衣袖瞧个究竟，他就让他们瞧个究竟。瞧过究竟的人都是身体一抖，满身鸡皮疙瘩走了。他们是再也不敢触摸炸药了。

事情发生后，剩余的炸药雷管都不见了，瘸子找了好几次都没找到。他还想试试，自己能不能再鼓捣炸药。想去再要，人家吴部长还能给他吗？瘸子彻底死了心。他的耳朵却变得异常灵敏，半夜里的狗叫，走夜路人的脚步声，老鼠的吱吱声，他都听得一清二楚。他特别听不得门响，只要稍微有点动静，就会惊醒他。贼来了，来偷炸药了。瘸子就会在屋子里叫喊，满村子都是他的声音。起初村里人还拿他的叫喊当个茶余饭后的笑话，时间久了，听惯了，也就没人拿他当回事。

废人也是个闲人，瘸子没了去处。这些年村子里婚丧嫁娶也不放鸣铳了，改放烟花，三十响，五十响，像大炮一样朝天空里轰。不只有了声响，而且在半空里开出了五颜六色的花朵。甚至有人还从城里租来了礼炮，刚见到礼炮时村里人还以为那是日本人丢下的大炮。不管放鸣铳还是轰礼炮，都不关他的痛痒，他什么忙也帮不了。在他的耳朵里，它们的声音远不及墨水瓶来得痛快，那样轰轰烈烈。每逢这样的时刻，瘸子就一个人拐到河滩里，躺倒在沙滩上。没人炸鱼了，河滩里的鱼却是越来越少，站在河边老半天也看不见半条小猫鱼。水也越来越浅了，就连鬼眼泉那样的地方，一眼也能望到底，还不及一个人深。

河的上游是个水库，水库倒是挺大的，水面有五六百亩，可能水都被关在那里了。心情好的时候，瘸子就拐到水库的坝上，在大坝上躺上老半天。水库里的鱼很多，一会儿游过来一群，一会儿又游过来一群。要是有炸药就好了。后来的一天，瘸子在堤坝上睡觉时被一声巨响震醒了。他又听到了酒瓶子的声音。他一骨碌坐了起来，支起两只耳朵，怀疑自己是不是听错了。声音响过之后，又接二连三响了好几声。千真万确，的确是酒瓶子的声音，它是那么响亮，那么宏大。他绝对不会听错，这是他梦里的声音，这么多年他一直在等待它们的出现。它终于来了，在他睡着的时刻，那一刻他脸上挂满了泪花。他爬了起来，拄着拐杖，跌跌撞撞往发生响声的地方跑。

村子西边在开一条引水渠，响声就是从那边的山脚下传来的。瘸子赶到工地时那里已是欢腾一片，撬石头的，打炮眼的，热火朝天。他们都在摸鱼呢，那些形状不一的石头就是各种各样的鱼。酒瓶子扔下去，他们就是这样摸鱼的。鱼就扔在沙滩上，白花花的。

每天的下午，工地上都会准时放上一排炮，七八响。响声是震天的，连房子都跟着在颤动。土墙上甚至有土屑窸窸窣窣掉下来。有一回，连稻草垛都震塌了。瘸子完全醒透了，他的心里又有了只墨水瓶，沉甸甸的，随时随地要开花了。他揣了只酒瓶子在口袋里，三天两天往工地上跑，慢慢就同工头熟悉了。我想要点炸药炸个屋基呢。瘸子扯了个谎。工头是个半老头，喝了他的酒，不好意思拒绝，给了他三筒炸药。瘸子忘记了要雷管和导火索，第二天再去时，工头却不愿给了，好说歹说，才给了他一枚雷管和一截二尺来长的导火索。后来瘸子又拿了瓶酒，在另外一个人手里换了两筒炸药，雷管却没换到，雷管被工头拎在提包里，随身带着。除了工头，谁也拿不到。没有雷管，炸药也是堆废物。

这样的炸药就不需要酒瓶子了。瘸子将雷管夹在两只膝头中间，用两只秃臂夹紧导火索塞进雷管里。然后又用膝头夹住一筒炸药，用筷子在炸药中间捅了个窟窿，再将雷管连同导火索插进炸药里。捆绑炸药时他费了一些劲，用去了很长一根苎麻绳，一脚踩住绳子一端，另一端用嘴巴咬着，缠来绕去，将炸药捆成只粽子。最后他将炸药放在背篓里，背到了水库上。

他挑选的投弹地点不在大坝上，而是在水库另一边的悬崖上。他担心炸药会毁了堤坝。工地上的一个炮眼不过两筒炸药，竟能将岩石炸出那样一个深坑，五筒炸药绑在一起，那该是如何一声巨响。整个村子都要被他震晕吧。甚至他的眼前又浮现出胖头的那只酒瓶子，胖头扔下去，水柱拔地而起，水花盛开，水雾漫天飘洒。如果五筒炸药扔下去，也是一棵水树，不，它绝对比酒瓶子要壮观得多，它会是一座水山，仰视的水山。等了这么多年，为的就是这声巨响，他觉得值了。可究竟壮观到怎样的程度，他想象不出，也没必要想象了。他马上就可以见证了。

瘸子从背篓里捧出柴草，它们是用来掩盖炸药的。他用嘴巴咬住火柴棍，划燃了一根火柴将柴草点着了。之后就着柴草的火光燃烧了一支禅香，再用禅香将导火索点着了。他用两只秃臂将炸药捧起来，因为他的左脚承受不了多少力量，站的姿势就向右边歪曲着，那样子有几分怪异。就像一只折了翅膀的鹰。他必须尽可能将炸药扔得远一些，如果落在岩石上，那就发挥不了多大的作用。导火索有些长度，他不用慌张，有足够的时间让他调整姿势，找准角度。他憋了一口气，缓缓弯下腰，将身体弯成一张弓，然后突然绷直身子，用尽全身力气将炸药抛了出去。他看见炸药在空中翻滚着，不断下坠，进水的地方比他预想的要远得多，可能要多出去两三丈的距离。也许是用力过猛，他的身子摇摆了几下，最终没能稳住。他本可以抓住悬崖边的杂草树枝，可他的手掌丢了，身子就顺着杂草树枝滑了出去，也坠下了悬崖。

炸药落进水里，先是一小簇水花，水花静了，之后是一串泡泡，泡泡裂了，是淡淡的青烟。但最后炸药并没有响，因为工头在给他炸药的当天晚上，知晓了瘸子的故事。工头怕酿出事故，偷偷在雷管上做了些手脚，他给瘸子的是个哑巴雷管，就算放进火里烧成灰，它也放不出个响屁来。

一腔窑火

第五个窑匠在青奶奶的针眼里是只芝麻小的灰白虫子，在山路上跳着"之"字舞，转过几个山坳，突然飞升成了蘑菇云。刘窑匠戴着斗笠，穿着白棉衫的褂子黑棉衫的裤子，将针眼堵了个踏实。青奶奶引线的手着了慌，线走不过针眼，线是线，针是针，针和线牵不上手，针放回了针筒里，线缠到了线槌上。

前四个窑匠上山时一脸盎然，下山却灰溜溜的，像做了什么见不得人的亏心事。他们都是造瓦的，前两个窑匠连造瓦的泥土都没找到，第三个窑匠的瓦坯风干就碎了，第四个窑匠的瓦过了窑火，出窑时将瓦捏在手上，噗的脆响，瓦裂了，瓦跌在地上，瓦砾满地。二伯说，白养了窑匠三个月，不如留着粮食给猪吃长肉哩。村子在半山腰捡个窝扎下了，山高坡陡，山窝里积不下几寸泥土，遇着雨水冲刷就见了岩底。天长月久，积了几垅梯田，割得一季稻子。四个窑匠的声名就毁在这几垅薄土中。山岭上十几户人家，泥墙土屋，屋顶苫过杉树皮，后来换了瓦，瓦从山底下挑上来，十几里山路，一个壮汉一挑瓦不过百来片。拾漏补缺，瓦脊慢慢薄了，瓦缝透得进日头，也漏得进雨水。得添一层瓦，瓦却没了来路。山下的屋顶早不盖青瓦了，苫了水泥，尖顶抹成平顶。山岭上才醒过神，不管什么事情都依赖不得别人，自己造瓦才是走阳关道。

刘窑匠从青奶奶的针眼里飘出来时正是四月艳阳天。野樱桃刚吐蕊，染得一树烂漫。瓦脊因此涂了不易察觉的淡淡的粉色。他的斗笠压得很低,不只罩住了脸,半个身子都罩住了。谁也瞅不见他的脸面。二伯、四叔见生客上了山,一前一后聚到了青奶奶的堂屋。他们的屁股没坐热,德旺踩着他们的后脚印摇摇晃晃进来了,德旺女客假意向青奶奶借顶针,贴着德旺的屁股扭扭捏捏进来了。青奶奶给了顶针,德旺女客将顶针当戒指套在指头上又捋下来,捋下来又套上去,眼珠子不在顶针上,而是滴溜溜觑着每个人的脸。大伯死后,二伯接替大伯当了村民组长,是年长辈尊的一个,重大事情都由他来决断。四叔仗着自己是山岭上独一的手艺人,凡事喜欢插上一横杠,不管别人受得了受不了。四叔的失败在于做了半辈子瓦匠,没能找到造瓦的泥土。他找不到,老是担心别人会找到。德旺女客欢喜凑热闹,老是怕落后了自己会吃亏。山岭上议事女人不能插嘴,只有将德旺拱向前头,她是德旺的尾巴,哪个场合都少不了她。德旺女客嫉妒青奶奶,青奶奶的堂屋成了议事厅,什么热闹都赶到了她这儿。青奶奶才三十多岁,她的男客比大伯长了一辈,假如活着大伯得叫他叔。青奶奶的男客前两年在山岭上摘猕猴桃,让棋盘蛇咬伤了,全身肿得像个猪尿泡,没来得及送到山外的医院就死在半途上。

　　二伯搬了张竹椅给刘窑匠让了座,让青奶奶沏了茶。刘窑匠这才摘了斗笠,露出一张白净的脸,却瘦削得吓人。身子骨比篾片薄,加上白衣黑裤,长胳膊长腿,极像过鬼节黏在纸屋子上的纸人。二伯拧了拧眉头,德旺女客咂了咂嘴,四叔嘴角浮了抹嘲讽的笑。师傅贵姓,哪里人氏呢?这是二伯惯常的寒暄,每次见生人都是这一问。贱姓刘,住湖南龙门镇。刘窑匠的嗓音有几分圆润,不太像个男人。湖南龙门镇离这儿并不遥远,下了山,往西走百十里,过龙门河,对岸即是。刘窑匠做了几年窑火了?四叔没等二伯往下说,抢过了话头。祖祖辈辈都做窑火,十岁开始拿瓦刀提瓦桶,三十多年了。刘窑匠淡淡笑了,脸上掠过几缕红晕,神情像个羞涩的女人。只要找得到造瓦的泥土,我这有七八个窑火等着人做。二伯瞪了一眼四叔,话说得不咸不淡。你有把握找到造瓦的泥土么?都过了四个窑匠了。四叔又横上一句。碰碰我的运气吧。刘窑匠的回答不卑不亢。就三天吧,顶多五天。二伯似乎让前四个窑匠折腾怕了,说出了限期。青婶婶,麻烦收拾间房子给刘师傅住吧。

青奶奶带着七岁的孩子九儿，守着五间瓦屋，虽然破旧，空间却是富余得很。前四个窑匠都安排在青奶奶屋子里，二伯恐惧她扯出是非，叫人帮着间隔了间屋子，另辟了旁门任人进出。过几天，刘窑匠挑了瓦桶、瓦刀、线弓、砖架和换洗的衣衫，依旧戴着斗笠爬上了山岭。瞧那阵势，是准备长住。恰巧四叔撞见了，也不让路，任由刘窑匠挑着担子绕身而过。这瘦鬼精，三天找不着土就让他滚蛋。四叔在肚子里说。刘窑匠不敢怠慢，放下担子朝青奶奶借把锄头，就往山野里去了。转了二天，原本白净的脸上起了阴云，像染了锅灰。第三天早上，临出门时，青奶奶朝山野里指指点点，说谁谁在哪找的泥土，又说谁谁在另外的地方造了泥瓦。刘窑匠没接话，只盯着青奶奶手指的方向。傍晚时分，终于带回一坨泥，颜色黄里偏红，不像山岭上的泥土。灯下，二伯，四叔，德旺，德旺女客，四双眼睛全落在了泥土上。五叔，六叔，烧炭的富喜，好些人都来瞧热闹了。刘窑匠将泥土递给二伯，二伯用三根指头啄一小团泥土，放在掌心碾压着，泥土成了树叶子一样的薄片。四叔见状从刘窑匠手中抢过泥土，揉揉捏捏，又拍又甩，泥土干湿适度，不黏手也不断裂，像面团一样很有筋道。四叔将泥土摔在地上，泥土立刻摊成了一张饼。刘窑匠的脸白转移到了四叔脸上。

刘窑匠挖到的泥土在村子的南面，一处半人高的土坎下，掘出了三尺深的土洞，洞里的泥土半褐半白。捻在手，如面粉一般细腻，黏性却不够。在附近的山头另寻了红土，将红土同白泥抟在一块，就成了黄里偏红的窑土。可惜白泥只有一坎儿，顶多够四五个窑火。刘窑匠有些惋惜。够五个窑火么？二伯问。够了吧。刘窑匠回答。四叔嘟嘟嘴，发不出声音，估计叫泥土堵塞了喉咙。刘窑匠的神通让他不敢小觑，借口嗓子痛四叔退出了青奶奶的屋子。

有了泥土，山岭上像煮熟了的白米粥，每个角落都是盛开的米花。五个窑火的瓦能盖多少房子，一个窑火盖个明三暗五五间大瓦房应该没问题吧。至少能给屋顶加层瓦，不必饱受雨淋之苦了。二伯指挥男客们在离白泥不远的稻田里平整场地，搭起了瓦棚。瓦是娇贵的，只能阴干，不能暴晒，见了日头就疯长裂纹。瓦棚一分为二，东边用木板围了间草房，可放工具又能阻挡阳光。西边是刘窑匠的工棚，也一分为二，左边垒了土埂用来风干的瓦片，右边是平坦的场地，垫了层细沙，刚造的瓦就像无底的小泥桶，一圈一圈摆在沙地上。沙地的一角立着两根木桩，木桩顶端镶着能够转动的小圆盘，就是刘窑匠的工作台了。二伯领着男客们掏了白泥，从山头上筛了红土，将白泥红土混在一块搅匀，又牵了牛，将泥土踩熟了，像摊了张黄里偏红的月饼。男客们赶着牛，牛踩出深深的牛蹄坑，男客们的脚掌落在蹄坑里，泥地上荡起了许多暧昧的笑话。这要是换了刘师傅，一辈子都踩不熟四两土。有放肆的，拿刘窑匠开涮。窑匠的脸泛了潮红，男客们就越发浪声了。这泥土踩在脚底下，可瓦是要上天堂的，上见玉皇大帝，下庇祖宗灵位。刘窑匠揪了把泥土，放在掌心摁了摁，说，泥土没熟透呢，踩。男客们的粗野让刘窑匠镇住了，埋了头，将劲狠在了脚底下。其实泥土早熟了，刘窑匠使了个心眼惩罚他们，直到他们一个个晕头转向，腿肚子险些抽筋，才让他们收住脚。只有四叔是个明白人，挽着裤腿咬着竹烟筒蹲在土坎上，有一口没一口喷着烟雾。

熟泥码在木桩的两边，长条形的两堆，用塑料包裹了，保持湿度。造瓦时将长条形末端的泥土抹平整，用钢线切出五寸厚的一堵泥墙。将墙顶削平，换用线弓从墙顶表面锯出一厘米厚的薄泥片，贴到瓦桶上恰巧绕瓦桶一周。瓦桶镶在木桩的转盘上，边转动瓦桶边用瓦刀将泥片抹平，收刀前用瓦刀蘸些泥水，将泥片润一遍，瓦桶成了水光可鉴的泥桶。再转动瓦桶，切去上沿多余的泥片，只留五寸的高度。将瓦桶放到沙地上，打开瓦桶的活扣，将瓦桶朝内收卷，揭去苫在泥桶内壁的纱布，就留下干净的泥桶在沙地上。待收干了水汽，将泥桶对折了，就是四块泥瓦。一支烟的工夫，沙地上多了三只泥桶。它们是刘窑匠的三个孩子，大小如一，像用同一个模子铸出来的。

　　刘窑匠的到来，不知不觉让枯燥的生活发了酵。山岭上原本有两个中心人物，一个是二伯，另一个是青奶奶。遇事时男女老少唯二伯马首是瞻，无聊时喜欢往青奶奶的屋子里寻热闹。青奶奶的长相并不见得闺秀，半脸芝麻，可身段窈窕，言语妩媚，这都是撩拨人的春色。男客们饱的只有眼福，毕竟她比他们长了一辈，有想法只会烂在肚子里，怎么也生不出枝蔓。一夜之间，青奶奶的屋子突然空寂了，热闹全钻进了瓦棚里。就连青奶奶自己也隔三岔五混在人群中，听他们荤荤素素说笑。刘窑匠的瓦刀风生水起，几袋烟的工夫沙地就让泥桶占领了。人们被驱赶到了瓦棚外，并不走远。烧炭的富喜让刘窑匠惹得手痒，想照葫芦画瓢造片瓦，瓦刀尚未沾到瓦桶，泥片先扑簌一声掉地上了。富喜下不了台，怂恿青奶奶，来吧，青婶婶，你手巧着呢。不不，不。青奶奶慌了神，摆着手躲到了男客们的背后。男客们却不让她藏身，迅速闪开身体，将她暴露在众人的目光之下。青奶奶没了退路，脸蛋憋得通红，连黑芝麻都燃起了光芒。她想逃，后背让男客们挡着了。他们推推拱拱，将她顶到了瓦棚里。她懵懵懂懂接过瓦刀，一只手拽了拽衫子的下摆，抬起头，脸仍旧红，不过脸色镇静了。刘窑匠出手救了她，将泥片扶到了瓦桶上。男客们却不依，嚷嚷着让青奶奶自己来。另一根木桩空着。青奶奶逃不过，揭了泥片，刚挨着瓦桶泥片就断裂了。青奶奶夺手抢救，反倒将泥片抓碎了，散了一地。男客们前仰后翻的，哄然笑开了。笑声未熄，四叔主动跳出来攥起了瓦刀，从泥上桶到泥桶落地，一切都纹丝不乱，最后揭去纱布的一刹那，泥桶歪倒了。瓦坯子濡水过量，醉成一摊稀泥。男客们爆起了更猛烈的哄笑。

　　男客们意犹未尽，二伯却不依了，嗔骂他们，没大没小的，闹腾什么，吃饱了没事干就去锄草，花生地都让草埋没了。女客们吐吐舌头，赶快逃了。男客们脸皮厚，又想保全面子，找出各式的借口才拖拖沓沓走了。瓦棚恢复了平静，成了刘窑匠一个人的世界。

　　刚找到白泥时，二伯就分了工，三户人家一个窑火，只有五个窑火的泥土，不亏待谁也不偏袒谁。做谁的窑火谁就供刘窑匠的饭食，一个月一个窑火，十天一轮，吃完东家吃西家，一日三餐都送到瓦棚里。晚上，刘窑匠仍旧宿在青奶奶东边的屋子，他的衣衫由她濯洗着。两轮饭食不到，瓦棚里出了意外，不知谁家的猪拱出圈，趁黑摸进了瓦棚，将沙地上未来得及收拢的瓦坯全踩烂了，两墙风干的瓦坯翻倒在地，没几片完好的。瓦棚里到处都是猪蹄印，还留下一泡黑猪屎。循着蹄印找寻肇事的牲畜，蹄印回到土路上就失去了踪迹。鬼头挫脑的家伙。青奶奶似乎嗅出了谁家的猪，又不说明。让猪糟蹋了半个月的功夫，刘窑匠再也睡不踏实了，将瓦棚东边的草房收拾了，拎起铺盖离开了青奶奶的屋子。

山岭上的夜晚是寂静的，也是寂寞的。男客们轮班守夜，敲着梆子驱赶野物，生怕它们祸害庄稼。女客们哄着孩子，睡在无边的黑暗中。梦里青草的气息在鼻息间弥漫。某个傍晚，守夜的梆子声还没动静，另一种悠悠扬扬的声音不知从哪冒了出来。灶台的火未及暗，声音像火苗子一样在眼前明明灭灭。女客们洗洗涮涮的动作不觉慢了半拍，侧耳细听，声音像是来自瓦棚的方向，凝了神听，声音就不只在耳朵里留恋，一根筷子从指间滑落了，肚子内溅起了一簇茂盛的水花。有脚步声奔向瓦棚的去处，蹦蹦跳跳的，轻灵而又敏捷，是小孩子在奔跑。之后男客们走动，步子不快，并不见拖沓，一脚一脚落得笃实。有些像男客们的鼾声，节奏简单，洪亮而有力。女客们的动作绵密了，也不敢草率，屋子要是乱了会招来男客们的咒骂。性急的女客跨出了门，步态细碎，一步比一步急切。德旺女客推搡着德旺，你就是只杀不死的羊，初一挨刀子十五都不出血。德旺哼哼叽叽的，不知说了什么，耳朵全罩在了瓦棚的上空。

青奶奶耳尖，第一声悠扬就让她吮进了耳朵。可她的出发落在了所有人的身后，就连二伯也抢在了她的前头。瓦棚内到处都是晃动的人影，找不到立锥之地。青奶奶无奈只有在土坎上寻个位置站下了。瓦棚没燃灯，几支手电筒聚成一轮多瓣的光环，照得沙地亮如白昼。光环的中央，刘窑匠独坐在一张竹椅上，竹椅是青奶奶家的，她的男客生前常搬了它在屋檐下乘凉。刘窑匠白衣白裤，腿上枕着把二胡，二胡通体泛着幽红的光芒。他左手抚着弦，右手张着弓，身体一俯一仰，俯仰之间曲调有如山涧的水流一样飞溅了。青奶奶的耳朵盈满了水花，却不明白他拉的什么曲调。她的身体在慢慢轻盈，没有了一丝重量。任何的风吹草动，她都能腾空而起，飞越瓦棚的上空，飞越茫茫山岭。青奶奶揪住土坎上的一撮丝茅草，丝茅草将她的指头割了道斜长的血口子，都浑然不觉。有人从土坎上跌了下去，头朝下脚朝上，摔了个倒栽葱。跌下去也是悄无声息的，没有激起多少动响，人们的精神全让二胡吸走了。二伯晃着脑袋，随着刘窑匠的身体一块摇摆。德旺女客大张着嘴，嘴角的涎水像蛛丝一样闪着光亮。最后戛然一声响，那曲悠扬止住了。好半天，瓦棚里静悄悄的，没有人缓过神来。

　　刘窑匠收了弓，将二胡放进脚边的木头盒子。围观的人们仍旧沉浸在乐曲声中，不见一个人离开。"刘师傅，再拉一个吧。"五叔央求。"不拉了，明天还得造瓦呢。"刘窑匠抱起了木头盒子。"都散了吧，散了吧，该睡觉的去睡觉，守夜的赶快去守夜，别让野猪糟蹋了黄豆。"二伯摇晃着手电筒，人群才慢慢散开了。离去的只有女客和恋床的男客，孩子多半没走。"刘师傅，拉的曲子叫什么名字？这么动听。"五叔追着问。五叔是个电视迷，经常溜到山下的人家看电视。山岭上没拉电线，没月亮的夜晚就剩黑暗了。"你猜猜。"刘窑匠扫了一眼五叔，吊着他的胃口。"有些像那个瞎子拉的叫什么《二泉映月》来着？"五叔挠了挠后脑勺，话说得有几分谨慎。刘窑匠笑了笑，没接话，而是径直进了草房。"我听像《洛阳桥》。"六叔说。六叔喜欢走灯，正月里总是追着龙灯队的屁股跑。"那是吹唢呐的，你懂不懂？"五叔驳斥六叔，语气中添了缕嘲讽。"吹唢呐的改用二胡来拉听起来当然不一样。"六叔的眼睛在黑暗中睁出了亮光。五叔指着六叔，有半盏茶的时间说不出话来。"你的耳朵长了牛虱。"五叔只有骂才解恨了。"你的耳朵洞才让猪屎堵死了。"六叔不甘示弱。话没再往下说，五叔和六叔就掐在了一块，幸好有几个男客没走开，一起跳过去捉的捉胳膊，掰的掰腿，才将他们弄散了。

　　第二个晚上，刘窑匠尚未撂下饭碗瓦棚就让男女老少挤爆了。有的携带了小杌子，找个角落悄然坐了。有的就地取材搬了石头垫屁股。刘窑匠脱了造瓦时穿的长袍，到青奶奶那边的屋子洗了澡，换上白衣白裤，这才取出木头盒子，搬了竹椅，坐在沙地中央留给他的位置。他端起弓，试了两声音，紧了紧两根弦。他的身体又开始前俯后仰，指弦之间流出的声音仍旧如隔夜的悠扬。谁在瓦棚的梁上挑了盏马灯，给曲声和人影蒙上了层黄黄亮亮的薄纱。青奶奶比前一夜来得早，仍旧立在土坎上，这儿无遮无拦，瓦棚内的一切尽收眼底。那二胡的悠扬从脚底下升腾起来，穿越身体，牵着她朝天空飞去。她的心脏跟着在体内飞腾，撞得胸壁生痛。她死命捂住胸口，咬紧嘴唇，敛声息气，仿佛只要她松开手或张开嘴，它就会从指缝间或唇齿间飞走。就在她拼命压制自己身体的时候，二胡的曲调突然变了，从悠扬变为舒缓，刘窑匠的指头下是一河静静的流水，河面空旷，流水缓缓。两只水鸟在河面上交颈、嬉戏，有一串轻微的水声。青奶奶的身体飘落在水面上，像一片青青的草叶，顺着水波流啊，流啊。

第三个晚上刘窑匠复制了第二个晚上的曲调，第四个晚上又重复了第三个晚上的曲调。男客们的嗓子眼像掉进了泥土，痒痒的，堵得慌。这二胡是个怪东西，拉在别人手上，声音却痒入了自己的骨头里。五叔用鼻子哼着在电视里听到的曲调，哼来哼去都是那么几声老调子。六叔讨嫌他的鼻声聒噪，搬出二伯当救兵。"二哥，好久都没听你唱山歌了，吼一个吧。"六叔说。"吼什么吼？二伯的嗓子八成憋坏了。""二伯，吼一个啊。"有人附和。"就唱——就唱那个什么娇莲。"六叔抓耳挠腮的，替二伯干着急。"山歌不唱懒又穷，井水不挑起青苔，山歌越唱越熟稔，娇莲越打越偷人。"二伯的山歌有些粗野，男客们却像捡到了开心果，一个个合不拢了嘴。刘窑匠的二胡弓了两声，无奈二伯的山歌太野，没法和上他的节拍。临到结束，二伯像喝了酒，一张脸都腺红了。男客们呱啦呱啦喝彩，女客们随声闹哄，想让二伯再吼几声。二伯头摇得像拨浪鼓，死活不张嘴了。男客们见二伯身上寻不到了乐子，转而奔向青奶奶。手电筒在瓦棚里扫了一圈，没见到青奶奶。"青婶婶呢？"有人喊。"在这儿呢。"土坎上有人答话。手电筒的光亮射向了土坎，罩住了青奶奶。"下来清清嗓子吧，青婶婶。"六叔又嚷嚷。青奶奶缩着身子，倒退着走，几个女客扭住她的胳膊，将她挟持到了土坎下。青奶奶是从山下嫁到山岭上的，在镇上念过书，会唱不少歌。原来打猪草摘茶球，时不时会唱上一首，她男客让蛇咬死后就再也听不见她的歌唱了。"青婶婶，你就驼子作揖随便唱几声，给大家寻个乐子吧。"二伯也插了话。青奶奶拗不过二伯，整了整衣衫，拿捏了嗓子，好半天没唱出声，腮帮上倒挂满了泪花。德旺女客倒是醒得很，赶忙掏了手帕替青奶奶揩干了脸，说："不唱了，不唱了。"她平常去多了青奶奶屋子，同青奶奶走得近，边说边挥着帕子驱散起哄的人群。青奶奶却扯住了德旺女客的手帕，说："我唱吧，只要大家不嫌弃。""小背篓，晃悠悠，笑声中妈妈把我背下了吊脚楼，头一回幽幽深山中尝野果哟，头一回清清溪水边洗小手哟，头一回赶场逛了山里的大世界，头一回下到河滩里我看了赛龙舟……"唱的是《小背篓》，在镇上念书时学会的，这一回刘窑匠没试弦就和上了。瓦棚安静下来，山岭上的一切都随之静寂了，只剩下青奶奶的歌声和着二胡的低吟浅唱。

有了二胡的伴奏，整个山岭就像一株狗尾巴草，摇头摆脑的，活出了许多滋味。瓦坯子跟着活了，队伍一天天壮大，土埂都让它们占领了。两个窑火的瓦坯完成时，刘窑匠发现那白泥超出了原来的估算，不只造五个窑火，就是十个窑火也造不完。二伯及时更改了他的决定，不再三户人家一个窑火，一家一个窑火，谁想造瓦谁就管刘窑匠的饭食工钱，今年造不完，明年接着造。什么时候造完了瓦，什么时候放刘窑匠走人。二伯放宽了政策，山岭上沸腾了，有几户老早想建新房，但苦于没瓦。刘窑匠成了他们的神明，今天这家请去喝酒，明天另家又拉去吃野味。刘窑匠喝着酒，嚼着野味，手脚却不敢怠慢，十来个窑火的瓦不是个小数目。二胡便冷落了，只有在风清月朗的夜晚才拉上一曲，瓦棚照例围得水泄不通，男客们抻着脖子吼上几嗓子，女客们笑得泪眼婆娑。青奶奶有时唱一曲，有时不唱。她唱时，二胡不紧不慢伴着，不唱时，青奶奶就在人堆里静静站着，直到曲终人散。

刘窑匠的二胡和青奶奶的歌唱让人扯出了许多联想。有人传言，山岭上招了贼，一条黑影深更半夜在周围出没。不知进了谁家的屋子，也没听说谁家丢了东西。那贼不偷东西。有人翘翘嘴，嘴角走向了青奶奶的屋子。听的人不信，青奶奶中规中矩的，平日里不见同哪个男客有什么过密的来往。山岭上也未见过陌生的男客。热衷这事的都是女客们，先审了自家男客，死活不招认，只能信其无放他一马。

女客们暗想，青奶奶长一辈，男客们怎么荒唐也不至于干出乱伦的事情来。二伯暗中追查播散谣言的人，追问了五叔六叔，德旺，德旺女客，折了富喜挑炭的扁担，最后追问到了四叔女客头上。四叔女客并不是个乱嚼舌根的女人，二伯将目光对准了四叔，四叔承受不了二伯的凌厉，却不承认，仍旧争辩，不是还有一个么？四叔将目光转向了瓦棚，就不可能是他？呸。二伯呸了四叔一脸唾沫，你个大男客，却生了张米碎嘴，丢人不丢人，她是你婶婶，知道不？婶婶也是女客，婶婶就不偷人？四叔不软嘴。二伯扬起巴掌想扇四叔，四叔女客咕咚一声跪下了，二伯才悻悻然收起了巴掌。你派几个人去守几个晚上，捉奸捉双，捉到现场你该相信了。四叔嘴上仍不饶。我捉你个头。二伯终于忍无可忍，一脚踹在四叔的屁股上，将他踹了个狗吃屎。

四叔不甘罢休，两只眼珠子近乎挂在了刘窑匠的瓦棚上。只要刘窑匠靠近青奶奶的屋子，不管白天黑夜，都逃不过他的眼睛。刘窑匠却让他大失所望，不见半点越轨的迹象。最有可能的一次，刘窑匠在下半夜摸进了青奶奶的厨房，四叔蹑足跟了过去，听见厨房有倒水的声音，不到两分钟刘窑匠就端着茶碗出来了。如果不是闪身得敏捷，四叔险些让刘窑匠撞个正着。四叔的游戏没能坚持几天就让一场暴雨终结了。雨来得暴烈，三天两夜没停歇，山岭上积不住雨水，水流到处乱窜。到后来成了山洪，地势低洼的地方完全让水流吞没了，浩浩汤汤，掀起了浊浪。瓦棚变成了泽国，土埂让水消融了，瓦坯一墙一墙垮倒在地，让雨水泡成了稀泥。二伯领人冒雨抢了半墙瓦坯，到得屋子里也是残的残缺的缺，没几片完整的。风加雨，将瓦棚掀翻了。有几家屋顶盖得稀薄的，墙体浇坏了，垮塌了几间瓦屋。刘窑匠险些疯了，戴着斗笠拼命往雨中钻，如果不是五叔六叔死拉活拽，山洪早把他给冲走了。他挣不脱，又安静不了，一张白脸憋成了猪肝脸，向着天空号啕起来。

雨停时，整个山岭都变了样，有几处山体滑坡了，裸着彻骨的伤口。刘窑匠的瓦棚遭遇了灭顶之灾，没几块瓦坯是完好的，还毁掉了三个窑火的泥土。连他的二胡也让倾倒的梁柱砸烂了，只剩下两根弦和拉二胡的那束马尾。刘窑匠惨白着脸，从满地狼藉中翻找到瓦桶和瓦刀，将衣服挽了个包裹，同谁也没招呼，扣上斗笠就往山下走。走了不到半里路，二伯追下山，将他截了回来。暴雨过后，山岭上更离不开他了。二伯带领男客们，重新平整了场地，搭起了瓦棚，挖了土和了泥，瓦桶又溜溜转动了起来。刘窑匠似乎发了狠，不分昼夜都守在瓦棚里，切泥、造瓦、收瓦、墙瓦，彻头彻尾成了个泥人。再难见到他白衣白裤一身洁白的时候。

　　山岭上的夜晚又回到了以前的寂寞。没有了二胡，只有空洞的梆子声敲打着山岭人的梦乡。劫后余生的庄稼再不能让野物们饱了口福，否则一年的收成就别指望了。二伯不知从哪寻来了一截老竹筒，锯齐整了，给刘窑匠做琴筒。歇息时，刘窑匠将竹筒削出了棱角，栽上琴杆，将马尾系上了弓，就缺一张蒙琴筒的蛇皮。后来是青奶奶帮了他的忙，送给他一张完整的蛇皮，只有蛇头部分被切去了。咬死青奶奶男客的棋盘蛇让五叔他们给打死了，熬了蛇汤，剐下来的蛇皮让青奶奶要了去。别人都将这事给忘记了，谁知她一直藏到了现在。凑合起来的二胡音质不如从前悦耳，有些沙哑，有些破碎后的尖锐，像被雨浇坏了的嗓子。故事在重复，时光似乎在逆转，从竹筒口流出来的曲调，有奔泻的悠扬，也有静静的流水。二伯不时会吼上几嗓子山歌，男客们除了嬉笑，还会应和几声粗野。青奶奶让女客们拱出来，唱的不再是《小背篓》，而是从山下带上山岭的一些别的歌。有时二胡能伴奏，有时不能。

　　日子就在二胡和山歌中欢快地流走了，漫山的郁绿中有了星星点点的金黄。秋天到来时，四叔终于将进出青奶奶屋子的黑影捉住了。他带领自家女客和烧炭的富喜，二伯折断了富喜的扁担，富喜将仇恨记在了青奶奶头上。如果不是青奶奶惹事，他就不会在二伯跟前脸面扫地。四叔堵着前门，富喜操着扁担守着后门，四叔女客嚷嚷着，喊来了二伯，五叔，六叔。德旺闻声也颠儿颠儿跑来了，身后跟着德旺女客。很快山岭上直着身子走路的能张嘴说话的活物都围了过来。门吱呀一声开了，青奶奶出来了，屋子里的男客也出来了，不是刘窑匠，而是山岭下的一个男客。青奶奶挽着男客的胳膊，表情堂堂正正。"我今天把话撂在这儿，这就是我男客，我就嫁他了。"青奶奶扬着脸，话声如雨点，撒在了众人头脸上。围堵的人们都怔住了，进不是退也不是。这男客是识得的，前些年他的女客患癌症死了，一直鳏居着。"青婶婶，有话明天说，都去睡吧。"二伯挥手遣散众人，碰巧四叔待在旁边，就顺手给了他一耳光："你就不怕是非多，还不给我滚。"四叔捂着脸一言不发走了。说话间，青奶奶的孩子九儿哭着喊着娘从屋子里跑了出来。"大家别急着走，谁愿养九儿谁带去，没谁养我就领下山了，有我一口吃的九儿就不会饿着，九儿还跟他爹姓。"青奶奶将九儿搂在怀里，哄劝着，"九儿莫哭九儿莫哭，娘在这儿，娘在这儿呢。"

没过几天，青奶奶就领着九儿下了山。临走时，她将钥匙交给了二伯，说："九儿他哥，这是九儿的家业，请帮忙照看着。"二伯接过钥匙，什么话也没说，嗓子眼叫谁给掐住了。

青奶奶走了，二胡也哑了声，瓦棚里冷清了许多。过些天，刘窑匠回了湖南龙门镇一趟，领了他的女客上得山来。他的女客生得虎，粗胳膊粗腿，走路虎虎生风，做事也虎得很。和泥、造瓦、墙瓦，没一样落在刘窑匠身后。洗衣做饭，下厨烧菜，屋前灶后都是风风火火的。有了她的帮衬，刘窑匠的瓦桶转得更欢了，瓦坯子砌了一墙又一墙。八月十五这一天，刘窑匠的女客烙了麦饼，借了青奶奶的屋子请岭上的男女老少吃饼赏月。伺候她男客换了白衣白裤，给他摆了竹椅，沏了茶。刘窑匠端了二胡，对月拉了一曲，不是之前的悠扬也不是静静的流水，给他们的感觉就像他们吃下去的不是麦饼，而是满肚子琴声。刘窑匠拉着拉着，突然崩的一声，断了一根弦。咳，出丑了，出丑了。刘窑匠收了二胡，他的女客接过二胡反身进了屋，将二胡扔进灶膛里，燃烧了一簇熊熊火苗。琴筒哔剥两声，眨眼化为了灰烬。那蛇皮倒焚出了一股焦香味，飘到了屋外。

第一场霜降下时，刘窑匠完成了七八个窑火的瓦坯。二伯派人将那口废窑修理了，将瓦坯入了窑，斩了只公鸡祭了窑神，点了火。出窑时，瓦是灰白的，用指头叩一叩，瓦片叮当有声，做金属响。二伯摆了一桌酒席，答谢刘窑匠，刘窑匠酩酊醉了一回。几个窑火烧毕，山下忽然传来了消息，说上面移民搬迁，山岭上的人家全搬到离镇上不远的河滩上去，给他们分地，还补助大笔的钱给他们安家。山岭上欢呼雀跃，有人甚至跑到传说中的河滩去察看。二伯倒是沉得住气，将瓦片给每户人家分了，将刘窑匠的工钱一五一十落到了户头上。刘窑匠拿着二伯写的账单挨户结算工钱，大半人家都扭扭捏捏的，说遭了雨灾手头不宽裕，东拼西凑给了一些，多半的工钱都拖欠着。出窑时，二伯让刘窑匠给青奶奶留了半个窑火，工钱暂时欠着，如果青奶奶不给就由他支付。那半个窑火的瓦片墙在青奶奶的屋檐下，过些时日，瓦墙矮了大半截。这帮讨债鬼，二伯发觉有人偷拿了青奶奶的瓦片。细看时，二伯有了新的发现，青奶奶的瓦片粗看同谁家的瓦片都一样，托在手上才看到瓦片的角落有个凸起来的"青"字。二伯没吭声，却将事情告诉了自家女客。过两个晚上，那些瓦片又飞回了青奶奶的屋檐下，瓦墙回到了原来的高度。

  过一年，刘窑匠的女客上岭讨要工钱，山岭上的人家都移民搬迁了，只留下几幢破破烂烂的土屋子。去河滩上找寻烧瓦的人家，他们都说得轻巧，拿瓦片抵工钱，两不相欠。刘窑匠的女客再也没来过了。又过一年，那些瓦片半卖半送，全给岭下的人家盖了牛栏猪舍。那些瓦片灰灰白白的，像浮了一层灰灰白白的云朵。不过它们不是真的云朵，没长翅膀，怎么也飞不回了山岭上。

夜火场

半夜的那场火除了给人恐惧外，还有让人脊背发冷的邪门。先是一个蜷缩在某个角落的火孩子，睡眼蒙眬，慢慢地，火醒了，揉揉眼睛，直起了腰身，甩甩手臂，踢腾几下脚爪，做了小半昼的热身运动，之后火就扇动翅膀飞起来了，刚开始飞得并不舒展，在山脚下盘旋，但它不满足于这种低处的飞翔，极力伸展，扩张，终于亮出了铺天盖地的羽翼。它翻卷着，癫狂着，像是一个极不安分的舞者。它的翅膀裹挟着漫天的呼啸声，被它舌头舔过的地方眨眼化成了灰烬，那些保持着各种叶片形状的灰烬像黑蝙蝠一样在夜空中乱飞乱窜，给村子里下了一场黑雪。谁也阻止不了它，火就那样疯狂着，漫过了半山腰，将山顶给吞没了。

这是个冬夜，整个村子都静悄悄的，没有人走动。火刚起时狗叫了几声，村子里的人听惯了它们虚张声势，没人察觉叫声中的惊恐，搂着女人睡觉的依旧死死搂着女人，睡得迷迷糊糊的顶多翻个身换过一个姿势，又睡得跟猪一样打呼噜了。邱草之前睡得并不踏实，后来又不知怎么睡死了。她枕着李宝根的手臂，贴着他的身体，蜷身躺在他的臂弯里。李宝根的另只手搂着她的腰，将她拥在怀里。每次他们都是这个睡姿，山上的气温比山下低了许多，就是夏天也得盖被子。邱草怕冷，手冷胳膊冷身子冷，一双脚掌更是冰冻如铁，用热水袋也焐不暖和。偏偏李宝根的身体像个火炉，只要挨着他，一身就热烘烘的，好像着了火。这一热，她的血就流淌得欢畅，卷起了无数欲望的火苗，像狗舌头一样舔着她的脸，舔着她的脖子，舔着她的内心。她让火苗舔得浑身痒痒的，滚烫烫的，难受得很。她不能让火苗单舔她一个人，她要让李宝根也尝尝让火苗舔着的滋味。她将身体上的火苗全部燃着了，彻头彻尾舔了李宝根一次，没静下来半刻钟，她又止不住让火苗子舔了他一回。李宝根的体内原本就藏着火，身体发烫，让火苗烘舔后汗水就凶猛地爆了出来，捂也捂不住。汗珠子砸在脸上，邱草激灵一下火苗就浇灭了，她觉得自己很不要脸，不是个女人，而是条母狗。只有母狗才这样贱，不管是不是自己的男人，只要是条公狗就会要。那些熄灭的火苗一下子全窜到了她的脸上，那是火辣辣的羞愧。她的男人不是李宝根，而是石光明，比李宝根高了半个脑袋，却瘦了半个身体。因为瘦削，石光明的身体就像从冰窖中钻出来的，就是夏天也没有温热的感觉。她离他远远的，怕他的冷传染给了她。石光明常常不落家，到山下帮工，到镇上打短工，有时十天半月都不回来。就是落了家，他也会扛着鸟铳漫山遍野找野物，摸黑出去不到天明不回来。这些天他在山下的村子帮工，懒得爬上奔下，就宿在山下了。山上讨生活越来越难，有一天他们肯定要搬到山下去，石光明帮工就是为了同山下的人搞好关系，为将来找个落脚的地方。石光明刚走，李宝根就追着他的脚后跟过来了。李宝根住在对面的山坡上，同邱草家处在一个共同的山窝，山窝中间是条小溪，溪南是李宝根的家，溪北是石光明的窝。他们的距离其实挺近，溪南打个咳嗽，溪北听见了，溪北放个响屁，溪南闻着了臭气。李宝根在邱草家吃了晚饭，宿在了邱草家。邱草的内心悬着，像搁在山顶上让风招摇，很不踏实。如果石光明这个时候回来，那么她同李宝根的暧昧就无遮无掩了。虽然这种事情从没发生过，石光明说不回来就不会回来，从来不会突然返回。他若回来，也会哼着山歌，走出一路的响动。可邱草仍旧担心。如果李宝根的女人黄灵芝碰巧过来，那李宝根就无处躲藏了。这种事情也没有发生过，邱草杞人忧天。李宝根笑话过她，他就像睡在他自己家里一样安稳，该什么时候睡觉就什么时候睡觉，该打呼噜就呼噜震天。也许受了他的感染，慢慢地，邱草让自己平静下来，蜷缩在李宝根怀里睡去了。

邱草做了个梦，满世界下着雪，到处雪花飞舞，风扫着她，雪包裹着她，覆盖着她，让她不堪重负，只有逃回自己的屋子，将雪闩在了门外，雪撞在门板上咚咚叫唤，就是撞不开门，雪换过一种方式，从窗子里扑了进来，带着呼呼的风声，邱草无处可逃，雪包围上来瞬间就将她埋葬了。她尖叫一声醒了，从窗子里扑进来的不是雪花，而是无比浩荡的光芒，那种血红的光芒裹挟着哔哔剥剥的声响像决堤的水一样汹涌着。从窗子眼望出去，对面的山窝成了沸腾的火海。发火了！光明，快，快起来！惊慌中她把李宝根当成了石光明。哪儿发火了？李宝根翘起身，揉了揉眼睛，似乎不相信哪儿发火了。但他的双眼很快让剽悍的火光扎着了。对面，李宝根家……她仍旧将李宝根当作了石光明。李宝根没再问话，光着身子跳下了床，又光着脚丫跳到门边，拽开门狼狗一样蹿了出去。她才发觉他不是石光明，而是李宝根，愣了一下，但她很快反应过来跟着追出了门，迎面扑来的除了火光、热浪，还有无数横飞直撞的灰烬。邱草被逼着倒退了一步，灰烬迷糊了她的眼睛。她抹了一把眼睛，奔出了屋子。对面山坡上的火势正旺，火柱子不断拉长，拉长，都捅着天了。火越过了李宝根的屋子，往山顶上冲刺，火似乎发了狠，它的嘴一张一合，头一扭一甩，一棵枝叶繁茂的树眨眼就成一截黑色的光杆子了。李宝根像根木桩子一样杵着，丝毫不见动弹。山下的村子也让火惊醒了，到处闪着光亮，其实不用任何光亮，火已将世界照耀得纤毫毕现。可谁也奈何不了火，只能任由它耍着蛮横的性子，想烧到哪里就烧到哪里。整个村子的人，包括李宝根，邱草，都是束手无策的观众。火终于燃到了山顶，火势渐渐弱了，稀薄了，一截一截熄灭了，只剩下几个小不丁的火点。世界陷入了无边的黑暗，李宝根扑通一声直挺挺倒在了地上。屋子里有孩子哇哇哭了起来，邱草这才记起五岁的儿子石头睡在里屋，慌忙往回跑，边跑边喊："石头，石头，别慌，娘在这儿呢。"

灾难突然砸到了李宝根的头上，他家的屋子焚成了可怜的焦土，他的妻子黄灵芝和女儿李小蒜都没能逃脱厄运，娘儿俩死死抱在一起倒在门槛上，她们的身体让垮塌的土墙埋了大半截。灾难还砸在了邱草身上，村子里的人清理现场时，在李宝根屋后几丈远的山坡上发现一具尸体，面目全非，不成人形了。刚发现时都以为是李宝根，可李宝根正守着黄灵芝母女的尸体，后来根据死者怀中的鸟铳，以及清查村子里的男人，才认出那人是石光明。邱草却怎么也不相信死者会是石光明，那么高个子的一个男人，萎缩得那么厉害，还不及原来身高的一半。她几乎不敢将目光落在尸体上。村子里的人感叹唏嘘，替生者庆幸，又替死者悲叹，这样的灾难任何安慰都是苍白的，李宝根成了浑浑噩噩的一具行尸走肉，邱草痴痴呆呆的，生出了许多幻象，世界一会儿血红，一会儿洁白，一会儿又黑得伸手不见五指。

火灾给村子蒙上了一层阴影，还惊动了镇上的许多人。镇派出所于所长领着三名警察，开着一辆白色的桑塔纳率先进入了村子。于所长在镇上干了半辈子警察，头发白了一半却根根竖着，腰板硬朗得很，走起路来直冲冲的，气势丝毫不见减弱。依照村子的习俗，于所长给死者上了香火，鞠了躬，安慰了几句李宝根和邱草，才让同来的三名警察开始干活。他们给死者拍了照，逐个检查了一遍死者的身体。死者的模样惨不忍睹，于所长见过的死伤不少，可面对眼前的情景禁不住眼圈都泡红了。乡亲们，镇派出所一定会将发火的原因调查清楚，揪出肇事者，将他绳之以法，告慰死者的在天之灵。于所长的声音铿锵里夹杂了许多哽咽。于所长没有食言，领着警察在山脚下忙活了大半天，又在村子里走访了两天两夜，最后将目光锁在了四喜身上。种种证据证明，四喜就是纵火者。火灾的着火点在山脚下的一处田坎上，田坎上长了茂盛的丝茅草，冬季丝茅草干枯了，着了火就汹涌，烧着了山脚下的冬茅草，冬茅草着了火，火就烧上了山。这些年村子里的人大半都外出打工了，山上的植物长得更是繁茂。火上了山就好比鱼入了水，瞬间就活了，就自由了。田坎下的稻田里留下了许多脚印，那种脚印只有四喜踩得出来。四喜是个拐子，左脚掌好好的，右脚掌却损伤了，只能踮起脚尖走路，还得拄着拐棍。于所长让警察拘着四喜时，四喜不知挖了谁家的芋头，在河滩上烧了一堆火，将芋头埋在火堆里烤着吃。警察扭住他的胳膊时四喜挣扎着，又哭又喊，我要芋头，芋头熟了，别抢我的芋头好不好？四喜脚上穿着球鞋，左脚的鞋底纹理清楚得很，右脚的鞋尖却磨平了，什么印迹也没有。这同现场留下的脚印一个模样。于所长察看四喜的鞋印时，四喜却瞄上了于所长的头发，嘻嘻，雪，下雪了，四喜揪了一把于所长的头发，于所长痛得龇牙咧嘴。两名警察赶忙跳过去捉住四喜，才将他的手掰开，有一绺白发从四喜的指缝间漏出来飘到了地上。四喜五十多岁了，打小时候就是个疯子，没人疼没人养，东家一口西家一顿，游荡着活了下来。四喜原来有个哥，没活过三十岁，死于一场病患。四喜的哥死了，四喜的嫂子也走了。村支书李铁掌几次将四喜送到镇上的福利院，送一次待不上三天，四喜就跑了回来，继续在村子里游荡。谁也没有足够的精神同他折腾，瞧着一个瘸子，可走路飞快，没病没灾，同他较劲伤的是自己，李铁掌伤不起也就不费那个神了。"是你放的火？"于所长瞪了一眼四喜，眼神是饱满的威严。"嘻嘻，嘻嘻，下雪了。"四喜龇着牙，一脸傻笑回应他。于所长没想到纵火者会是个疯子，搓着手，干瞪眼，拿四喜半点办法也没有。"他的亲人呢？"于所长盯着李铁掌问。李铁掌摇摇头，说："有一个哥，不过早死了。""他有什么亲戚没有？"于所长追问李铁掌。李铁掌依旧摇了摇头，回答说："他没有亲戚了。四喜的爹和娘当年流落在村子里，就生了四喜和他哥，四喜的爹娘死了，他哥死了，四喜就成了一个孤儿。""那他的监护人呢？"于所长不放过李铁掌，李铁掌五尺高的男人，硬被威逼得低下了头，声音矮下去了八度，几乎成了耳语。没有，李铁掌喃喃说。"你呀，你呀，叫我怎么说你……"于所长拿指头戳着李铁掌，李铁掌埋着头，像个做了错事的孩子一声不吭。"这事我会如实向上面反映，看上面如何处理。"于所长领着警察走了，临上车时又添了一句，"该怎么着，你自己看着办吧。"

于所长的话提醒了李铁掌，他召集了一班村民，给死者料理后事。镇民政所给李宝根和邱草送来了救济金，还给死者送了两个花圈。李铁掌发动村民捐款捐物，将丧事料理得妥妥帖帖。村子里大半的人都去给死者送行了，黄灵芝母女下葬时也没能将她们分开，合葬在了一块，石光明抱着鸟铳葬在了另一处。期间，黄灵芝的娘家人，她娘她父亲，哥嫂几个，唤女喊姐的，来闹过一回，痛哭女儿，又戳着脊梁骨咒骂了一顿李宝根，责怪他没照顾黄灵芝母女，黄灵芝枉有一个老公，李小蒜枉有一个爹，都是李铁掌支应才将他们劝走。丧事办妥后，李铁掌到镇政府争取了两户移民指标，在山下辟了两块宅基地，东拼西凑，将李宝根和邱草两家的房子撑了起来。又左挪右拆，给他们安置了田地。择个日子，将他们搬进了新房。李宝根无居无所，搬进新房也是孤零零一个人。邱草不想下山，下山离石光明就远了，虽然她同李宝根好上了，内心却割舍不了石光明，一日夫妻百日恩呐。可孤儿寡母的，住在山上毕竟不方便，加上石头快要上学了。如果不是住在山头上，石光明也许不会遭此不测，想一想邱草就黯然了，携着石头住到了山下。搬家是火灾过后大半年的事情，或多或少又触到了旧痛，一番唏嘘，可山头让火烧过的地方又葱茏了，生活终究还得往前走。

　　山下的世界是一个陌生的世界。邱草以前多次从村子里经过，没感觉山下的生活同山上有什么两样，该下地时下地，该吃饭时吃饭。真正生活下来，同样下地，同样吃饭，山上山下却有很多不同。在山上，无论砍柴下地，走到哪里都是一个人，而在山下，哪怕坐在屋子里，都能听见过路人的脚步声，随便抬头就发现有眼睛从窗口闪过。到处都是人，到处都是眼睛。邱草渴望李宝根能上她的屋子，她有好多事想问他，有好多话想同他说。一个女人家在村子里过生活总有很多不便，以前这些事有石光明操心，现在全落在了邱草肩膀上。有些事不要说做过，就连想都没想过，她期望李宝根能搭把手，帮个忙。石光明是独子，在村子里邱草只有李宝根一个熟悉的男人，李铁掌她也认识，可人家是村支书，她不敢叫他帮忙。她巴望着李宝根，他却不上她的屋子来，白天不来，晚上也不来。搬到山下后李宝根变了一个人似的，整天见不着人影。偶尔撞见了，他的脸阴沉，眉毛锁着，他对她不闻不问，好像他们之前什么关系也没有，就是陌生人。李宝根还让那场山火笼罩着，走不出来。邱草比他释怀一些，死的人固然很悲惨，活着的人却要勇敢地活下去。她很气恼又很心疼，可又不愿上他的屋子去找他。她距离他的屋子并不远，隔了一个十几步宽的菜园子。她便哄着石头去找他，去，去叫李叔过来吃饭。石头便欢天喜地跑去了。在山上，李宝根没少逗他的乐子，给他捕蝉，给他摘野果子，还给他掏过鸟蛋。石头去了好半天，最后嘟着嘴回来了，李宝根没过来。邱草更恼火了，赌气不再找他，看看他将自己封闭到什么时候，封闭到什么地步。内心对李宝根却多了一份欢喜和怜惜，火灾过去这么久了，他仍旧沉浸在悲痛中不能自拔，说明他并不是个薄情寡义的人。

　　邱草同李宝根僵持着过了几个月。李宝根的日子越来越没人样了，别人上工他才起床，别人休息他上工，生活完全颠倒了。夜晚成了白天，白天成了黑夜。有一天，黄灵芝的娘又找上门来哭闹，她的嗓门尖亢，力气也不小，哭喊着女儿啊我苦命的女儿啊，边哭边砸东西，撞见什么砸烂什么，丝毫不怜惜自己的气力。李宝根的几把椅子，一张桌子，两只橱柜，都是别人赠送的旧货，根本经不起她的折腾，断胳膊缺腿的很快散了一地。李宝根也不阻拦，任由她发泄。能砸烂的东西都砸烂了，再也无处下手了，黄灵芝的娘还不解恨，将愤怒对准了李宝根。她追着他，双手连挠带刨，李宝根立马变成了一张花脸，沟沟壑壑的，到处都是指甲挠出来的血痕。"你这个黑良心的，杀千刀的，那疯子几十年不放火，你走出家门他就放火了，就是你怂恿他放的火，于所长啊于所长啊，你瞎了眼睛，怎么不把这个良心让狗吃了的家伙抓了去，枪毙了？我女儿死得好惨啊！可怜我的小蒜啊！"女人闹到后面，一屁股坐到了地上，一把眼泪一把鼻涕号啕了起来。村子里的人听着动静，将事情报告李铁掌，李铁掌带领两名村干部风急火燎跑了过来。两名村干部捉住女人的胳膊，将她从地上架了起来。黄灵芝的娘挣扎着，可是敌不过男人们的力气，被他们架着出了李宝根的屋子。她的身子不听自己使唤，嘴巴却不依不饶，一刻也不肯停歇。"你这个畜生，发火的晚上你躲哪儿去了？你说，你当着大伙的面说清楚，你同哪个野女人勾搭上了，向我的女儿下此毒手，别以为别人都是傻瓜，你做的那些龌龊事谁不知道？你假装什么哑巴，你没做亏心事就理直气壮说呀，发火的晚上你同哪个野女人鬼混去了？"

　　李宝根沉默着，拿不出话来回答黄灵芝的娘。邱草也让这话捅中了软肋，有惊恐也有羞愧，好像她同李宝根合谋放了那把火。在内心,她忽然原谅了李宝根对她的疏远,那么多眼睛盯着,换了谁也不敢有任何超常的举动。火灾过去快要一年了,可是对于火灾的猜测从来就没有停止过。那场火烧得有些蹊跷,早不烧晚不烧,趁李宝根不在家就着火了。发火的晚上李宝根上哪儿去了?于所长好像没问,李宝根自己也没说,他去哪儿了是个谜。究竟是谁放了那把火,如果说罪魁祸首是四喜,好像也说不过去,四喜活了五十多年,从来没在哪儿闯过祸,放火的事情更没有发生过。就算是四喜放的火,他的打火机从哪儿来的,于所长从他身上搜到过一个打火机。死于火灾的人也很奇怪,李宝根没死,石光明倒丧了命,石光明怎么会死在李宝根屋后的山坡上?人们又反过来猜想,假如那天李宝根在家,及时发现了山火,也许黄灵芝母女就不会遭此不幸,李小蒜还是个几岁的孩子啊。四喜是疯子,李宝根却不是疯子,对黄灵芝母女的死也许负责任的该是李宝根。这些猜测邱草有的想到了,有的没想过。村子里有一种流言,说发火的那天上午,有人看见四喜向李宝根讨烟抽,李宝根给了烟,并且帮四喜点着了火。四喜得了烟,又趁李宝根不注意抢了打火机跑了。邱草让流言吓了一大跳,那个上午李宝根在哪她并不知道,他下午才上她家去。流言是吴婆婆告诉她的,吴婆婆嫌村子里太嘈杂,经常跑到邱草的屋子里来,喝喝茶,聊聊天,打发时间。仔细琢磨,邱草就觉得流言不可信,四喜虽然有时会向别人讨要香烟,可李宝根不抽烟,不可能有烟给四喜。至于打火机,不抽烟的人常备打火机在身上也不太可能。同邱草接触这些年,李宝根并没有这个习惯。除非,这一切都是蓄意的,李宝根买了烟,给过四喜后就将烟丢了。可是,四喜拿了打火机就按照李宝根的唆使去纵火,四喜平常谁的话都不会听,唯独就听李宝根的话,这太让人不可思议了。

流言流传没几天,于所长就带着那两名调查过火灾案的警察到村里来了。他们走家串户,就李宝根给四喜香烟的流言追问了好多人,问来问去,绕了好大一个圈子也没有找到目击证人。卖豆腐的炳嫂听泥水匠的老婆说过,泥水匠的老婆又是一帮女人闲聊时扯出来的事情,那帮女人中的一个又说好像是听骑摩托车的吴南方说过,吴南方每天骑着摩托车载客,见的人多听的事也多……好像听哪个女人说过，到底是哪个女人，吴南方抓耳挠腮，最终想清楚了那个女人就是黄灵芝的娘。于所长让他们兜来转去，彻底绕晕了，去镇派出所报案的就是黄灵芝的娘，她说村子里有人看见李宝根在发火的那天给过四喜香烟，还将打火机给了四喜。这流言纯粹是黄灵芝的娘编出来的谎言，她始终认为她的女儿不是死于意外，而是死于李宝根的阴谋。于所长在村头碰巧遇上四喜，四喜在村口拐来拐去，一只手一伸一缩，好像在捕捉什么飞虫。四喜闯下天大的祸事后李铁掌想过将他送到精神病医院去，可一打听精神病医院省城才有，还是个烧钱的地方，这钱找不到着落，事情就搁下了，四喜仍像从前一样在村子里游荡。于所长拦住四喜，四喜仰着头并不看于所长，自顾自地说："火，火，好大的火。"于所长从口袋里摸出一个打火机递给四喜。"糖，糖。"四喜叫喊着，将打火机塞进嘴里，砰的一声响，打火机让他咬爆了，四喜的嘴唇炸出一道血口子，有血渗了出来。四喜一屁股跌坐在地上，哇的一声哭开了："你不是好人，你不是好人。"

　　于所长他们在村子里转了两天，什么线索也没有捞到。于所长有些沮丧，后来就领着那两名警察上了李宝根的屋子，待了大半天，出来后就直奔邱草家来了。邱草的右眼皮上像趴了只跳蚤，蹦跳个不停，见了于所长右眼皮反而不跳了。邱草想自己并没有做什么亏心事，别说于所长，就是石光明的鬼魂回来也不怕。静心想一想，如果石光明的鬼魂真的回来，她还是有些害怕的，就害怕他知道她同李宝根的暧昧事。瞎想过后，她不敢看于所长的眼睛了，只把目光盯着自己的脚尖。"邱草啊，向你了解几件事情，你要如实回答，不能说瞎话。"于所长瞧出了邱草的紧张，威严中存了几丝和蔼。邱草点点头，不敢作声。"发火的那个晚上，李宝根是不是在你家过夜？"于所长盯住邱草的脸，一丝也不放松。邱草的心一下子绷紧了，想不到他会问这个问题。她不知该如何回答他，也许他早知道答案了，只不过找她来证实。究竟是谁告诉于所长的，是李宝根还是黄灵芝的娘，那天黄灵芝的娘就质问李宝根，发火的晚上同哪个野女人鬼混去了。也许黄灵芝的娘怀疑过她，但她不可能确认就是她。有可能是李宝根，一定是他，她同他的事除了李宝根不会有第三个人知道。就连石光明都瞒过了，有谁的眼睛瞒不住？邱草有些恼恨，李宝根的嘴巴这么不牢靠，轻易就将她出卖了。他想撇清他同火灾的瓜葛，他想证明自己是无辜的。不过她又想，面对于所长的讯问，李宝根能不回答？他能编瞎话吗？那样只会害了他自己。她忽然原谅他了，他没有别的法子，他的确在她家里过夜，事实就是事实，谁也改变不了。如果换成邱草，她也只能如实相告。"是。"邱草犹豫了好半天，承认了事实。她从李宝根到她家，到火灾发生，到他离开，详细说了一遍，只隐瞒了他同她亲热的那一部分。于所长没有打乱她，也没有深究缺失的部分，任由她说着。说到后面邱草打住了，火灾发生后她同李宝根几乎没有了接触，他们沉浸在各自的悲哀中。对他的事，她并不知道多少。于所长并没有让她沉默下去，又问了另一个问题："邱草怎么同李宝根好上的，他们俩有没有过什么想法。"这个问题又让邱草愣怔了一下，同李宝根怎样好上的，什么时候好上的，她也说不清楚了。她的内心存留了一种感觉，李宝根的身体不同于石光明，石光明的身体始终冷冷的，怎么也焐不热，而李宝根的身体藏了一把火。她想到了火灾发生的那个晚上，她睡在李宝根的臂弯里，她被他身上的火包裹着。她知道自己越来越依赖那把火了。邱草的脸涌上了不易察觉的红晕，这种感觉没法对于所长说，羞于启齿，也难以言说。至于他们俩有没有过什么想法，邱草有些糊涂了，不明白于所长想知道哪方面的想法。比如，你同石光明离婚，然后同李宝根结婚。于所长启发邱草。邱草更糊涂了，她同石光明好好的，为什么要离婚，李宝根有黄灵芝，有个可爱的女儿李小蒜，为什么要同黄灵芝离婚再同她邱草结婚。她懵懵懂懂瞧着于所长，于所长眨巴眨巴眼睛看着邱草，对峙到最后于所长只有让步了。"石光明怎么会死在李宝根屋后的山坡上？"于所长问了第三个问题。石光明为什么会死在那里，邱草从来没有多想，石光明临死都抱着那杆鸟铳，就知道他为什么会死在那里。她有些反感于所长，石光明死得那样悲惨，他还揪着他的死不放。她的眼圈忽然潮红了，哽咽着说："他都死了快一年了，还不让他安静……"

于所长颗粒无收撤走了。也许他们收获了什么，邱草不知道，也不想知道。于所长刚走，李宝根就悄无声息钻进了邱草的屋子。这是火灾发生后他第一次上她的家门，直愣愣站着，连手脚都找不到安放的地方。邱草故意不搭理他，不叫他坐，也不给他端茶水。她要给他一些脸色，让他知道她在生气。李宝根像个做了错事的孩子一样可怜巴巴瞧着她，等待赦免他的指令。邱草的鼻子有些发酸，泪水在眼眶里打转，硬憋着才没让它流出来。"你是稀客……石头，给李叔端把椅子，别让李叔站坏了腰。"她的内心有些恻隐，可又忍不住在话里夹上了刺。石头真就端了个小杌子给李宝根，他接过杌子却不坐，依旧不屈不挠地立着。"你就活该站着。"她有些恨恨地，泪水止不住淌了出来，背过身抹了一把眼睛，隐隐嗅到了李宝根身上有一缕烟味，才皱着眉头问："你抽烟了？"李宝根这才结结巴巴说话了："于所长给了我一支烟，我没接，于所长硬要塞给我，并且帮我点着了烟，我就吸了一口胸都呛痛了。""你没告诉他你不抽烟？还不是你自己想抽烟。"她抢白了他一句。"我说了我不抽烟，于所长硬逼着我抽烟。"李宝根申辩说。"那话也是于所长撬开你的嘴巴逼着你说的？她寸步不让。邱草，我不该说，可是，可是……"他解释不下去了。"你叫我今后脸往哪儿放？"邱草在于所长面前承认了她同李宝根的事实，原本就觉得委屈，一个女人在一个陌生人跟前谈论自己的隐私需要多大的勇气。"我……我要娶了你！"李宝根的耳根都红透了，话说得凶巴巴的，不像求婚，倒像同人骂架。"谁说要嫁给你了？谁稀罕你？神经病！"邱草跟着闹了个红脸，反骂了他一句。李宝根窘住了。

邱草并不是嘴上讨便宜，她的内心当真不希望嫁给李宝根。她依赖李宝根是一回事，嫁给他是另回事。石光明活着时她没想过，现在石光明死了，她更不能这样想。她活着时对不起石光明，死了不能再对不起他。而且，她同李宝根过去的那些事情都同于所长说了，当时那两名警察都听见了，只要他们随便哪一个将她同李宝根的事漏出来，村子里就会传得风不住雨不止，就会有人在背后对他们指指戳戳。如果她同李宝根结婚了，肯定逃不脱村里人的议论，这样的婚结着不是滋味。假如没有发生那场火灾，石光明没有死，黄灵芝也没有死，她同李宝根的事情不可能会有人知道。就是火灾发生了，死的人不是石光明，而是李宝根一家子，或是邱草一家子，他们之间就不可能存在婚事，也不会处境这么尴尬。这是命运捉弄人，邱草恨上了四喜，他是个疯子她也恨他。他们的婚事最终还是摆到了桌面上，挑起话题的人是李铁掌，按辈分他该叫李宝根叔，叔的婚事他不能不关注。事后邱草逼问过李宝根，是不是他叫李铁掌来做媒的，李宝根赌咒发誓，死活不认账，那完全是李铁掌一个人的想法。李铁掌也曾被那个流言吓了一跳，悄悄替李宝根捏了一把汗，于所长进村调查了，什么证据也没搜集到。没有证据即便是事实也不存在了。李铁掌就谋划着这门婚事，没有一个女人，李宝根活得有些不成人样。而邱草呢，没有了男人，家里的顶梁柱就折了，必须有个男人将家撑起来。他以为这是一拍即合的好事，何况他们之前有过一段暧昧，邱草却顶了一句让他哭笑不得的话——要嫁你嫁给他。瞧着邱草的神色不像玩笑话，李铁掌琢磨着哪儿不对劲。他找了好些个理由来劝说邱草："石头，过来过来，让大伯抱抱，邱草，你瞧瞧石头多可爱，你不替自己着想也要替石头想想，将来他读书，上大学，钱从哪儿来……石光明在那边，也会看着你和石头过得幸福他才放心……你同李宝根好过，证明你们有感情，别管别人怎么说，你孤儿寡母，他李宝根单身，只要你们俩愿意谁也管不着，你们都年轻，还可以养你们的孩子。"李铁掌好说歹说，软磨硬泡，将邱草说动了。择个日子，他陪着他们俩去了一次县城，领了结婚证。李铁掌嚷嚷着要他们摆几桌酒，邱草死活不答应，后来拗不过李铁掌的坚持，邱草才勉强同意单独摆一桌，就为了李铁掌。四喜可能闻着了酒肉香，涎着脸，守在了厨房门口。邱草虽然恨着四喜，可见了四喜那个可怜兮兮的模样就给他盛了一碗饭，夹了些菜。李宝根去厨房端菜时刚巧碰见四喜倚在门框边狼吞虎咽，气就不打一处来。你这个死疯子，怎么吃的怎么给我吐出来。他一把掐住了四喜的脖子，四喜的眼被掐得死白，如果不是邱草掰开李宝根的手，四喜肯定会让他当场掐死。

婚后李宝根搬进了邱草的屋子。说搬，其实什么也没有搬，一个人过门了全部家当都过门了。那一天，李铁掌喝醉了酒，拿话逗石头:"石头,夜里别睡死了,机灵点,听听你娘他们说什么做什么,听到了告诉李伯伯,李伯伯给你买糖吃。"邱草闹了个面红耳赤,内心却喜滋滋的,巴望着睡在李宝根的臂弯里。真躺到了一块,邱草发觉不是从前那回事,同李宝根话说了,该做的事也都做了,可她的感觉就是不自在,不舒坦,好多东西都变化了。特别是李宝根的身体,那把火没有了,不热也不冷,说话心不在焉,做事力不从心。他不像是李宝根,而是变成了另外一个人。他不像石光明,也不是从前的李宝根。她依偎着他,就像依偎着一个没有感情的活物,或者一个没有生命的物体。或许他的生命不在她这儿。邱草想,也许他在惦念着黄灵芝,她自己就有这样的习惯,同李宝根做那事时老想着石光明。石光明活着时她不这样想,可现在她忍不住拿李宝根同石光明比较。这想法也许有些阴暗,她不敢告诉李宝根。也许李宝根同她一起时也会想着黄灵芝,拿黄灵芝同她相比较。如果他惦记着黄灵芝,邱草允许,如果他拿她们在床上做比较,她的感觉就不自在了,像吃了不洁的东西直想呕吐,将五脏六腑吐干净才了事。邱草没法知道李宝根怎么想,权当他在惦记黄灵芝吧。时间长了,这种惦记慢慢就淡了,有可能她也记不得石光明了。第二个清明节,邱草扎了纸花,备了两份祭品,让李宝根去给黄灵芝和李小蒜上坟,她领着石头去给石光明上坟。她走在前,李宝根走在后。临出门时她好像听见李宝根在屋子里咒骂,石光明就是个畜生。邱草回过头盯住李宝根:"你说什么?""没说什么。"李宝根支吾着,不敢接她的目光。邱草的内心咯噔了一下,在石光明和李宝根之间,有可能有着她所不知道的真相。

  邱草的猜测终于在吴婆婆嘴里得到了证实。有一天,吴婆婆来串门,枯坐了老半天,茶都泡了好几遍,寡淡如水了。"邱草啊,村子里又流传着你们家的一些事情,老婆子不知该不该对你说。"吴婆婆叹口气,欲说还休的样子。"吴奶奶,有什么话不能对邱草说的?"邱草很诧异。"你想过没有?石光明为什么会死在李宝根的老屋后?"吴婆婆问。邱草想过,但没有往深处想。她以为石光明抱着鸟铳该是上山打猎。"村子里的人说,石光明死在南山上,是因为他同黄灵芝有一腿……村子里的人还说,他们……他们……这也是报应啊!"吴婆婆的话说得吞吞吐吐，并没有将话说透明。邱草的脑子嗡地炸了一声，她不是没这么想过，而是不敢相信。石光明死时抱着鸟铳，也许鸟铳就是他的伪装，上山打猎不过是他的借口。"吴奶奶，你将话说干净啊。"邱草盯着吴婆婆。"邱草，别逼老太婆说了，人都死了，再大的错也都过去了。"吴婆婆又叹口气。"吴奶奶，说吧，我承受得住。"邱草央求吴婆婆。"他们说，石光明和李宝根交换着老婆睡……我老太婆真是多嘴了，石光明不是个人，李宝根也不是个人，他们，他们都是畜生！"吴婆婆说到后面有些义愤了。邱草的内心轰隆一声巨响，像有什么坍塌了。她被砸着了，那些坍塌物压得她透不过气来。她不相信这是事实，可是用这个事实做注脚，许多事情都能找到合理的答案。李宝根原来同石光明达成了某种默契，每一次只要石光明出门，前脚刚走，李宝根后脚就跨进邱草的屋子了。邱草担心石光明突然回来，可是从来没有发生过突然，甚至石光明回来时粗着嗓门吼山歌，原来是在给李宝根暗号。难怪李宝根每次都那么踏实，像在自个家里一样不慌不忙。他们把邱草和黄灵芝当成什么人了……邱草的内心塞进了一堆乱麻，有只力大无穷的手不断揪着拧着，越拧越紧，越揪越乱。

　　邱草最终决定了，同李宝根离婚。李宝根不明白她为什么突然翻了脸，苦苦哀求着，甚至给她下了跪。邱草铁定了心思，不为他所动。"你们做的好事，你们自己清楚。"邱草的话冷冷的，没有了任何挽回的余地。"你怀了我的孩子呢。"李宝根绝望了，企图拿孩子来挽回她。"我会告诉他，他爹死在山火中了。"邱草的脸黑得出水。她给李宝根保留的唯一面子，就是没将他的铺盖卷扔出来，而是他自己拎出来的。李铁掌得到消息，赶来当和事佬，邱草就扔给他一句话，你去问他吧。李铁掌追问李宝根，李宝根却是什么话也不说，连声叹气也没有。

　　李宝根搬出邱草屋子的第三个晚上，村子里又发生了一场大火。有人将村子西头的一个柴垛点着了。那是一个废柴垛，它的主人进城打工了，不用柴火了。等有人发现时，大火正烈焰腾空，柴垛都烧得崩塌了。火光照得村子亮如白昼。村子里的人没法逼近火堆，只能远远瞧着一个柴垛焚成了灰烬。不就是个柴垛么，烧掉了也就烧掉了，本来就是个废柴垛，没什么可惜的。邱草突然有了一种不祥的预感。第二天，烟火散尽，村子里的人发现疯子四喜不见了，尔后又发现李宝根也不见了。李铁掌听到消息时脑袋轰隆一声炸开了，一场灾难重演了。几个人扒拉灰烬，真就扒拉出两个人来，一个是李宝根，另一个是四喜，李宝根死死抱着四喜，手指头都掐进了四喜的肉里。如果他们不是贴着地面，恐怕已烧成灰烬了。邱草没有去现场，就站在自家门口张望着。她隆着肚子，走起路来很不方便。等他们从火灾现场抬出两个人来时，邱草的身体突然发软，一屁股跌坐在台阶上。她的身体很有重量，下跌的力量特别沉重，她感觉身体的某个部位让石头硌破了，下半身洇洇地湿了。她有了一种幻觉，漫天的火光将她包围了，有人在火光中蹦跳着，舞蹈着，她看不清他的脸，他却一步一步无比坚定地朝她走了过来。那一刻，她清楚地知道，一个没爹的孩子快要来到人世了。

穿白衬衫的抹香鲸

豹皮樟担任教练之前,欢迎的队伍早已相当齐整,要说瑕疵,就是队员们彼此间的配合还不够默契,个别人的动作还不够完美。在马尾松的表哥到来之前,欢迎的队伍有足够的时间排练,豹皮樟毛遂自荐担任了他们的教练。他将他们集中到林场堆放木材的场地上,那儿总有地方空着。

豹皮樟说:"从今天开始排练,谁也不能请假,更不能缺席,谁缺席谁就是咱们林场的敌人!"

他跳上一个矮木墩,像他父亲那样吼着嗓子,挥舞着手臂,说话的方式同他父亲如出一辙。所有的孩子一声不吭,注意力全都集中到了木墩上。欢迎马尾松表哥的仪式是极为严肃而神圣的,没有谁认为他在开玩笑。

他仿效他父亲做了一根鞭子,每次训练时都带着它,仿佛随时要把它派上用场。

"一二一。"

"左右左。"

"向右边摆动。"

"动作要大一点,倒向右边,倒向右边!栗子,你长着耳朵没有?!"

豹皮樟气急败坏,朝叫栗子的男孩扬起了鞭子,就要劈头盖脸抽过去。栗子受到鞭子的威胁,努力向右边倾斜身子。他们都清楚,豹皮樟的性格是有遗传的，他父亲不折不扣执行马尾松父亲的旨意，从来不会歪曲，哪怕一根头发丝粗细的偏离也不会有。豹皮樟训练时的参照对象是马尾松，马尾松走步时习惯朝右边摆动身体，幅度还不小。体育老师都很宽容他，不去纠正马尾松走步时的姿势，豹皮樟更没有理由要求他改变多年来养成的习惯。

林场的孩子不多，就二十来个。几个女孩子想参与，马尾松不答应。剩下十几个男孩子，每个孩子都必须从鞭子下走一遍，走一遍不满意，就走第二遍，第三遍，豹皮樟满意了才会放手。

"甜槠，你的步子小一点，别迈那么宽。"

"白蜘蛛，你别他娘的像个蜘蛛，走正步，不是爬，不是爬，知道不？！"

孩子一个个走过了鞭子，没走过的队伍越来越短。那走过了鞭子的，不允许离开训练场地，而是被动或主动留下来围观。那些被鞭子恐吓出来的诸种丑态，就像一种黏性极强的胶水，牢牢地粘住了他们的脚步。这种时候要赶走他们都不容易，甚至他们在暗暗期待着发生点什么。

"棕榈，抬起头，眼睛看着我。"

"大果，把手摆动起来。"

"……"

没走过的队伍更短了，就剩两个人：水蛇和抹香鲸。

训练开始之前，豹皮樟就让水蛇给大家示范过，水蛇的举手投足，就像马尾松的孪生兄弟，分不出彼此。水蛇就是马尾松的影子，或者替身。果真，水蛇在众目睽睽之下毫无悬念地走过了鞭子，甚至在走步的同时朝大家得意地咧着嘴。

往后，所有的目光都锁定了抹香鲸。

那时候，他们都不明白抹香鲸是种什么稀奇古怪的植物，是树还是草，是藤萝还是荆棘。他们的外号都是林场里的那些伐木工或放排工喊出来的，唯独抹香鲸例外，他的名字最早出自抹香鲸的父亲之口。

抹香鲸的父亲是个瘦高个，脸瘦削而苍白，鼻梁上架着眼镜。他们一家人是在一个夏天的黄昏挑着简陋的铺盖卷儿来到林场的。抹香鲸的父亲虽然个子高，力气却不如一个女人，伐不了木，也放不了排，给他安排个怎样的工作，马尾松的父亲伤透了脑筋。无所事事一个星期后，抹香鲸的父亲得到马尾松的父亲允许，开始在林场有限的墙壁上涂涂写写。墙壁的高处够不着，抹香鲸的父亲就会搬来桌椅垫脚，或者架起梯子。抹香鲸的父亲爬上桌椅，或者上了梯子，拿东西不方便时就会朝身后的男孩叫喊："抹香鲸，拿支毛笔给我。"或者说："抹香鲸，颜料盒，颜料盒在哪儿呢？"

林场的孩子都听到了，那个同他父亲一样瘦瘦高高的男孩叫抹香鲸。

抹香鲸比他们高出半个脑袋，穿着白衬衫。

"你，走过来！"豹皮樟拿鞭子命令他说。

抹香鲸没有立即走过来，而是犹豫了一下，瞧了瞧豹皮樟手中的鞭子。鞭子不只鞭打过他们当中某个人的大腿，有可能还鞭打过地面，鞭梢沾上了可疑的脏物。抹香鲸脱去白衬衫，将它叠齐整了，放在一根干净的杉木上。杉木剥去粗皮的时间可能不长，树身仍洁白着。

"抹香鲸，你磨蹭什么，还不快点儿！"

豹皮樟抖动鞭子，鞭子摩擦空气发出嗖嗖的呼啸声。

抹香鲸只穿了个背心，踩着他们刚刚留下的足迹朝豹皮樟走过去。

"抹香鲸，肩膀放低点，身体摆向右边。"豹皮樟冲抹香鲸喊叫。

抹香鲸好像没听见豹皮樟的喊叫，既不放低肩膀，身体也不向右边摆动。他昂首挺胸，迈动长腿，一步步朝他们走了过来。豹皮樟还没来得及叫喊第二遍，抹香鲸已经站到了那条线路的尽头。

"抹香鲸，倒回去，重走一遍！"豹皮樟恼羞成怒，扬起了鞭子，但因为隔着距离，鞭子没有抽中抹香鲸，而是落在了地上。

几个孩子跟着嚷嚷："抹香鲸，倒回去！抹香鲸，倒回去！"

抹香鲸在围剿他的喧嚣声中回到了起点。

"这一次你最好放老实点，否则打断你的腿！"豹皮樟拖着鞭子，跑到了同抹香鲸平行的位置。

抹香鲸无辜地朝豹皮樟微微笑了笑。

"开始！"豹皮樟喊起了口号："左，右，左。"

"抹香鲸，身体摆向右边，肩膀要压低一些。"

抹香鲸咕噜说："体育老师都不是这么教的。"

他别扭地朝右边歪了歪肩膀，但很快恢复了之前的姿势。他的腿长，步子宽，同豹皮樟不在一个步调上。豹皮樟不得不小跑着才能赶上他。

"抹香鲸，你把步子放小一点！"豹皮樟将鞭子在半空中甩了一个回合，鞭梢距离抹香鲸的脑袋就差那么一点点。

抹香鲸并没有因此放慢脚步，相反有加快的迹象。这无疑在挑衅，豹皮樟忍耐不住，鞭子朝抹香鲸的腿部斜扫过去。抹香鲸早有预防，随便一抬腿，就躲过了呼啸而来的鞭子。豹皮樟被激怒了，左一鞭，右一鞭，招招奔向抹香鲸的大腿。抹香鲸左闪右避，鞭子全落在了空处。围观的孩子发出连串的哄笑声，在林场除了马尾松外，没有哪个孩子敢这么戏弄豹皮樟。豹皮樟发狂了，嗷叫一声，鞭子劈头盖脸抽向了抹香鲸。不管谁挨着这一鞭，不皮开肉绽才怪呢。抹香鲸面无惧色，躲闪的空隙，寻个机会一把揪住了鞭子。豹皮樟的个头小，力气也小，抽不回鞭子，一张脸涨得通红。

"抹香鲸！"马尾松在松木堆上大叫。

围观的孩子闻声收住哄笑，都拿眼睛盯住抹香鲸，抹香鲸才撒了手。

豹皮樟无处发泄愤怒，转头一鞭子抽向了抹香鲸的白衬衫，那洁白的衬衫上立刻留下了一条肮脏的鞭痕。

马尾松的表哥要来林场参观的消息是马尾松的父亲带回来的。每隔一段时间，马尾松的父亲就会进城向马尾松的表舅汇报林场的工作。间隔时间的长短并不固定，有时几个月，有时才几天。据说马尾松的表舅领导着数十个林场，他们所在的林场只是其中之一。

马尾松的父亲每次进城都会捎带一些林场的山货，说是让马尾松的表舅尝尝鲜。马尾松的父亲带进城的有野猪肉、野麂肉、野兔、山鸡、蛇以及木耳、蘑菇，还有竹参、竹蛋。有时还会带上几根山鸡尾毛，一把山果，几支豪猪箭。也带过竹编的小昆虫，比如蝉、蝴蝶和蜻蜓什么的。有个伐木工老会编这些，闲来无事时就编些小玩意儿消磨时光。

马尾松后来才知道，那些小玩意儿，包括山鸡尾毛，山果和豪猪箭，都是送给马尾松表哥的礼物。马尾松的表舅家有个男孩，比马尾松要长一两岁。马尾松曾经缠着父亲带他进城去见表哥，父亲嘴上答应着，却始终不兑现。马尾松从父亲带进城的那些东西猜想，表哥的喜好同林场的孩子差不多，至于其中的差别，就很难想象。

几次纠缠失败后，马尾松不再对父亲抱有幻想，也渐渐淡忘了城里的表哥。马尾松的父亲最近一次进城是在几天前，一大早从林场出发，第二天黄昏时才回到林场。马尾松的父亲是在饭桌上将马尾松的表哥要来参观的消息告诉马尾松的。

马尾松的父亲说："你陪着你表哥好好玩玩，不能欺负他，不能让他受委屈，要带他到最好玩的地方去玩，不能让他摔着碰着，要是发生什么事，小心你的耳朵。"

马尾松的父亲经常拿耳朵威胁马尾松，每次犯了错，都会拎住他的耳朵惩罚他。马尾松的父亲惩罚孩子的办法好像在林场推广了，马尾松他们的耳朵比别处孩子的耳朵要长那么一点点。那一点点就是被他们的父亲拎出来的。

马尾松兴奋得一晚上都没有睡着，父亲的郑重其事预示着表哥即将来到林场。第二天一大早，马尾松就将表哥要来的消息告诉了豹皮樟，豹皮樟也同他一样，激动得打了个尿颤，险些尿了裤子。豹皮樟又将消息传播给了水蛇和其他孩子。孩子们都跟着激动起来，林场在山沟里，平常很难见到新鲜面孔，何况将要来参观的人是马尾松的表哥。他们聚在一块，你一言，我一语，给马尾松出主意。有三件事必须做足准备：第一，所有孩子列队欢迎马尾松的表哥，一个也不许少；第二，确定去哪些地点参观，参观什么内容；第三，给马尾松的表哥赠送什么礼物。

豹皮樟嚷嚷着，由他担任队列训练的教练，他的理由很简单，在学校他是体育委员，曾替代过体育老师指导同班同学做早操。灯台莲被允许代表所有孩子给马尾松的表哥送花，送花时要佩戴红领巾，花朵也由她采集。灯台莲是马尾松的妹妹，马尾松的表哥也是灯台莲的表哥。其他孩子见被豹皮樟和灯台莲夺了头功，都很着急，讨论后两个问题时一个个抢着发言，生怕自己被冷落了，被忽视了。

大果说："夏天到了，可以去河里游泳，去捉螃蟹，捞鱼虾，还可以看我爸爸他们捡死羊。"

大果的父亲是放排工，把搁浅在岸边的树木重新放回河里，行话就叫捡死羊。

"要是表哥不会游泳怎么办？出了危险怎么办？"马尾松反问。

大果被问住了，涨红着脸，默不作声退到了一边。

粗榧说："上山摘杨梅，捕蝉，捉小鸟。"

灯台莲插话说："捉小鸟太残忍了！"

马尾松盯了一眼灯台莲，灯台莲撅起嘴，吐了吐舌头。

栗子说："上山捡栗子，板栗子，尖栗子，毛栗子，都有。"

豹皮樟鄙夷说："春天哪来的栗子？"

栗子就噤声了。

商量到最后，他们才决定，马尾松的表哥如果夏天来，就上山采杨梅，摘山桃子，捕蝉，到山沟里捉石鸡。秋天来呢，就去捡栗子，摘猕猴桃，说不定还能逮到小松鼠。最有趣的该是春天，可以爬到山顶上去看杜鹃花，可以捡蘑菇，摘草莓，拔小竹笋，还能喝到蜂蜜。到了冬天就难办了，山沟里大雪封门，无处可去，顶多看看雪景。大山里的雪景同别处不同，足够时间长，也足够壮观。

白蜘蛛说："可以去捉山老鼠。"

白蜘蛛的父亲会捉山老鼠，逮到山老鼠就烤着吃，香喷喷的，马尾松的父亲就曾让他烤过两只山老鼠带进城去，也就那一次，之后马尾松的父亲没再带过山老鼠进城，估计马尾松的表舅不喜欢。

白蜘蛛的馊主意遭遇了马尾松的白眼球，白蜘蛛丢了脸面，悄无声息躲去了人背后。

赠送的礼物倒很容易找到，马尾松收藏的东西不少，山鸡的尾毛，一拃长的野鹿角，两三寸长的野猪牙齿，木头手枪，木剑，弹弓，漂亮的马鞭，甚至有一张五六尺长的完整的蛇皮。其他人也有不少收藏，只要慷慨，谁都自觉把最好的东西拿出来，精挑细拣，绝对能找到适合的礼物。

后来大果说："我让我爸爸给表哥做把二胡。"

大果的父亲会捕蛇，马尾松的蛇皮就是大果的父亲送给他的，据说那张蛇皮就能蒙上两把二胡。

粗榧说："我让我爹给表哥做把竹笛。"

粗榧的父亲会吹笛子，吹的笛子都是他自己用小竹子做的，用竹膜做笛膜。不捡死羊的时候就吹笛子，有时是清早，有时是月夜，会听到粗榧父亲吹响的笛声，婉转得走哪都听得见。

灯台莲又出主意说："让老扎匠编只喜鹊。"

老扎匠就是那个拿竹篾编蝴蝶蜻蜓的伐木工。

豹皮樟说："干脆让他编条龙。"

说完他随即哈哈笑了，为他自己奇丽的想象而得意。

最后确定送给马尾松表哥的礼物为七根山鸡尾毛，一把二胡，一根长笛，两只竹编的翠鸟，一个野猪牙齿做的胸坠，一根精致的马鞭，一对一拃长的野鹿角，一枚用果核挖的口哨。如果能逮到活的小野兔，到时再让老扎匠编只兔笼，连笼带兔送给马尾松的表哥，肯定会招他喜欢。后来豹皮樟又贡献了一枚石蛋，石蛋比鸭蛋稍大，表面上长有好看的花纹。是个放排工在河里捡到的，偷偷送给了豹皮樟的父亲，豹皮樟的父亲没敢声张，豹皮樟就说自己捡的，还夸张说是龙蛋，一直藏着没敢拿出来。

抹香鲸接连几天都没出现，估计他的衬衫被弄脏后受到了他父母的责罚。有一次，豹皮樟远远看见抹香鲸穿着白衬衫走了过来，以为来找他们，谁知他却拐个弯走向了另一个方向。他对他们视若无睹，或者故意躲避他们。豹皮樟内心很焦急，却又不敢将焦急告诉马尾松，怕马尾松会瞧不起他。如果抹香鲸重新加入他们，豹皮樟不知该怎么对付他，特别是如果抹香鲸不配合排练，更是找不到惩治他的办法。若是打架，豹皮樟先就怯场了，抹香鲸比他高出半个脑袋，他不是抹香鲸的对手。

马尾松没有留意到豹皮樟的焦急，他的注意力全放在准备赠送表哥的礼物上。马尾松将他们准备的情况报告了他父亲，他父亲似乎很满意，还表扬了他。马尾松的父亲说："这是对你最好的锻炼，将来你肯定能接替老爸的位置，当上林场的场长，不，应该比老爸更有出息，像你表舅那样，进城当林业局局长。"马尾松趁他父亲高兴时追问："表哥什么时候来？"马尾松的父亲皱了皱眉头说："会来的，你把该准备的事情都准备好，可不能怠慢了你的客人。"

马尾松听了父亲的话既高兴又紧张，怎样才不会怠慢了客人，林场就这么些孩子，就那么些玩的地方，要是会变戏法就好了，手那么随便掐弄几下，一个新鲜的花样就出来了，再掐弄几下，又一个新鲜的花样出来了。马尾松不会变戏法，林场的孩子也不会变戏法，就是林场那么多的伐木工和放排工，也找不出一个会变戏法的。

马尾松在内心叹口气，让孩子们先把礼物集中起来。豹皮樟的父亲亲手制作了一根马鞭，大果的父亲在赶做二胡，粗榧的父亲打磨了一根漂亮的长笛，还在竹林中弄到了厚厚一叠做笛膜的竹膜。老扎匠编织了两只翠鸟，果真栩栩如生，好像正展开翅膀在水面上捕鱼呢。轮到编龙时，老扎匠却犯难了，都说有龙，可龙是什么模样，没人见过。豹皮樟很后悔出了这馊主意，不但没给自己长脸，反而让他在马尾松跟前难堪。山沟里的村庄有舞龙灯的习惯，但那种龙灯身架巨大，九个人合力才能舞动它。况且那龙灯的龙并不好看，简陋得就剩几截竹篾制作的竹篓子。将那些竹篓子凑合在一起就组成了一条龙，将那样一条龙送给马尾松的表哥显然不妥，若是那样还不如不送。

马尾松正要将它从礼物的名单上划去，抹香鲸却无意中解除了豹皮樟的难堪。孤独几天后，抹香鲸又同他们混在了一起，山沟里太狭窄，也太寂静，如果不同他们一块玩儿，就没其他去处。抹香鲸并不知晓礼单上的那些东西都是送给马尾松表哥的，以为都是马尾松的东西。或许为了讨好马尾松，或者为了缓和同他们的关系，抹香鲸给了他们一幅图画，画面上是一条张牙舞爪的龙，仿佛正腾云驾雾从他们的头顶飞过。这图画比山村里的龙灯不知漂亮多少倍，真有这么一条龙，马尾松都舍不得送给他表哥了。那老扎匠也啧啧称奇，一个劲地夸赞抹香鲸心灵手巧，居然画得出这么精美的图画。

礼物收集齐整后，马尾松就专注于欢迎仪式的训练了。豹皮樟向马尾松建议，每个孩子轮流担任教练，谁也不能例外，包括抹香鲸。这是豹皮樟的父亲教给他的办法，训练中如果有谁不听话，每个轮流担任教练的孩子就可以拿鞭子惩罚谁。如果每次训练都不听话，那他就成了所有孩子的敌人，他们就会集中力量来对付他。豹皮樟对他父亲的办法将信将疑，但还是交出了那根作为惩罚工具的鞭子。

第一个接任教练的是白蜘蛛，他的个子小，步子也小，之前挨过豹皮樟的训斥，可能想着要把丢失的面子挣回来，鞭子在手，模样立马变得比以往凶狠百倍，岙着头发，龇牙咧嘴，像个小狼狗，每个从他鞭子下走过的孩子都战战兢兢，生怕哪儿出了差错。抹香鲸仍旧穿着白衬衫，可能不是挨过豹皮樟鞭子的那一件，衬衫不但洁白，还挺括。经过白蜘蛛的鞭子时，抹香鲸象征性地朝右侧歪了歪肩膀，有可能恐惧白衬衫会成为牺牲品。白蜘蛛也没多追究，豹皮樟都拿抹香鲸没奈何，他更没必要给自己招惹麻烦。

白蜘蛛风平浪静将鞭子交到了棕榈手上。棕榈是个羞怯的孩子，豹皮樟训练时就很紧张，换了他来做教练就更不知所措，鞭子都不知往哪儿放。他像个犯了错的孩子，谁也不敢看，只敢盯着自己的脚趾头。一轮走下来，哄笑不断，气氛轻松了不少。

栗子想同白蜘蛛一样振作，但孩子们似乎不把他放在眼里，加上棕榈的散漫，栗子当教练的效果比棕榈更差劲。豹皮樟就给粗榧丢眼色,要他赶快接过栗子的鞭子。

粗榧上场时,孩子们的情绪还没能从哄笑中走出来。有孩子受到了粗榧的责罚,大腿上不轻不重挨了一鞭子。抹香鲸大概被这种训练弄厌烦了,又恢复到了之前的情形,平时怎么走步,训练时仍旧怎么走步。

粗榧拿鞭子指着抹香鲸说:"你的右肩,倒向哪边?"

抹香鲸并不理睬他的警告,依然我行我素。

粗榧扬起鞭子,朝抹香鲸的后背抽过去,抹香鲸往前蹿一步,鞭子落在了空处。粗榧再挥一鞭子,抹香鲸连蹿几步,同粗榧拉开了距离。再要追赶时,抹香鲸已经逃得很远了,粗榧的个子同抹香鲸不相上下,跑起步来却比抹香鲸慢了许多。粗榧停下脚步,抹香鲸也停住了,还回头朝粗榧做了个嘲弄的鬼脸。粗榧面红耳赤,追下去不是,归队也不是,就傻傻地站在那里。

粗榧之后没人愿意接鞭子了,鞭子半推半就落在了水蛇手中。水蛇本就是马尾松的影子,抹香鲸的行为早就惹恼了他,可脸上并没有丝毫表现,甚至比谁都要轻松。水蛇挥舞着鞭子,做了一连串滑稽的动作,逗引得训练场上笑声不断。他在不知不觉间运动到了抹香鲸身边,抹香鲸还没来得及提防,大腿上早挨了一鞭子,鞭子去得毫不犹豫,似乎将他的大腿抽折了。抹香鲸痛苦得弯下腰抱住了右腿,鞭子却没有因此住手,接着抽中了他的右胳膊,还有一鞭落在了他的脊背上。他的白衬衫上留下了好几条突兀的印迹。

水蛇说:"我叫你笑!我叫你不听指挥!"

鞭子继续往抹香鲸身上招呼。

抹香鲸接连挨了几鞭子,防卫乏力,挣扎着,逃出了鞭子的阴影。他的右腿受伤不轻,跑动起来一扭一拐,好像个瘸子。

水蛇并不追赶,拿鞭子戳着抹香鲸的背影说:"你们瞧瞧,谁的姿势有他标准?对,摆向右边,听话,动作还可以大一点,很好,继续保持,别受不得表扬!"

抹香鲸走后,孩子们很是忐忑,担心抹香鲸的父亲会来报复。水蛇却不惧怕:"是他搅乱了咱们排练,活该挨揍!"孩子们的担心似乎是多余的，抹香鲸的父亲并未来兴师问罪，有时撞见他们还会讨好地笑一笑，闭口不提抹香鲸挨揍的事。水蛇那一鞭子的确够抹香鲸受的，接连几天，都没见他出门，再见到他时腿伤似乎还没痊愈，走起路来摇摇晃晃，身体摆动得厉害。

　　豹皮樟适时收回了鞭子。排练照常进行，没有抹香鲸的参与，他们的动作整齐划一，如同一个模子里铸出来的。他们不能在马尾松的表哥跟前丢丑，不能让他小瞧他们。他们相信他们已经做得够好了。有一天，马尾松的父亲陪着一个从县城来的人在林场走动，碰巧撞见他们在排练。那个从县城来的人长咦了一声问："那些孩子怎么了？是不是营养不良？"

　　马尾松的父亲陪着笑脸说："他们在玩游戏呢。"

　　那个从县城来的人好像相信了马尾松父亲的解释，不再理会他们，在马尾松的父亲陪同下转到别的地方去了。

　　豹皮樟他们的训练平静得有几分单调，可谁也不敢掉以轻心，生怕会沦为又一个抹香鲸。抹香鲸没有归队是个遗憾，训练时少了波澜，孩子们好像也因此少了兴致。马尾松也担心，万一表哥来访时遇见抹香鲸，恰巧他又不在欢迎的队伍中，表哥会不会觉得抹香鲸对他不尊敬，会不会以为孩子们不听马尾松的话。马尾松将顾虑告诉了豹皮樟。

　　豹皮樟说："会回来的，他不回来能上哪儿去呢？"

　　豹皮樟有豹皮樟的道理。

　　几天过去后，抹香鲸的腿伤好全了，果然又回到了孩子们当中。训练依旧进行，但没有之前紧张了，动作也没有之前要求严格。更多时候，孩子们将训练当成了一个无聊的游戏，走着走着，就闹出了别的动静。谁能让孩子们对一件事情怀有持久的兴趣呢？马尾松的情绪也受到了影响，表哥来访的时间似乎遥遥无期。马尾松催问过好几次，他父亲每次都拿相同的话回答他："会来的，应该快了。"

　　父亲的回答让马尾松莫名的紧张，如果表哥事先不通知他们，突然来到林场怎么办。总有那么一些人，谁也不通知，突然出现在林场。马尾松的父亲被这些突然出现的人搅弄得都有些神经衰弱了。马尾松觉得不能让训练松懈，否则就有可能因此怠慢他表哥。

豹皮樟的鞭子又开始挥舞了。他在收回鞭子前就想到了对付抹香鲸的办法，是水蛇的做法启发了他，如果让抹香鲸的右腿受点伤，就不愁他的动作不标准了。最好是长久一点的伤害，如果几天又痊愈了，抹香鲸不再合作就难办了。豹皮樟将想法告诉了水蛇，水蛇眨巴了几下眼睛，毫无顾虑答应了。水蛇的表情有几分兴奋，他的眼睛闪闪放光。水蛇将豹皮樟的想法扩散给另外几个孩子，粗榧怕马尾松小瞧了自己，立马表示赞同，何况之前还被抹香鲸嘲弄过。大果有些犹豫，但最后迫于他们几个的压力也答应了。

他们挪动了训练场地，从堆放木材的空旷地带挪到了几堆木材之间，那里空间窄小，还避人耳目，一般情况下很少会有人光顾，更不要说抹香鲸的父亲。豹皮樟故作轻松，问了抹香鲸一个愚蠢的问题："抹香鲸长有几条腿？"

抹香鲸嗤了一下鼻子，没有回答他。他不知道他的高傲让孩子们很是反感。也许就是因为这个原因，他没少吃苦头，最终付出了惨痛的代价。

他们刚刚转入一堆树木背后，水蛇就率先发难了，扑上去死死箍住了抹香鲸的腰，抹香鲸抖动身体想把他甩出去，甩了几次都没成功。粗榧和大果见状赶忙跳过去，一左一右扭住了抹香鲸的胳膊。甜楮冲上去揪住了抹香鲸的头发。白蜘蛛拧住了抹香鲸的一只耳朵。栗子也想钻进去，无奈接近不了抹香鲸的身体。豹皮樟也被粗榧他们挡住了，扬起鞭子，却找不到下手的地方。棕榈涨红了脸，眼神慌乱，不知朝向哪儿。水蛇声嘶力竭地叫喊："豹皮樟，你他妈的脓包啊，还不动手?!"

抹香鲸被水蛇的叫喊刺激了，挣扎得越发厉害。几个人纠扭成一个球体，朝附近的一堆树段子撞过去。另几个孩子见缝插针，你一手我一脚，球体更圆滚了。就在这混乱中，不知怎么触动了那堆树段子，轰隆隆一阵乱响，树段子瞬间垮塌了。孩子们四散而逃，可是抹香鲸被埋在了孩子堆中的最底部，逃离迟缓了一步，一根树段子砸中了他的额头，将他砸趴下了。之后，他再也没有机会挣扎，翻滚的树段子立刻把他连同白衬衫一块吞没了。

马尾松的表哥终究没有来。

马尾松的父亲也没有解释马尾松的表哥为什么没到林场来。

孩子们训练的队伍走着走着就散了。马尾松收集的那些礼物坏的坏，烂的烂，都成了垃圾。

后来，林场也解散了。孩子们各奔东西。

许多年过去之后，他们搞了一次聚会，是水蛇发起的，差不多所有孩子都来了，缺席的极个别。他们聚在一块喝酒聊天，追忆往事，也谈论这些年的风风雨雨，各自的幸与不幸。林场的生活给他们留下了非常深刻的记忆，掏鸟蛋，捕蝉，到河里捉鱼捞虾，冬天里诱杀山老鼠，艳丽的雄山鸡尾毛，鲜红的野草莓，脆嫩的小竹笋，肥美的蘑菇，杨梅又酸又甜，猕猴桃鲜美多汁……一切都那么清晰，像打下的烙印，抹都抹不掉。他们在林场的空地上走动，那些老房子多少还在，有些被拆除了，留下的被修葺一新。房客都是陌生的脸孔，马尾松的父亲去世了，豹皮樟的父亲搬进了县城，余下的人家由于种种原因，都从山沟里迁了出去。这更给了他们物是人非的慨叹。他们谈论大果的父亲制作二胡，粗框的父亲打磨长笛，还谈到了会编蝴蝶蜻蜓的老扎匠，以及别的伐木工和放排工。

有些墙壁上还残留着抹香鲸父亲的字迹，笔势飞动，奔放流畅。

甜楮问："抹香鲸的父亲是个语文老师吧？"

白蜘蛛纠正说："不对，好像是大学中文系的教授。"

话题慢慢转移到了抹香鲸身上，他们都选择了沉默。好长一段时间，只有他们囊囊行走的足音打破静寂。

后来是水蛇主动挑起了话题："还记得那根鞭子吗？"

水蛇后来当了兵，在部队训练时没少挨骂，没少挨罚，才把走步的姿势矫正过来。其实其他孩子也经历了水蛇类似的过程，都做了很大努力去矫正各自的姿势。

棕榈说："当然记得，我还挨过你一鞭子呢，小腿上淤紫好大一团，几个星期才消退。"

栗子跟着说:"我是第一个挨你鞭子的人。"

水蛇又问:"还记得鞭子是什么做的吗?"

豹皮樟说:"好像是细竹根。"

水蛇再问:"为什么要用细竹根做鞭子?"

豹皮樟摇摇头,有些迷惑。

大果问:"为什么呢?"

白蜘蛛鹦鹉学舌:"为什么呢?"

水蛇说:"细竹根很有韧性,不容易折断,而且长有密集的竹节,每个竹节外围都有精致的突起,那些突起就像精美的雕刻。"

"长在水边岩石上的细竹根最好。"水蛇补充说。

甜槠说:"你就胡诌吧。"

水蛇越过甜槠的嘲讽,对其他人说:"走吧,我们还欠抹香鲸一回教练呢。"

他们记起了为迎接马尾松表哥的到来而准备的排练,的确,每个孩子都曾担任过教练,唯独抹香鲸没有。抹香鲸被树段子砸中后,就埋葬在林场宿舍附近的山坡上。那里地势相对平坦,阳光充足。他们找到抹香鲸的坟墓时,坟墓成了一个草堆,坟沟里还长了一棵杉树,杉树超过人高了,杉树的针叶青翠得闪光。

水蛇是第一个从抹香鲸坟墓前正步走过的人。他抬头挺胸,腰板笔直,一举一动保留着军人的威武。第二个走过的是白蜘蛛,挺着啤酒肚,步子不疾不缓,身体不歪不扭,这似乎是他离开林场后的生活写照,从容不迫,轻松自如。之后是豹皮樟,甜槠,大果,粗榧,棕榈,栗子……他们都身板笔直,步履端正,全然没有了过去的影子。他们都很认真,丝毫不敢随意,仿佛抹香鲸就穿着白衬衫举着鞭子站在他们旁边,或者他们要向抹香鲸证明什么……落在最后面的是马尾松,如果放在以往,那该是抹香鲸站立的位置。

马尾松可能没想到会有这一出,迟疑了好长一会儿,才挪动脚步。他的姿势没有变化,每走动一步,身体就会朝右边倾斜。他们似乎才发现他是一个瘸子,有些人惊讶地张开了嘴。他们彼此交换了一下怀疑的目光,才确认了造成他身体歪扭的原因,他的双腿似乎并不等长，右腿好像比左腿短了那么一小截。他们谁也没有说出这个原因，就静静地等候在坟墓的另一侧，瞅着马尾松一扭一拐走过来，马尾松的身体摆动得并不厉害，向右边倾斜的幅度也不大，好像在极力控制着。马尾松走到坟墓前方正中的位置，突然有了意外的举动——他面对坟墓站定，向萋萋荒草深深弯下了腰。

一只肥胖的蝗虫因此受到惊吓，从草丛中蹦起来，划过一道弧线，落入了不远处的草丛中。

乳　齿

　　如果说三叔是个酒肉之徒，那就太冤枉他了。三叔嗜酒嗜肉不假，可他嗜好的酒肉都是靠本事挣来的，从来不吃白食。三叔长着一颗西瓜一样的大脑袋，喝酒吃肉时脑门就光光亮亮的，热闹得流油。这是颗智慧的脑袋，三叔凭着它成了智慧的牛贩子，谦虚说，至少是个聪明的牛贩子。三叔在一个老牛贩子屁股后颠簸过三个月，老牛贩子不喝酒，连肉也舍不得买，贩牛的日子像受刑，三叔煎熬不过，跺跺脚顶着犯逆的风险另起了炉灶。这一转身，三叔贩牛的生意风生水起，肉管饱，酒管醉，日子比脑门瓜还光亮鉴人。

　　三叔一年四季有三季活在企盼中。草才冒绿就盼着春播早些结束，夏种刚开始就企望秋收降临。待到稻子黄了，下了镰，稻谷归了仓，三婶就留不住三叔了。去你的，三婶找出几张压箱底的票子扔给三叔。三叔接过钱，牵上那头黑母牛，一溜烟走没了。黑母牛伴了三叔三个年头，以为它会下崽，给三叔添个牛丁，可它的肚子总是瘪着。前一年三叔就动了心眼，打算将它送出去，他不能养着一只不下蛋的母鸡。谁知黑母牛不见喜却旺财，三叔拉着它出去，赶着它回来，吃了一个冬天的肉，醉了一个冬天的酒，还揣回来一千多元花花绿绿的票子。三叔舍不得将它逐出去了。三婶却不乐意。它就是个寡妇婆，偷个男人借个种，也该下一窝了。三婶戳着牛的脑袋，黑母牛眨眨眼，任由她唾沫飞溅。三婶险些牵着黑母牛去招牛牯了。

　　三叔这一趟去得远，出了村，出了镇，又穿了村，过了镇，到同外省交界处的一个小镇才收住脚步。这是三叔给自己定下的规矩，不在家门口做生意。家门口的钱难挣，就是捡钱也难捡，给了人家便宜，别人还疑神疑鬼的，不知他赚了多少。要是走了眼，有个闪失，你藏不了也躲不掉，活生生得罪人。边界上人来人往，肩挑的，背驮的，卖鸡鸭的，杀猪宰羊的，做什么生意的都有。饿了铺子里有酒肉，困了铺子里有床铺，据说有专门陪男人睡觉的女人，三叔没见过。都把这儿当天堂了，牛贩子也不例外。牛贩子不像别的行当，大多是熟面孔，彼此不说知根知底，也知道个八九不离十。这是个固定的圈子，别人一般挤不进来，偶尔有张新脸孔，必定是圈子里某人的徒弟脱师了，另立了门户。这天南地北的牛贩子聚在一起，各有各的脾性，各有各的路数，有的对头，有的不对头，久而久之，对头的就凑在一块儿，不对头的就绕道走。三叔对头的就两个人，一个叫老八，一个绰号叫细蚂蚱。老八生得牛高马大，性情憨厚，不沾酒却贪肉，做人也像吃肉一样慷慨，买酒割肉从不手软。细蚂蚱瘦得鬼不丁样，心眼也有些鬼，可会喝酒，八两一斤不醉，还特别能侃，同他喝酒不觉寂寞。三叔希望遇上老八，老八偏偏不见身影。三叔牵着牛转了几个圈，才见老八姗姗来迟，屁股后跟了头母牛，牛肚子鼓鼓囊囊的，像是有喜了。两个人打了招呼，本来有许多话要说，可没做成一笔生意，谁也提不起兴致。各自牵着牛，在边界上兜起了圈，无奈秋收刚结束，边界上的牛少牛贩子更少。转了两三天，依旧只有他们孤零零的两个人。三叔和老八都有些后悔，出来得太急切了。就这么回去，又心有不甘，转下去还不知等待到什么时辰。三叔打了半斤酒，老八切了一斤牛肉，找个干净的地方闷着头喝酒吃肉。两个活人拢在了一堆，两头牛的脑袋也靠在了一起。几杯酒下肚，三叔抬眼老八的母牛，眼睛里就只有它的大肚子了。"老八，兄弟俩做笔生意如何？"三叔的内心突然有了阴谋，问老八。老八正嚼着一块牛肉，瞧瞧他的大肚子，又瞧瞧三叔的黑母牛，赶紧将牛肉吞了，说："行。"就着酒肉，三叔同老八打起了手势。牛贩子有两套本事，一套相牛的本领，另一套就是谈牛论价的行话，说是谈牛论价却从不张嘴，全凭手势说话，外行人根本看不出个所以然。三叔的第一个手势说，拿牛换牛，老八得补给他一百元。老八瞪大了眼睛，一不小心险些让牛肉噎住了。这两头牛摆在一块儿，谁给谁补钱就是外行也心知肚明，就该三叔给老八补偿。这就是三叔的聪明之处，他自己也知该他补钱给老八，可偏不认账，硬逼着老八倒贴。三叔又打了个手势说，看在兄弟份上，老八补给他五十元，交易就成了。老八摇摇头，反应没那么激烈了。老八不是个糊涂人，不会让三叔蒙住。三叔再打了个手势，说，既然是兄弟，干脆好人做到底，兄弟就平等交换，以牛换牛，谁也不欠谁的。老八才回了个手势，让三叔安静。"老八，你这不行那不行，到底愿意不愿意？"三叔作势站了起来。老八伸出油乎乎的手，拍了拍三叔的肩膀，三叔顺势坐了下来。"你是真换还是假换？"老八问三叔。"又不是三岁孩儿，说话算话。"三叔回答说。"若是真换，你就补给我一百元。"老八指了指黑母牛，又指了指他的大肚子，做了个手势说。"一百元太多。"三叔还价。"就一个配种钱。"老八说。生意最后成了，三叔补偿了老八五十元。老八做东，又割了肉买了酒。酒喝到半醉，三叔问老八，为什么同意交换。老八朝牛打了个手势，说，牛主人就让我帮忙换过一头牛，只要能下地耕田。老八净赚了五十元。三叔顺着老八的手势，却不明白他指向哪头牛。老八反过来问三叔，为什么愿意同他交换。三叔指了指大肚子，那里头藏着一头牛崽哩。

牛贩子有牛贩子的规矩，不管生意怎样了，都不能反悔。亏了的，全怪自己瞎了眼，学艺不精，还只能吃哑巴亏，不能说出来，说出来就是给自己脸上抹黑。赢了的，全当侥幸，不是每一回都有好运气。买卖的好坏全在自己的心态，怨不得别人。三叔出师告捷，净赚了大肚子里的一个牛崽。三叔牵了大肚子往回走，脚步轻快如风。他先回水门村歇个脚，再将大肚子拉到别个镇，想方设法兑现了那个牛崽。半路上三叔就割了肉买了酒，到家了将肉扔给三婶，让她做两个下酒菜。三婶见了大肚子也是眉开眼笑，养了黑母牛三年，黑母牛就没开过怀。"去，喊你爹来喝酒。"三婶在厨房里弄出了动静，三叔就让我去叫我爹。爹在村后锄地，听见我的叫喊就扔了锄头，光着脚跑到了三叔屋里。他没少占三叔的便宜，酒肉不说，翻地耕田都是三叔免费提供的牛力。作为回报，爹每年都会帮助三叔犁田掌耙，三叔虽是牛贩子却不使唤牛。三叔每次贩牛回来，都由爹去试牛，试试牛的脚力，看看它们听不听使唤。牛的好坏同爹有直接关系，爹不敢小觑。三叔同爹没喝上两杯酒，就朝场地上努了努嘴："哥，你瞧瞧。"爹其实早看见牛了，挺着个大肚子，在场地上一脸骄傲。三叔不说话，爹就当没看见，埋头喝他的酒。三叔让他瞧瞧，爹就放下酒杯，解了缰绳，将牛拉到水田里，套了犁，吆喝一声，牛却一动不动。爹觉得奇怪，绕着牛转了一圈，这是深水田，牛的四条腿都陷进了泥水里，牛肚子都挨着泥了。爹将牛拉上岸，仔细察看了一遍，才发觉这牛的腿似乎比别的牛短了一截。"你自己看看，什么眼神，拉回来个废物。"爹不怕挖苦不死三叔。"它肚子里有个牛崽呢。"三叔不服输。"如果生下来又是个腿短的家伙呢？"爹专挑三叔的软肋。三叔让爹这一句反问给噎住了。换了平常，三叔会卖弄一下他的相牛经，什么乳齿，对牙，齐口，花印，满珠，让人云里雾里，谁也弄不懂他说了些什么。乳齿我知道，三叔解释过，就是初生的牛崽刚长出来的牙齿。爹却不管三叔怎么卖弄，他的标准就一个，会耕田的就是好牛，不能耕田的就是个废物，养什么都成就是不能养个废物。三婶也瞧出了破绽，戳着三叔的额头咒骂，眼睛都掉到酒窖里了，连腿长腿短都看不出来，就是瞎子也摸得到。三叔受了气不怪自己眼力不济，倒在内心骂了声老八，表面敦厚，实则奸诈无比。

  三叔扛不住爹的挖苦和三婶的责骂，第二天早上，天未亮透就赶着大肚子灰溜溜地出去了。这一回他没敢往边界上走，而是调了个方向，朝内省的镇子摸了去。三叔走走停停，停停走走，贩牛的事急不得，如果不是着急，说不定就不会同老八交易了。况且牛挺着大肚子，也不能太劳累，万一牛崽掉了，那损失就惨了。三叔在一个镇上转了一天，没遇上合适的对象，赶到另一个镇上，又转了一圈，也没有找到恰当的机会。第三天，三叔的内心已经按捺不住了，大肚子是个烫手的山芋，不能不脱手。三叔听说另一个镇上牛市开市，赶忙拽着大肚子跑去了。这一跑就是几十里路，傍晚才到。三叔不担心，牛市的时间长，不是三两天的事情。另天上午，三叔牵着大肚子进了牛市，牛市设在临河的草滩上，人多牛也多，大人在谈论，小孩子在追逐，牛在吼叫。大肚子没在牛堆里，并不怎么抢眼。先后有几个人对它表示了兴趣，围着它转了几个圈，不知怎么又放弃了。三叔主动找别人搭讪，别人先是客气地应答几句，很快就走开了。市场上可供选择的牛太多了，身段壮的，毛色亮的，想怎样的就有怎样的。好像他们溜一眼就发现大肚子腿短了。三叔很懊恼，自己怎么就眼瞎了呢。一些牛让人相中了，牵走了，市场上的牛一天比一天少，留下的人也越来越少。三叔内心烟熏火燎的，大肚子就是无人问津。三叔拉着大肚子在草滩上走来走去，市场上的牛屈指可数了。三叔在一丛柳树后碰到一个沮丧的同行。那人用大手巾束着腰，靠在一棵柳树上抽着烟，他的牛远远的，系在另一棵柳树上。三叔特意瞄了一眼那人的牛，是头黄牛牯，块头很威武，顶着两只锐角，缰绳上还系了根撑棍，是个凶悍的家伙。"来吧，抽一支。"大手巾扔了支烟给三叔。"你不去凑个热闹？"三叔接了烟，燃了，揶揄那人。那人笑笑，并不生气。两个人就闷在柳树下。那人不走，三叔也不走。三叔觊觎那人的黄牛牯。你瞧瞧这毛色。三叔将大肚子拉到大手巾跟前。大手巾溜了一眼大肚子，又转过头去盯着草滩了。他好像不死心，希望仍在草滩上。"你瞧瞧它的大肚子。"三叔并不气馁，仍在夸耀大肚子。大手巾微微向三叔笑了笑，并不接话。那瞬间，三叔就像个小丑。三叔将目光挪到了草滩上，草滩已经空荡荡的，牛都不见了踪影，留下的只有一摊一摊的牛屎。牛市曲终人散了。"来吧，我们做个交易吧。"大手巾对草滩仿佛才死心，招呼三叔。三叔别了他一眼，问："怎么交易？"大手巾打起了手势，以牛换牛，三叔补贴他两百元，交易就成了。大手巾狮子开口将三叔吓了一跳，瞅瞅他的脸色，却是比草滩还空荡。三叔乜斜了一眼大手巾，不屑于回话。大手巾拿手掌在自己下巴下比画了一下，说他的牛魁梧，身子壮。三叔指了指大肚子，大肚子里还藏着一头牛呢。大手巾就指了指大肚子的腿，短成那样了。三叔就指了指撑棍，黄牛牯的性子暴烈呢。这一番比画，大手巾松了口，只要三叔补贴他一百元，这牛就换成功了。三叔仍旧不答应,他不能做赔本的买卖。两个人拉拉扯扯好半天,太阳都快落山了,三叔说:"以牛换牛,谁也不补偿谁。"大手巾犹豫了好一阵子,才勉强说:"也成吧,我就赌赌牛肚子吧,但愿它给我争口气,生出来不是个腿短的家伙。"

三叔得了黄牛牯,内心嘿嘿乐了。起早摸黑,将黄牛牯赶回了村。黄牛牯虽然性子烈,耍些蛮脾气,可三叔还是对付得了。刚吃了一次亏,三叔没敢得意,连酒肉都忍痛割舍了。三叔让爹扛了犁去试牛。爹瞧瞧黄牛牯,黄牛牯鼓着眼睛向着他。爹的内心犯怵,执着缰绳的手就有些颤抖。爹迟疑了半天,才收紧缰绳给牛套犁。犁套还没上牛肩,黄牛牯突然低下头朝爹顶了过来,爹慌忙后退,还是晚了一些,他的大腿让牛角划了一下。牛并不罢休,继续朝爹冲了过来,爹慌了神,丢下缰绳赶紧逃开了。之后爹又斗胆套了两三次,结果都落荒而逃。三叔阴了脸,跳过去执住系牛的撑棍,爹才勉强将犁套住了。可三叔松开手,牛又不老实了,扭过身子低下头朝爹撞了过来,爹又一次弃犁逃走了。爹逃了几次腿脚就不利索了,脱下裤子察看,大腿上印着三根指头宽的红紫。三叔后来请了村里另外几个人来试牛,试牛的人最终都丢盔弃甲,无一人成功。牛身强体壮,就是没法制服它,估计这牛顽劣惯了,否则那大手巾也不会同三叔交换。三叔郁闷了好几天,而又束手无策。这牛斗人的毛病没听说过能治,在牛市上有人说能治,那是骗人的鬼话,相同的话三叔也骗过人。有一次,三叔突然在牛鼻子上发现了蹊跷,隔着牛栏栅将牛鼻子左揉右捏,在鼻孔里捏出一根亮灿灿的缝衣针来。三叔以为缝衣针在作祟,将牛放出来让爹再试试。爹躲在牛的身后,将牛往田野上赶。走了没几步远,牛就扭过头,倒转身子,朝爹冲了过来。爹开始还想用撑棍顶住它,却怎么也顶不住,最后只有撒腿就逃。这一跑险些让黄牛牯逃脱了,几个人拿了扁担竹竿才将牛赶回来。三叔对黄牛牯彻底死了心,将缝衣针重新扎进了牛鼻孔。

这一年冬天,三叔第三次出门,心情无比灰暗,瞧哪哪儿都是灰沉沉的。他恨不能踢黄牛牯几脚,可又怕激发了它的凶野,如果半道上跑了,都不知能不能追回来。三叔将牛赶到了边界上。他只有换过一个地方，别让人识破了牛的本性，见机脱手。三叔在镇子口又遇上了老八，老八正在面馆里吃面，嘴巴裹了面条，说话混沌不清。"喔，喔。"老八冲三叔叫喊，三叔侧脸就见着了老八。三叔的火不打一处冒出来，内心翻江倒海，脸上却平静得很。"猪，就晓得吃，怎么不噎死你。"三叔在内心咒骂老八。老八听不见三叔的咒骂，端着碗追出了面馆，"哟嗬，你发了，这牛比猪还壮。"老八说话时牛正鼓着眼睛，他的话音未落，牛就埋下头朝老八拱了过去，老八闪身避开了，面条却倒了一大半。牛还想追击，三叔紧了紧缰绳，牛鼻子可能受了痛，呼哧呼哧响。"挺凶呢。"老八心有余悸。"你若中意，就卖给你吧。"三叔说。"唉，"老八叹口气，"这生意不好做了，有的人家开始用耕田机了，这牛只能杀了吃肉。"三叔见过耕田机，不吃草专门喝油，还突突突冒黑烟。耕田机暂时同三叔没什么关系，三叔最要紧的就是如何将黄牛犊打发出去。"牛的肉还没有你肥，杀牛吃肉不如杀了你吃肉。"三叔恨恨的，嘴上却拿老八开起了玩笑。"你这么恶毒，我那牛的腿是短了些，可短在了明处啊，你怨不得我。"老八似乎觉察了三叔的愤恨。"我怨你什么？你那货让我换了这牛犊，你说谁赢了？"三叔将话题挪转了，"不过你太不负责任了，将人家肚子弄大了，一脚踢走了事。""去你的，你滚吧。"老八受不得三叔的玩笑，半红着脸进了面馆。

　　三叔在小镇上转了不到半天，遇见了细蚂蚱。细蚂蚱鬼鬼祟祟的，从一条巷子里钻出来，边走边拿眼睛往回溜。瞧瞧他身后，巷子里空荡荡的，什么人也没有。三叔故意将牛停在巷子口，细蚂蚱不留神险些撞在了牛肚子上。"哪个不长眼睛的。"细蚂蚱粗口骂道，猛抬头见牛耸着两只锐角，鼓着眼睛，死死盯着他。他吓了一跳，赶忙跳开了。"是谁不长眼睛啊？"三叔笑谑他。"咦，是你呢，想死我了，喝酒去吧。"细蚂蚱嘴上热情，眼睛却往黄牛犊身上溜。"我没时间喝酒。"三叔拒绝。"你急什么呢，这贩牛的事不在一时半刻。"细蚂蚱白了三叔一眼，"这酒喝一杯少一杯，你不喝就给别人喝了。喝过了，我带你去个好玩的地方，包管你喜欢。"细蚂蚱朝巷子里努努嘴，一脸鬼笑。"我不去。"三叔仍坚持。"就算我请客。"三叔后来还是让细蚂蚱拉走了。寻着一家酒馆，三叔将牛系在了后院。两三杯酒下了肚，三叔的眉头仍旧不舒展，恼了细蚂蚱。"你有什么烦心事就说说。"细蚂蚱皱着眉头问三叔。三叔摇摇头。三叔的不吭声让细蚂蚱很无趣。"走吧走吧，有酒喝还愁眉苦脸的，我见不得。"细蚂蚱不管三叔受得了受不了，挥挥手，将三叔轰走了。三叔牵着牛朝镇子北边走，镇子北边是条河，过河就出了省。河边有个草滩，牛都栖在草滩上。冬天没了草，花一块钱买几把稻草扔在草滩上，牛就有食了。草滩上牛不少，有的散着，有的三五头聚在一块。黄牛牯突然兴奋了，长哞一声，直奔牛群。牛群中有头公牛试图抵挡黄牛牯，可它刚一露脸就被撞翻在地，牛群轰然散开了。草滩上乱成了一锅粥，人们忙着去拢自己的牛，也有人去阻拦黄牛牯，但阻拦的人立刻触了霉头，谁阻拦黄牛牯就向谁进攻，被进攻的人有的逃开了，有的跌了一身的牛屎，狼狈得没了人样。三叔慌了手脚，他追向东，黄牛牯跑向西，他跑向西，牛又回到了东边。有时又反过来，牛在后面追赶，三叔在牛前逃命。到后来草滩上的人和牛都不见了，就剩下三叔和黄牛牯在追逐。他和它玩着老鹰捉小鸡的游戏，最后牛累了，人也垮了，三叔才将它捉住。

　　这一闹腾，三叔的牛就出了名，谁也不敢小瞧它。三叔在镇子上停留了两天，都没人靠近他了，就连老八和细蚂蚱找他吃肉喝酒，也是东张西望，像做贼一样紧张。"赶紧将这家伙脱手了吧。"细蚂蚱说。"不着急。"三叔假装一脸平静。"嗤，你就给我装憨吧，这牛除了我，恐怕没有人吃了豹子胆敢要。"细蚂蚱讥笑三叔。三叔横了一眼细蚂蚱，那眼神分明说你拿什么要，你想要我也不给你。第二天，三叔正打算离开边界往回走，细蚂蚱不知从哪牵来一头黄母牛，死缠硬磨要同三叔做生意。黄母牛的身架同当初的黑母牛差不多，慈眉善目的，很温顺。"你瞧瞧这牙口，才四牙，多年轻，妙龄少女啊。"细蚂蚱掰开牛嘴让三叔察看。"你瞧瞧这毛色，油光水亮的，像抹了油。细蚂蚱拿手在牛背上摩挲着。三叔脸上不理睬，其实早将黄母牛的牙口记下了，毛色是明摆着的事，逃不过他的眼睛。这牛中看，可三叔镇静得很，不管细蚂蚱说得天花乱坠，就是不为所动。细蚂蚱见夸赞黄母牛不管用，就转过来贬损三叔的黄牛牯。"你瞧瞧这牛牯，眼凶角尖，谁撞上谁丧命，哪个有几条命啊，撞上它这辈子就完蛋了。"细蚂蚱嚎着嗓子说。这一闹嚷，围观的人就多了，三叔的生意更没希望了。三叔赶了牛走，细蚂蚱就在后面跟着。三叔走一程细蚂蚱就跟一程，怎么也甩不掉。三叔让细蚂蚱追缠得恼躁了，横着脸问："真做生意还是假做生意？"细蚂蚱眨巴眼睛不说话。"真做生意你补贴我三百元，少一分钱你都不要张嘴。"三叔的口气硬朗得很。"你抢钱啊，你以为牵着头金牛啊？你瞧清楚了，就是头斗死人的牛牯！"细蚂蚱抢白了三叔一顿。"我就白送给你。"三叔脸都青了，抖抖绳子，将黄牛牯对准了细蚂蚱，细蚂蚱见势不妙，几蹦几跳躲到了三叔背后。"冷静，冷静，先去喝酒，牛的事喝过酒说也不晚。"细蚂蚱连哄带劝将三叔弄进了酒馆。酒桌就是细蚂蚱的天下了，吆三喝四，都由他说了算。从酒馆出来，三叔同细蚂蚱的交易就完成了，三叔怀揣着细蚂蚱给他的一百元现金，牵了黄母牛，歪歪扭扭出了镇子。三叔走了没几里路，就醉倒在路边的一个稻草堆上，黄母牛倒是忠心护主，哪儿也没去，守了他一个晚上。

三叔将黄母牛赶回家让爹继续试犁。爹的腿伤还没痊愈，走路一扭一拐的。爹给黄母牛套了犁，抖抖缰绳，嘘一声，黄母牛竟然纹丝不动。爹朝它的脊背抽了一鞭子，黄母牛弓着背，像是竭尽了力量，可就是一步也不走。它的鼻子呼噜呼噜响，比拉风箱还急促。爹又挥了一鞭，牛的响声更激烈了，连牛肚子也咕噜咕噜叫了。三叔急红了眼，从爹手上抢过鞭子，朝牛一顿猛抽，他的鞭子没停，牛腿倒软了，瘫倒在泥地上。黄母牛真真正正是个废物。三叔去镇上找个兽医瞧了一遍，兽医只懂劁猪骟羊，对牛的事一知半解，瞧不出个所以然。一会儿说牛的肺可能有毛病，一会儿又说牛的心脏可能有问题，说得三叔险些吐了血。"这鸡啄的细蚂蚱，良心让狗吃了。"三叔的牙根咬得嘎嘎叫唤，恨不得扇细蚂蚱几个耳光。他将黄母牛赶回了边界小镇，一定要找到细蚂蚱，将牛退回给他。三叔气昏了头，忘记了牛贩子的规矩。他在镇上等了两天，没有见到细蚂蚱。他打算找到细蚂蚱的老家去，细蚂蚱的家就在河对岸，过了河不出五里地就到了。

冷静下来，三叔就发觉不妥，这贩牛的生意做成了，就是板上钉钉，谁也改变不了。要怪就怪自己没长眼睛。真要过了河，不但换不回牛，还有可能遭受细蚂蚱的耻笑。罢罢罢，三叔想透了，不如找个倒霉鬼，将黄母牛送出去。反正他不说，也没人知道这家伙的毛病。碰上谁那是命中注定谁倒霉，怨不得三叔。

　　三叔牵着牛在镇上转了几个圈，又遇上了老八。三叔的内心冒火了，如果不是老八，不是大肚子母牛，他不会有这个遭遇。可三叔不能冲老八发火。老八并没有察觉三叔的异样，他的注意力全在黄母牛身上。"这牛要脱手？"老八问三叔。"不脱手养着吃奶啊。"三叔顶了老八一句，内心巴不得老八套进来。一报还一报，就该报应在他老八身上。"成，我给你介绍个买主。"老八招呼三叔跟着他。三叔在草滩上见到了买主，是个中年妇女，领着一个小女孩，牵着一头细牛崽。"我只介绍，成与不成，你们自己谈。"老八自己跳到了圈外。三叔瞧瞧女人，她的脸有些灰黑，神情哀伤，像是受了什么打击。她的脚上穿了一双布鞋，鞋面裹了一层白布。她家肯定刚丧了什么亲人。女人牵着小女孩绕着黄母牛转了一个圈，在老八身边收住了脚步。"八哥，我不懂啊，我就要头能下田耕地的牛。"女人的声音可怜兮兮。"你男人在世时就是我兄弟，我坑谁也不会坑兄弟，你放心，这牛好使唤得很。"老八安慰女人。三叔的内心原本绵软了一下，听见老八这话，忽又冷硬了起来。"看得中就补给我五百元，母牛归你，细牛崽归我。"三叔开了价。五百元差不多够买一头母牛了，那头细牛崽净赚。女人瞧瞧老八，又瞧瞧三叔，正欲说话，老八却抢先一步将她挡住了："这可不成，我做个中，三百五十元吧，谁也不占谁的便宜。"三叔在内心嘀咕了一遍，最后还是点头应下了。女人左掏右摸，才摸出几十块零钱来。"先给五十元吧，那三百先欠着，明年给你。"老八同三叔商量："她不凑手么，不会少你的，到时找我要。""大哥，我给你写个欠条吧。"女人怯生生地向着三叔。"不要了。"三叔摆摆手。如果她知道真相后不给钱了，留着欠条是张废纸，如果她给钱，欠条更是张废纸，还不如做个大方的姿势。她若真不给，还能找老八要，跑了和尚庙还在。

三叔牵着细牛崽闷声不响回了村。遭受了这一连串的打击，三叔有些心灰意冷，不想出去贩牛了。细牛崽刚长齐了乳齿，很乖巧，见了谁眼睛里都有几分好奇。它的好奇却惹恼了三婶，三叔忙活了大半个冬天，不但没赚回分文，而且将压箱底的几个本钱花天酒地了。一头母牛换回来一头细牛崽，下不了田耕不了地，还得当爷养着。"你不是吹牛，吴半仙相面不如你相牛，吴半仙相牛一相一个瞎，你相牛一相一个准，瞧瞧你相的牛，不是腿短就是个痨命鬼。你这个没良心的，给孩子添衣服的钱呢？买过年肉的钱呢？你就晓得你喝得痛快，不管我们娘儿几个死活。"三婶摔盆砸碗哭闹着，三叔走哪哪儿就鸡飞狗跳，一刻也不得安宁。三叔让三婶骂得哑口无言，脸都憋绿了。"去，喊你爹来吃牛肉。"三叔阴沉着脸吩咐我。我愣怔着，不知三叔哪来的牛肉。"你去呀。"三叔朝我瞪圆了眼睛。我扭身就跑，还没跑出几步远，就听见背后笃的一声，紧接着又咕噜一声，像是谁跌在了地上。我回过头，三叔正抡着斧子立在场地中央。那头细牛崽瘫倒在他的脚下，两只牛眼睛还睁着，四条腿却抽搐不止。三叔将细牛崽宰了，牛肉东家一斤西家一斤，全送给了村里人。那一天，村子里到处飘荡着牛肉的香味。三叔亲自下厨，做了几个菜，拿牛肉下酒，有滋有味吃着喝着。三婶险些气闭了，卷起衣服跑回了娘家，连过年也没回来。第二年春天，爹知道不能指望三叔的牛了，东凑西借，买了辆耕田机。一年的时光眨眼过去了，这个冬天三叔再也没有出去贩牛，没事的时候就坐在墙根下晒太阳。有一天，爹从村口领进来一个女人，女人剪了齐耳短发，穿了棉袄，挺精神的。"找你的。"爹将女人丢给了三叔。三叔瞅着女人，一脸茫然，想不起在哪儿见过。"大哥，我给你送钱来了。"女人边说边从口袋里掏出一个小布包。三叔才想起，原来是买走了黄母牛的女人。女人拆开布包，拿出一沓五元十元的票子。"大哥，你数数，三百元。"女人说。"不错的，不错的。"三叔接过钱，脸上有些发窘。"那牛呢？"三叔问女人。"大哥，劳你牵挂，牛的毛病我已经找兽医治好了。"女人说，"那牛崽呢？"三叔的手哆嗦了一下，回头瞧瞧身后，好像那牛崽就在身后站着。不过他没看见牛崽，只见着三婶阴晴不定的脸。"不在了。"三叔好长时间才憋出话来回答。女人的脸暗淡了一下，很快恢复了光明。"大哥，谢谢你，你是个好人。"三叔挽留女人吃饭，女人坚持不肯，朝三叔鞠了一躬，走了。她边走边朝田野上张望，以为牛崽会在某个地方吃草呢。"原来你将牛卖给了这个女人。"三婶打翻了醋坛子。不过她的话三叔没听进耳，他正在努力回想那头细牛崽，可是不管怎么回想，就是记不起它的模样了。